KATHARINA TIWALD

Mit Elfriede durch die Hölle

Roman

Milena

Um das Lesevergnügen des vorliegenden Romans zu steigern, hilft es, Dantes *Inferno* im Ungefähren zu kennen. Ab Seite 218 finden Sie einen kapitelmäßigen Überblick.

Dein Dienst ist öffentlich.

Elfriede Jelinek
Krankheit oder Moderne Frauen

What if I write circuses?
No one says a novel has to be one thing.
It can be anything it wants to be, a vaudeville show,
the six o'clock news,
the mumblings of wild men saddled by demons.

Ishmael Reed
Yellow Back Radio Broke-Down

In Verehrung
Elfriede Jelinek
zum 75. Geburtstag

Disclaimer:
Niemand war mit mir am Flughafen Schwechat. Und »weder das eine noch das andre habe ich erlebt, hab ich ein Glück!«.
Elfriede Jelinek, Wut

ALLES IST EINMAL – VORGESCHICHTE

AM 14. SEPTEMBER 1321 SCHLOSS, wie man so schön sagt, Dante Alighieri »die Augen für immer«, er schaut sich also seit 700 Jahren die *patate* von unten an, er hat den *cucchiaio* abgegeben, sie haben ihm den *Mantel aus Holz* angezogen.

Riposa in eterno.

Dante kennt man, wenn man die Hölle kennt. Oder das Fegefeuer. Vom Paradies ganz zu schweigen. Ich bin mir aber nicht sicher, wer denn eine Ahnung von Hölle, Fegefeuer, Paradies hat; ich habe den Eindruck, man starrt heutzutage auf die eigenen Schuhspitzen, während die Uhr tickt.

Als er Mitte dreißig war, schickte Dante sich selbst auf eine Reise durchs Jenseits, wobei er sich von seinem Idol, dem römischen Dichter Vergil, begleiten ließ, einer Person, der man schon damals nur im Jenseits begegnen konnte (die Begegnung in der Dichtung ausgenommen), und nannte das Ganze »Göttliche Komödie«. In Vergils Begleitung besichtigt Dante darin steinerne Abgründe, niedergebrochene Mauern, Sünder, die durch Scheißemeere schwimmen; er begegnet Schemen und Monstern, lässt sich unterwegs von einem Drachen fliegen und macht sich unwissentlich zur Fundgrube und zum Steinbruch der Filmindustrie des 20. Jahrhunderts. Er wandert einen sich windenden Turm hoch bis ins gleißende Licht, am Schluss begegnet er seiner toten Geliebten, Beatrice, die ihn bis zu den allerhöchsten Gestaden mitnimmt. Dorthin, wo Gott wohnt.

Mindestens zwei Erkenntnisse können praktische Gemüter aus der »Göttlichen Komödie« ziehen: erstens, dass es Mumpitz ist, wenn behauptet wird, »die Menschen« hätten im Mittelalter »geglaubt«, dass die Erde »eine Scheibe« sei, und zweitens, dass es schon im ausgehenden 13. Jahrhundert emanzipierte Beatrices gab. Zumindest, wenn sie tot waren.

Extra für diese Reise hat Dante eine bestimmte Reimform entwickelt, nämlich den »terza rima«, die Terzine. In der Praxis sehen Endreime nach dem Prinzip des *terza rima* (immer drei – auch unreine – Reimwörter überkreuz, los geht's ab Zeile 2) zum Beispiel so aus:

Katze
Haus
Tatze

Maus
Finanzwesen
Saus und Braus

Bilanz lesen
Gevatter
Bar-Tresen

Bestatter
Kurz
Geratter

Lurz
und so weiter.
Wikipedia meint, einige hätten Dante diese modische Reimweise nachgemacht, Giovanni Boccaccio zum Beispiel, dessen »Decamerone« zu Zeiten des Corona-Lockdowns von 2020 nach mehr

als 600 Jahren wieder hochaktuell war (Adelige sperren sich vor der Pest weg und auf einem Landsitz ein, wo sie sich die Zeit mit Geschichtenerzählen vertreiben), auch Petrarca, der König des Sonetts. Schlussendlich wird da auch Hugo von Hofmannsthal zitiert als Terzinenschreiber; so weit reichen Dantes knochige Finger. Es heißt aber auch, dass Dante von altokzitanischen sirventes beeinflusst war, also von französischer Troubadourdichtung, und wovon waren die Troubadoure beeinflusst? Von arabischer Dichtung, die wiederum über die Mauren nach Spanien und dann … alles fließt ineinander.

A Einundvierzig war ich in dem crazy Jahr,
B in dem ein Virus klein und kleiner
A faltete, was uns, wie sagt man?, »lieb und teuer« war;

B ich gondelte hinaus nach Schwechat; ein feiner
C Flug, dacht ich, wär jetzt das Richtige; du lieber
B Körper, Beuteltasche voll Materie, fremd, doch meiner,

C du brauchst schwer Urlaub, Rast, Verschiebung
D von schüttkistweise Pflichten, Zetteln, E-Mails,
C versteck, entzieh dich, Tiwald, zeitumfriedet

D zieh dich zurück, flieg fort – und alle ihr, quält's
E jemand anderen. Die Zeit war satt von Frust,
D alle erschöpft wie nach Montur von zehn Zahn-Inlays,

E Corona! – Kein Kuscheln, keine Party und kein Kuss,
F auch keine Wirtschaftsleistung, brummt nix,
E auf manchen Schaufenstern wuchs krus-
F tendick der Staub, und nirgends summen Fix-

G sterne, die automatisch glücklich machen.
F Einsam, leer, kein Austausch, rundum keine Kicks.

G Es war die Zeit zum Weinen, nicht zum Lachen.

Und so weiter. Wir leben nicht in der Zeit der Terzinen.

Was aber wahr ist, ist die Grundstimmung, ist der brennende Wunsch, diese Stadt zu verlassen, aus diesem Gefühl fortzufliegen; was wahr ist, ist der Antritt meiner Reise. Ich packte einen kleinen Koffer, den ich online bestellt und mir hatte liefern lassen, ein ausgemergelter Pakistani hatte ihn mir bis zur Tür gebracht. Klein, funkelnd und mit einem Maximum an Praktikabilität: Noch praktischer ging nicht.

Aber ich. Ich ging.

CANTO 1: VERIRRT. DREI BESTIEN. AUFTRITT POETESSA

DIE STADT WAR VERLASSEN wie in üblen Filmen. Die Figuren, die vorüberhasteten, hatten die Gesichter gesenkt, wichen mir und einander aus; mir kam vor, alle trugen Schwarz. Wahrscheinlich war der Dritte Mann aus der Kanalisation entkommen und lauerte hinter der nächsten, schmierigen, nebelverhangenen Ecke. Genauso fühlte sich der Gang durch die Gassen und Straßen an, nur ab und zu schob sich eine marode Straßenbahn an Geleisen vorbei, quietschend, in ihren Gelenken knarzend, durch die frostgeränderten Scheiben zeigten sich Schemen von Köpfen und Mantelkrägen. Über den Gesichtern Masken, über den Köpfen Kapuzen und Hauben: Puppen hätten in den Wägen sitzen können, platziert von Stephen King. Ich ging.

Mein Koffer hüpfte über die schlampig reparierten Risse in den Gehsteigen, an den Randsteinen kippte er regelmäßig um, wie um mich zu frotzeln. »Schwechat«, zischten die Rädchen höhnisch, »Schwechat, wär gelacht, wenn sie ankommt dort, wenn sie ankommt dort«, sie rollten weiter, ich zog weiter, ich ging. Wenn ich will, bin ich wie aus Stahlwolle gemacht: Ich seh bloß weich aus. Zack, zack, mochten die Rollen rollen, was sie wollten.

Die Bäume am Ring nackt, was sonst. Blätter, Hoffnung, so was gab es, gibt es nicht mehr. Ich stieß die Luft beim Ausatmen durch die Zähne, ließ es zischen, spürte den Luftstrahl von der Maske zu mir zurückkommen. Ich badete im eigenen Saft, mir war warm um den Mund, das war gut.

Bei der Oper angekommen, zeigte sich das übliche Bild, hier

war ausgespielt, ausmusikt, die Türen standen sperrangelweit offen, trotz der Kälte, die ihrerseits eine schlampige, unausgegorene Kälte war, Kälte aber nichtsdestotrotz, und auf den flachen Stiegen hatten sich ein paar Obdachlose drapiert, die noch nicht lange obdachlos waren: Eine Dame trug noch ihren Pelz, ihre Perlen, aber sie stierte so leer vor sich hin wie der Herr im Frack, der auf einer benachbarten Stufe apathisch eine leere Champagnerflasche hin- und herschwenkte.

Ob sie Polonaisen hörten in ihrem Kopf, war mir egal. Ich wollte bloß weg von hier.

Aber wie?

Vor der Oper stand ein Fiaker mit einem fast schon zu Dörrfleisch gewordenen Klepper im Geschirr. Da wäre ich wohl schneller zu Fuß in Schwechat! Mit einem von beiden begann ich im Stand auf den Asphalt zu treten, was ich immer tue, wenn ich eine Lösung herbeizaubern will – meinetwegen herbeischreiben, das Tappen ist ja wie Tippen. Und wie schon mehr als einmal passiert, nahte auch jetzt die Lösung: Gleich drei Taxis schwangen sich um die Kurve, von der Albertina kommend, und stürzten, Schnauze an Kofferraum, in die Bremsen, quietschten, blieben stehen, fast rauchten die Reifen, und ehe ich mich's versah, sprangen die Türen auf und wie Regenwetter kamen drei Gestalten auf mich zu.

»Signora!«, rief der Erste, ein wenig vertrauenserweckender Geselle mit einer riesigen Zahnlücke im Gebiss und einem, sah ich richtig?, Leopardenfellkragen an der abgewetzten Lederjacke, »Sie wollene su Schwechate? Ich fahre!« – »A so a Schas«, rief der Zweite, ein Afrowiener, gebaut wie Wotans Krieger, der sich zwei Luchsohren an einen Lederhelm montiert hatte, »die gnä' Fraou foaht mit mia und sunst neamd!« Und schließlich fuhren zwei bekrallte Hände zwischen die beiden, stießen die zwei auseinander, und eine höchst magere, ausgezehrte Frau, deren wahrscheinlich sechzig Jahren die Entbehrungen des Lockdowns noch zehn Jahre draufgegeben hatten, bohrte sich kerzengerade und stichgrauen Haarschopfs zu mir durch; ihren Haut-und-Knochen-Körperbau umschlackerte ein, ich schwöre, Wolfsfell. Ich wünschte, ich hätte sie mit dem Handy aufgenommen, ihre Stimme, hätte die Diktierfunktion aktivieren können, wie sie sagte: »De zwaa Drottln findn med zehn Diobtrien ned noch Schwechat! Owa i! Und bei mia im Taxi gibt's a Salamibrod, dass Se goa neama fuatfliagn wean wuen, gnä' Frau, und scho goa ned noch Idahlien!«

Ich linste zu den Autos hin, sah, dass das eine kotflügelfrei, das zweite auf rasierten Reifen und das dritte als Rostlaube unterwegs war, und lehnte vorerst dankend ab. Irgendwie, Herrgottsakra, musste das anders gehen.

»Danke, i hob's ma andas übalegt«, sagte ich höflich und schickte mich an, mit dem Trolley die Reise in den dritten Bezirk anzutreten.

»Woooos?«, belferte da die Dame. »Die gnä' Frau is si z'guad füa mei Salamibrod? Na, des gehd owa ned! Wo bleibtn do de Solidaridehd? San Se ned so a Guadmensch? Schauman S' eahna ned, wie Se do de Weana Taxla im Regn stehn lossn? Na woat!« Und sie machte Schritte auf mich zu, als habe sie heute noch nichts gegessen.

»Lossn S' de Dame in Ruah, de kheat mia!«, brüllte der Afrowiener mit den Luchsohren und stieß der Wolfsdame einen Ellbogen in die Seite, dass es nur so krachte. »Du Oa…!«, drang es aus deren Kehle, während der Herr im Leopardenkragen die Gunst der Sekunde nutzte, mich am Arm packte und zu seinem Škoda des Schreckens zerren wollte. Mein Trolley knickte ein, weil da ein loser Pflasterstein aus dem Boden stak, die Missgunst der Materie trat klar zutage, wie auch die Impertinenz der drei Personen, die so taten, als seien sie Taxler. Wer weiß? Autodiebe, schoss es mir durch den Kopf, das sind Autodiebe, die nur so tun, die führen hier eine Komödie auf, die wollen mich ausrauben und abmurksen, bevor ich überhaupt nur die Spitze des Towers von Schwechat sehe, und ich begann ernsthaft, um mein Leben zu fürchten – ganz so, als gäbe es keinen Virus, ganz so, als sei alles Prä-Lockdown, im Leben, als wir noch gar nicht wussten, was »Gefährlichsein« wirklich bedeutet.

Ich sah meine letzte Sekunde heranrücken.

Da geschah etwas, das mich noch heute mir die Augen reiben lässt, eingeleitet von einem fokussierten Sonnenstrahl, der dem Fiat Punto voranfuhr; es war ein warmer Sonnenstrahl, der wie Moses das Rote Meer die Misere hier teilte, das Dunkel, das am Ring vor der Oper waberte, es war ein kleiner Fiat Punto, schwarz, aber in tadellosem Zustand, und sein Fenster senkte sich und eine Hand winkte mich heran und eine Stimme rief: »Steig ein, du da mit dem Trolley, wenn du kein Schatten bist!«

Ich sah nur den Schatten einer Haartolle, ich hörte nur, dass die Stimme einer Frau gehörte, aber ich ließ mir solche Anweisungen nicht zweimal geben, ich dankte schon einmal schnell Gott, an den zu glauben ich mir nicht abgewöhnen möchte, weil es nämlich schön ist; ich schnellte auf die andere Seite des Autos, Gott sei Dank prügelten sich die drei Pseudotaxler wie Tick, Trick und Track auf Speed, ich schwang mich in den Punto, ich hatte noch den Trolley auf dem Schoß, als die Frau am Steuer Gas gab, sich die Räder durchdrehten und wir weiterschossen, weg von dieser Szene wie am Rand der Hölle.

Ich linste hinter meinem Trolley hervor, den ich vor dem Bauch liegen hatte, »so fühlen sich also Schwangere«, dachte ich noch, während ich die Frau am Steuer erkannte und scharf einatmete, sodass die Stoffmaske an den Lippen kleben blieb.

»Frau Jelinek? Sind … sind das Sie?«

»Ja, Jelinek. Und Sie?«

»Äh, Tiwald mein Name, aber das ist nicht … nicht wichtig.«

Verdammt. Ich war nicht imstande, der Nobelpreisträgerin meinen vollen Namen zu sagen, typisch ich, typisch meine Kindheit, depperte Bescheidenheit; ich rutschte auf dem Sitz herum, peinlich berührt, und schaffte es irgendwie, den blöden Trolley auf die Rückbank zu verfrachten – indem ich nämlich den Zipp öffnete, die unnötigen Schuhe, schicke Schuhe mit hohen Absätzen, rauszerrte und nach hinten pfefferte, ebenso die Hausbibel (offenbar plante ich, nie mehr wiederzukehren) und meine Toilettetasche, der Rest ließ sich zu einer Kofferpalatschinke zusammendrücken und nach hinten werfen.

Erst dann konnte ich durchatmen.

»Sie können die Maske abnehmen, wenn Sie das Fenster öffnen«, sagte Elfriede Jelinek und deutete auf den Fensterheber, eine charmante Kurbel wie im Jahrtausend meiner Geburt. Ich kurbelte, und Frischluft drang in die Kabine, als stürme der Frühling heran.

»Ich … ich danke Ihnen sehr, Frau Jelinek. Ich weiß nicht, wie ich Ihnen danken soll. Sie haben mir vielleicht das Leben gerettet!«

»Ich weiß«, sagte sie und schaute auf die Straße. »Es ist hier schon zu Massakern gekommen«, fuhr sie nach einer Weile fort: »Natürlich ist die Oper ein Ort des Massakers, die Oper ist ein Opferort, hier wird das Schweigen eingeübt gegenüber der Totalität der Musik, aber eigentlich gegenüber der Totalität des Genies, das ohnehin schon tot ist; es sind ihrerseits quasi Todtouristen, die vor der Oper nach Taxis suchen. Und hier so zu Tode kommen, wie es im Inneren der Oper dem Verstand zustößt. Nur dass der Körper nach der Tötung des Verstandes weiterlebt. Leben muss. Das ist der Unterschied.«

Sie fuhr an der Lände entlang Richtung Osten. Das Riesenrad, natürlich stille stehend, glitt am Himmel vorbei. Ich starrte es an und wollte etwas Gescheites dazu sagen, aber mir fiel nichts ein. Meine Zunge war ein Rollmops, wie aufgerollt, aufgespießt, eingelegt und zugeschraubt.

»Frau Jelinek«, wagte ich nach einer Weile zu piepsen, »ich hab gedacht, Sie gehen nicht unter Leute?«

»Ich bin nicht unter Leuten. Ich bin in einem Auto.«

»Äh, ja … Aber ich bin doch ein Leut?«

»Sie sind da gewesen. Und ich hab Sie gerettet.«

»Ja.«

Ich war verwirrt. Seit wann rettete Elfriede Jelinek Menschen das Leben?

Sie trug jetzt eine schwarze Sonnenbrille und sah verdammt cool aus, so cool, wie ich sie empfunden hatte, als ich mit fünfzehn, sechzehn »Die Klavierspielerin« und »Lust« gelesen hatte. Noch cooler. Damals war ich nämlich einigermaßen eingeschüchtert; jetzt war ich noch eingeschüchterter.

»Frau Jelinek«, sprudelte es schließlich aus mir heraus, es war nicht auszuhalten, es machte Plopp, »bitte seien Sie mir nicht böse. Ich hab Sie einmal aus der Ferne gesehen, im Russischen Kulturinstitut. Da hat Aleksandr Semibratov …«

»Belobratov.«

»Ah, Belobratov, genau. Jedenfalls Belobratov hat seine Übersetzung von … ich glaube es war ›Gier‹ vorgestellt. Seitdem nie wieder. Ich bin … ich bin verwirrt. Warum haben Sie mich gerettet?«

Sie grinste schief. Eine Zigarette noch, und sie hätte ausgesehen wie das inkarnierte Paris.

»Wissen Sie, Frau Tiwald, der Trubel um meinen siebzigsten Geburtstag hat mir zu schaffen gemacht. Immer diese Trubelei.

Diese Hudelei und Jubelei. ›Ich übe für das Grab‹, habe ich einem Reporter gesagt, der mir zugesetzt hat. Das hat dann gesessen. In mir auch. Dann kam die Pandemie. Und natürlich muss man über eine Pandemie schreiben. Man muss über eine Pandemie schreiben, über die Maskierung in allen Schattierungen, wobei die Maskenmetapher leicht auslutschbar ist; man muss über die Mechanismen der Angsterzeugung schreiben, über das Phänomen des Bubi-Herrschers, der mit kieksender Stimmbruchstimme uns erst den Schrecken in die Knochen setzt, dann in Tirol warme Händedrücke verteilt, wider jegliche Vernunft und ohne den Abstand, den er ›Babyelefant‹ getauft hat, als wäre der Abstand unter Menschen etwas Süßes, Niedliches, nicht etwa letztendlich Gefahrbringendes, weil er uns das Weggehen lehrt. Außerdem: Wächst sich der Elefant aus, wird er dann gereizt, trampelt er alles nieder. Und jeden. Da ist dann gar nichts mehr süß. Na gut. Also habe ich geschrieben. Ich habe geschrieben, dass es von den Wänden meines Hauses widergehallt hat. Mein Haus hat vibriert unter meinem Schreiben. Aber irgendwann. Irgendwann hab ich mir gesagt: So, Elfi, das Üben für das Grab muss auf eine nächste Stufe gestellt werden. Über das Lesen kommen die Leut' nicht mehr zamm, dein Daseinszweck hat sich erfüllt. Du musst dich dem Todbringenden aussetzen, das nicht in der Politik zu finden ist, nicht in der Gesellschaft, sondern ganz banal auf der Straße. Ja. Das hab ich mir gedacht. Gedacht und vorgenommen. Also hab ich mir einen Fiat Punto gekauft – ich hatte noch etwas Geld übrig vom Nobelpreis – und meine Rettungsfahrten aufgenommen. Die Oper ist ein Brennpunkt, an dem ich schon etliche Menschen vor dem Fake-Taxler-Mord gerettet habe. Ich fahre hin und her, her und hin. Ich desinfiziere jedes Mal den Beifahrersitz, den Fensterheber und die Türschnalle, ich will ja nicht die böse Fee werden, die den Covid-Tod bringt. Aber wenigstens vor den Meuten rette ich Menschen.

Einzelne Menschen. Was nie mein Begehr war, Menschen retten. Na ja. Vielleicht doch. Vielleicht wollte ich Frauen vor stupiden Existenzen retten. Ich weiß es nicht mehr. Das sollen bitte die Damen und Herren Wissenschaftler besprechen, von mir aus, wenn ich nicht mehr bin. Es ist mir wurscht. Ich habe geschrieben, und was ich geschrieben habe, habe ich geschrieben, basta.«

»Sie sind auf jeden Fall …«, sagte ich ratlos, »äh … so was wie mein … mein Vorbild.«

»Ach ja?«

»Ja, natürlich! Ich bin mit Ihnen … aufgewachsen. Ich kann mich noch an die Plakate erinnern: ›Lieben Sie Jelinek und Peymann, oder Kunst und Kultur?‹«

»Ah, Österreich ist so fesch.«

»Jedenfalls …« – ich wurde immer verwirrter – »danke. Danke, Frau Jelinek. An Ihnen habe ich gelernt, was man mit Sprache machen kann. Das war, äh, super. Ohne Sie hätte mir was gefehlt. Danke.«

»Na dann!«

Sie stieg aufs Gas. Landschaft rutschte vorbei. Desolate Plakate. Werbesujets, die fröhlich lachende, verreisende Menschen zum Inhalt hatten, waren wüst beschmiert worden, egal, wie hoch sie hingen. Auf keiner Wiese stand auch nur eine Kuh, und die Raffinerie, oder was auch immer das stinkende Ding der OMV war, roch, als hätten sich die Tore oder zumindest die Poren der Hölle geöffnet.

»Wir sind gleich da«, sagte Elfriede Jelinek, und ich nickte. Die Hand hatte ich auf dem Griff über der Tür. Früher, als man solche Autos baute, wusste man noch, dass sich der Mensch manchmal anhalten muss, weil er nicht immer seine Hände im Schoß liegen lassen kann. Am Horizont tauchte der Tower von Schwechat auf, eine Eistüte mit Schießscharten.

CANTO 2: AUF DEM WEG

NUN LAG SCHWECHAT VOR uns, beziehungsweise: das Flughafengelände; wie kommt denn die liebliche Stadt Schwechat dazu, dauernd als totum-pro-parte für einen Ort zu stehen, der wie kaum ein zweiter unsere Mittäterschaft an der Zerstörung des Klimas und damit der Erde symbolisiert?

Wobei es mit der Mittäterschaft vorerst vorbei war, außer meiner, wie mir langsam dräute; was würde Elfriede Jelinek denn von mir denken (ich traute mich meinerseits nicht, nur »Elfriede« zu denken, ein blankes »Elfriede«, ein bekanntes »Elfriede«, und hängte immer ein »Jelinek« dran an meine inneren Monologfetzchen), ich hatte gedacht, ich könnte anonym zum Flughafen rauschen.

Aber nein. Ich saß neben Elfriede. Jelinek.

Mir fiel noch ein, dass sie in »Oh Wildnis, oh Schutz vor ihr« die Umweltschützer durch den Kakao gezogen hatte, dass es nur so pritschelte, und so kam ich vorerst mit dieser meiner sehr privaten Flugscham zurecht. »Ich werde«, nuschelte ich dennoch, »hab ich mir gedacht, diesen Flug kompensieren.«

»Kompensieren.«

»Ja. Da gibt's diese Webseiten. Wo man. Zahlen kann. Wenn man geflogen ist. Oder. Bevor man fliegt. In. Andere Länder, die weit weg. Also. Man zahlt dann. Und ein nepalesischer Bauer kann sich einen neuen Ofen kaufen. Effizient. Energie und so.«

»Aha. Mhm. Na dann. Kompensieren Sie nur hübsch vor sich hin.«

Ich weiß nicht, ob's gut ist, wenn Elfriede Jelinek »hübsch« zu irgendwas sagt.

Wir waren auf einem Parkplatz gelandet, von dem aus es noch ein gutes Stück Weg war bis zur Abflughalle, aber ich hatte ja alle Zeit der Welt, ich musste nur einen Flug aussuchen, irgendeinen, bezahlen, mir die Maske überstülpen; ich hatte diese verdammte Eile nicht, die man hat, wenn der Flug schon gebucht ist, dieses Feuer-unterm-Arsch, dieses Gefühl, als sei alle Zeit bis zum Abflug nichtig; ich war ganz ruhig. Ganz ruhig.

»Danke schön, Frau Jelinek«, sagte ich, als ich mich, den Koffer, die schönen Schuhe und die Hausbibel aus der kleinen Fiat-Kugel geschält hatte, »Sie haben mir mein Leben sehr erleichtert.«

Kein Satz ohne ein massives Gefühl der Dämlichkeit.

»Nichts zu danken«, erwiderte sie, »leider trau ich mich mit dem Auto nicht weiter rein aufs Gelände« – macht nichts, Frau Jelinek, dachte ich, Sie hätten mich zwar einfach direkt vor der Abflughalle aussteigen lassen und wenden können, aber ich weiß schon, dachte ich, ich weiß, Sie sind menschenscheu, macht gar nichts, die paar Kilometer schaff ich schon noch.

Ich sagte ihr also noch einmal von Herzen Danke, fügte ein »Auf Wiedersehen« an, war ein bisschen wehmütig, weil ich mich jetzt von Elfriede Jelinek wegdrehen musste, und trottete los.

»Moment«, sagte sie da zu meinem Rücken, »ich komm ja mit, hab ich das vergessen zu sagen? Pardon. Ich komm mit.«

»Äh.«

»Ja.«

»Fliegen Sie auch weg?«

Ich war stehen geblieben und schaute sie an, die Hand auf dem Trolley; rundherum war die Erde wüst und leer.

»Ich komm mit«, sagte sie, »bis zum Flughafen.«

Ich krallte mich am Trolley fest.

Die ersten paar hundert Meter stapften wir schweigend durch die Landschaft, die mit »winterlich« nur unzureichend beschrieben wäre. Eher schon Action-Abenteuer. Eher so: halbe Apokalypse. Aber Wien. Deswegen glauben wir's nicht.

Sie hatte ihren Kragen hochgeschlagen und Lippenstift und Lidschatten aufgetragen, und ich fand in meinem filmvergifteten, hollywooddurchseuchten Hirn, dass sie auf herb-schöne Weise in diese Gegend passte, wo sich die Welt schlafen gelegt hatte; wo ausgeweidete Autos auf nackten Felgen herumstanden wie festgenageltes Tumbleweed in einem Western, diese durch die Wüste geblasenen Steppenläufer, und man spürte schon die Gefahr; diese Gegend, wo ich sorgenvoll in den Himmel schaute, der leer war.

Provokant leer.

Wind kam auf, natürlich. Ich stellte mir Ennio Morricone vor, Spiel-mir-das-Lied-mit-der-Mundharmonika; mein Hirn schuf Kulisse und Sound, ich wusste beim besten Willen nicht, was ich jetzt sagen sollte. Wobei ich vielleicht vor Marlene Streeruwitz noch größeren Spundus gehabt hätte.

In nicht allzu großer Ferne sah ich – ich blieb kurz stehen, um es zu glauben: Flammen. »Da brennt was«, sagte ich tonlos und tumb.

»Ja«, sagte sie, und während ich noch ansetzte, innerlich zu flehen: Sag was, bitte, sag was, ich hab keine Ahnung, sprach sie weiter: »In Wahrheit ist der Flughafen die Hölle, das haben Sie schon ganz richtig gemeint, als Sie Ihre Kompensationskompetenz unter Beweis stellen wollten. Denn das war's, was Sie gemeint haben. Hier ist die Hölle zuhause, hier hat sie sich's bequem gemacht, und wenn noch was abhebt vom Tarmac, dann nur zur Tarnung. In Wahrheit brodelt's. – Gut, das, was da brennt, das sind angezündete Autos, ganz simpel. Ich hab ja schon ein paar Fahrten gemacht hin und her. Die Brandstifter, das sind ganz einfach Frustis, die es nicht wahrhaben können, dass nicht mehr geflogen werden kann. Oder nicht gleich. Oder nicht mit DO&CO-Menü. Oder nicht billig. Na, und dann greifen sie halt zu anderen Mitteln. Benzin. Feuerzeug. Die Scheiße ist immer einfach. Der Mensch ist des Menschen Brandstifter.«

»Und … Sie gehen da freiwillig hin? Haben Sie … haben Sie schon ein Ticket?«

Wenn es so war, wie es aussah, dann hatte sie nicht nur einfach den Georg-Büchner-Preis und dann den Nobelpreis bekommen, sondern war als ganze Person in den schon auf Erden existierenden Himmel der Glücklicheren, Besseren, von Fortuna Gebusselten aufgestiegen. Oder war schlicht intelligenter als ich und hatte das mit dem Ticket schon vorab geregelt.

Sie blieb stehen.

Sie blieb stehen und fing erst mit einem kleinen Grunzen an, bevor ihr ganzer Körper bebte und zu lachen anfing. Sie lachte und lachte, sie schüttelte sich und rüttelte sich und musste sich vorsichtig die Lachtränen aus den Augenwinkeln heben, damit die Wimperntusche das alles schadlos überstand.

»Ein Ticket? Ich? Ein Ticket? Überhaupt: ein Ticket? Nein, meine Liebe. Neinnein.«

»…?« (So schaute ich.)

Sie seufzte und sagte: »Erstens: Sie werden sehen, die Hoffnung auf ein Ticket wird eine hartnäckige sein müssen. Des wird's ned schbüühn, wie der gelernte Österreicher sagt. Zweitens: Sie werden das jetzt nicht glauben, aber mich schickt eigentlich der Manfred Müller von der Österreichischen Gesellschaft für Literatur. Ich bin ja innen ein netter Mensch, auch wenn mir das keiner glaubt. Der Manfred Müller! Dem konnte ich noch nie eine Bitte abschlagen, was heißt eine, was glauben Sie, wie viele Runden ich schon gedreht habe, was heißt ich, die Marlene, der eine Robert, der andere Robert, der Gustav, wir drehen Runden und Runden. Die Erben vom Heimito haben auch jemanden delegiert. Ich kann die Strecke zwischen der Oper und dem Flughafen schon fast blind. Na ja. Lauter Jungautoren. Wir karren da lauter Jungautoren herum. Und -innen. Wobei: jung. Auch so ein seltsamer Beisatz. Jedenfalls haben Sie jetzt was vor sich. Am besten, Sie warten, bis wir da sind. Dann ist's vielleicht einfacher zu verstehen. Warum wir Sie in die Hölle schicken.«

CANTO 3: LASST ALLE HOFFNUNG FAHREN, DIE IHR HIER EINTRETET

UND IN DER TAT WAR sie hier. Hier, angreifbar, die Hölle. Wenn man aufgewachsen ist, wie ich aufgewachsen bin, mit dieser im Kleinbürgerlichen wurzelnden Behütetheit, die vielleicht einmal strauchelt im Leben, vielleicht zweimal, die ihre Tragödien durchgemacht hat, aber sich wieder aufgerappelt hat, weil es nämlich die Liebe wirklich gibt, kurz: Wenn man behütet worden ist, dann rutscht einem bei einem Anblick wie diesem das Herz hinab, es durchschlägt die Magengrube, es fährt Achterbahn im Darm, um einen leeren Rumpf zurückzulassen und als nasser, fetter Fleck in der Hose zu landen.

Das heißt doch: »Das Herz rutscht mir in die Hose« – oder?

Vor mir hing ein Taxler von einer Laterne, von einer dieser unmenschlichen Straßenlaternen, aber gut, auch auf gusseisernen, auch auf hölzernen Masten sind schon Menschen gebaumelt. Was kann die Zeit dafür, dass die Dinge mit ihr gehen? Was können die Dinge dafür, dass die Zeit sie mit sich zerrt?

Die Dinge sind unschuldig.

Autos brannten. Scheiben waren zu Mäulern geworden, rissige Münder die riesigen Löcher. Eine Schiebetür ging auf und zu. Auf und zu. Langsam, wie im Tempo von gefährlichen Mafiosi, die sich nähern, und man selbst ist auf die Straße betoniert. **Dazwischen Geranien.**[1] Und meine Behütetheit. Meine Behutung. »Jeder bekommt seine Kindheit über den Kopf gestülpt wie einen Eimer«, sagt Doderer, was drin war, rinnt dann, sagt er, die ganze Zeit an uns hinunter, und ich habe nun also eigentlich das Gute seit zweiundvierzig Jahren an mir herunterrinnen. Ich, gebadet in Urvertrauen: Mir war bang. Aber ich hatte Elfriede.

Die lehnte an einem Masten, an dem niemand baumelte, und schaute mich an. Ich schaute zurück. Kurz regten wir uns nicht; ich sah sie an, Strähne für Strähne, Falte für Falte, und die Kippbilder, die ich im Kopf hatte, die sich dazwischendrängen wollten, Elfriede Jelinek mit Haartolle, Elfriede Jelinek mit Lidstrich, keine dreißig, im Mantel, Elfriede Jelinek, glattgesichtig, »Wollen Sie Kunst und Kultur, oder Peymann und Jelinek?«, die Kippbilder waren wie weggeschmissen. In diesem Moment. Wie durch den Schredder des Vergessens gejagt. Da stand sie.

Über ihr quietschte eine Tafel: ZU DEN GATES, stand da, WILLKOMMEN, stand da.

»Schmutzbespritzt«, murmelte ich, mehr zu mir als zu Elfriede Jelinek, »natürlich. Natürlich.«

»Die Stadt der Schmerzen«, sagte die Jelinek mit hochgezogener Augenbraue, während sie sich vom Masten löste, »hier schicken alle ihren Schmerz her, die nicht fliegen können, hier schicken sie sich her auf die Aussichtsplattform und drücken sich die Nasen platt. Schauen den Fliegern nach. Und dann fliegen die, die ohnehin keine Sehnsucht mehr im Leibe haben. Die Sehnsuchtslosen, die heben dann ab in einer Selbstverständlichkeit, dass kein Auge trocken bleibt, außer ihres. Weil die Freudentränen ausgeweint sind. Weil sie sich schon ausgequetscht haben mit ihren harten Händen.«

Na ja, und hier, dachte ich, hier hatten sich die Selbstverständlichen ausgetobt, die Mallorca-Flieger, die Wochenende-in-Barceloner, die Schnell-nach-London-Hopper. Das ging alles nicht mehr. Seuche und so. Deswegen brennende Autos. Deswegen brennende Taxler. Ist der Urlaub nicht in echt, dann ist er nirgendwo, und dann musst du dir die Aufregung anders holen.

Ich sah mich um und hörte mich hart schlucken, ein Donnern in meinen Ohren.

Elfriede Jelinek reckte das Kinn und sagte: »Da sind wir also, wir sind, wo Sie hinwollten, Frau Tiwald. Ich hab Ihnen gesagt, das wird kein Honigmilchtrinken. Aber jetzt kneifen, das geht nicht. Sie sind Schriftstellerin. Uns ist das Kneifen untersagt. Zumindest das gedankliche. Wir müssen hinschauen. Und deswegen, ich sag's jetzt, wie's ist, darf ich Ihnen hiermit mitteilen – hiermit mitteilen, pfah, was ist das für ein Deutsch, ich bin schon ganz fertig – na ja, Sie haben das spezielle Stipendium bekommen, das Durch-die-Hölle-gehen-Stipendium, ich gratuliere. Ist quasi eine Fortbildung. Ein Aufenthaltsstipendium. Kriegt nicht jeder. Obwohl jeder es gebrauchen könnte. Wobei, dann haben wir so einen Höllentourismus. Dann schieben sich die Leiber durch die Hölle, und man sieht vor lauter Leibern das Feuer nicht und reckt sich und streckt sich und hat erst nichts davon gehabt. Also. Ist besser so. Willkommen in der Hölle.«

Sie machte eine Handbewegung Richtung Eingang, wie ein Zirkusdirektor knapp vor der Pension auf die altersschwachen Löwen deutet; dann ruckelte sie einmal mit dem Kopf, und wir gingen los.

Als hätte sie gerochen, was ich dachte, sagte sie über die Schulter: »Angst brauchen S' keine haben«, super, und schon waren wir drinnen.

Ich hatte gedacht, dass sich die seltsame Leere des Vorplatzes, die gespenstische Verlassenheit der Parkplätze und Haltestellen im Inneren des Gebäudes fortsetzen würden. Aber ich hatte falsch gedacht. Dort, wo in anderen Hochsaisonen die Massen angestanden waren, um in die fliegenden Sardinenbüchsen vorgelassen zu werden, schlurften graugesichtige Gestalten an mir vorbei, manche einzeln, manche in kleinen Grüppchen, und fast alle mit einem Nachziehtrolley. Verlegen öffnete und schloss ich die Finger um den Griff des meinigen; das Grauen beginnt schon darin, sich in anderen gespiegelt zu sehen. Still war es keineswegs, nur war's nicht der Bienenstock, als der sich ein Flughafen sonst präsentiert, sondern mehr das Wirtshaus vor der Sperrstunde, wenn der Wirt schon müde und ungeduldig einen dreckigen Fetzen so deutlich über die Budel schmiert, dass selbst der letzte geisterhafte Trankler kapiert, welche Stunde es geschlagen hat. Aber noch eine unflätige Bemerkung vom Stapel lässt.

An manchen Stellen hallte der Unflat wider, als stünden wir unter der Kuppel eines Doms, wahrscheinlich eines geplünderten, wahrscheinlich eines, den der Pöbel auseinandergenommen hat, um allem zu frönen, was die Pfarrer verboten haben, aber vom Frönen war hier nichts wahrzunehmen. Nur vom Stöhnen. Und Fluchen. Und Jammern. »Wann geht endlich der Scheißflug?« war noch das Harmloseste.

»Ihr Hirn haben diese Gestalten alle schon abgegeben wahrscheinlich«, sagte die Jelinek in einer Aufgeräumtheit, die mich aus meinen deprimierenden Betrachtungen riss, »aber Sie und ich, wir sind nicht zum Hirnabgeben da. Und den Koffer da, übrigens. Wollen S' den Koffer jetzt wirklich mitzahn?« – »Da is ein Manuskript drin«, fiepte ich und klammerte mich fest. »Aha«, sagte sie, »na gut, es sei Ihnen verziehen. Aber später nicht jammern, wenn's anstrengend wird, ich sag Ihnen gleich, ich zieh ihn nicht, ich zieh nix. Außer Schlüsse.«

»Des is zum Niedalenga und Schdeahm«, maulte laut eine aufgeschwemmte, aufgedonnerte Kuh, die mit Gatten und Gör an uns vorüberstapfte, aber ich schreibe das nur so hin, weil mir die Finger diktieren, weil ich zwar mit dem Trio dann und dort nichts zu schaffen haben wollte, aber die Menschen – so sage ich es mir immer wieder – eigentlich mag. Wer weiß, was die Kuh schon überstanden hatte. Wofür sie sich belohnen wollte mit einem Flug auf die Seychellen. Vielleicht war sie liebenswert. Schützenswert. Urlaubswürdig.

»Die meisten Leute glauben, dass sie sich was erzählen müssen, und dann fällt ihnen irgendwann nichts mehr ein, und dann glauben sie, sie müssen verreisen«, sagte die Jelinek und stieß die Hände in ihre Manteltaschen. »Hier trotten sie herum. Wie Drohnen auf Drogen. Ziellos, weil man sie ihr Ziel nicht haben lässt.«

»Aber ist da nicht noch ein Rest von Widerstand?«, ließ ich mich zögernd vernehmen. »Der Saft, die Kraft, sich noch aufzurappeln, die Stadt zu verlassen, von, sagen wir, den Malediven zu träumen? Ist das Reisen dann nicht schon Résistance?«

»Wer von den Malediven träumt, der hat sich schon aus seinem Leben weggebeamt, und das ist schlecht«, befand Frau Jelinek, »der hat kein Talent zum Aussitzen, zur Geduld, der Fluchtinstinkt, der die Mittelschicht befällt in Situationen wie der jetzigen, der ist langweilig, weil er mit wahren Fluchten nichts mehr zu tun hat. Es ist ein armseliger Fluchtinstinkt.«

»Aha«, murmelte ich.

»Hier«, sagte Frau Jelinek, »da müssen wir noch durch«, dann sah ich sie: das Knäuel, von dem die meisten Geräusche kamen, das meiste Jammern, und Fliegen kreisten auch noch drum herum: Koffer waren geplatzt, Wäsche lag herum, die offenbar bei überhasteten Abreisen noch aus dem Schmutzwäschekorb geholt worden war, Wäsche, die man offenbar hier schon anderen Zwecken zugeführt hatte, und dann noch alle möglichen Brote in allen möglichen Zuständen und Alterungsphasen, mit Käse drauf, der tropfte, mit Salamiblättern, die an ihren Rändern schon Wellen schlugen, es stank, es klang, Kinder greinten, natürlich schrien dann Erwachsene, aus deren kauenden Mündern es nur so spritzte, dann schrien andere Erwachsene zurück – warum es keine

Massenschlägerei gegeben hat, kann ich mir nur mit dem hohen Grad der allgemeinen Erschöpfung erklären.

Mit ein paar dieser ausziehbaren Gurtkonstruktionen, die einem Weidezaun gleichen, wenn man sie ausfährt, hatte die Flughafenverwaltung eine Schleuse konstruiert, und wie die Österreicher nun einmal sind, hatten sie sich dort angestellt, angeknäuelt, weil SO ordentlich sind die Österreicher nun auch wieder nicht, sie sind ja keine Briten, die sich sogar bei der Bushaltestelle anstellen, nein, so verkniffen sind die Österreicher nicht, die knäueln sich dann schon. Vorm Gattertor. »Die Schleuse da«, sagte Frau Jelinek, »wird aussortiert, die Guten, Fieberfreien ins Töpfchen, die Kranken am Schöpfchen und raus mit ihnen. Oder nicht raus. In die Quarantänestation. Aber von dort werden wir uns schön fernhalten. Gar nicht Mutter Teresa und sich aufopfern und Schicksale teilen.«

Da stand ein völlig ausgemergelter, junger, erschöpfter Bursche mit Maske und Gesichtsschild und hielt einen Fieberthermometer in der Hand. Offenbar war er hier schon seit Tagen, Wochen, vielleicht seit Menschengedenken im Einsatz.

Schneckengleich hob sich die behandschuhte Hand, langsam, langsam fuhr das Fieberthermometer in seiner Hand, Sichtrohr eines U-Bootes, eines über und über in Schutzkleidung gehüllten U-Boots, zur Stirn eines sich aus der Masse gestreckt Habenden; »Neiiiin!«, brüllte dann der Aufgebrandete, bei dem das Fieberthermometer angeschlagen und der schmale Bursche »Siebenunddreißigeins« orakelt hatte, und verhüllte sein Gesicht; bei Siebenunddreißigkommaeins hieß es schon Njet, »nicht Fisch, nicht Fleisch von der Temperatur her, aber der Staat nimmt alles ganz genau, der Staat Österreich nimmt alles supergenau, vor allem, wenn es um das einfache Staatsfleisch geht«, murmelte Frau Jelinek, und da kamen schon zwei im Sicherheitsanzugsornat, krallten sich den Unglücklichen, der sich doch schon auf halbem Weg nach Mallorca gewähnt hatte, und verschwanden mit ihm, der zwischen den sicherheitsbeanzugten Körpern strampelte.

»Ich werde jetzt etwas machen, das mir zutiefst zuwider ist«, sagte Frau Jelinek, »aber es ist mir nicht so sehr zuwider wie das Einknäueln in der Masse, das mich auf den Höchstgrad der Angewidertheit treiben würde«, packte mich am Ärmel, fischte aus ihrer Manteltasche eine eingeschweißte Karte, brüllte: »Hier Jelinek! Jelinek!«, und siehe da, ein weiterer Beanzugter tauchte auf, löste eines der eigentlich flutschenden Bänder aus seiner Halterung, winkte uns durch, trat auf zwei, drei Verwegene ein, die nun auch »Jelinek! Jelinek!« brüllten, und brüllte zurück: »Schleichen S' Eahna! Se hom kaan Noböllpreis!«

CANTO 4: VORHÖLLE

WIR WAREN DURCH. Ich wäre gern in Ohnmacht gefallen, aber Frau Jelinek sagte »Sorry« und haute mir eine runter, als sie mein Schwanken bemerkte, als würde sie einem Computer, der grad dabei ist sich aufzuhängen, einen Schubs geben. »Runterhauen« ist vielleicht auch zu drastisch ausgedrückt. »Schubsen« wiederum zu lieblich.

»Schauen Sie sich gut um, bevor es weitergeht«, sagte sie und ruckelte wieder mit dem Kinn.

Dort, wo eigentlich das Einchecken hätte stattfinden sollen, standen und saßen Gruppen von Leuten umher, denen offenbar durch irgendein Privileg vergönnt war, sich vom allgemeinen Gedränge abzusetzen. »Unsere Philosophinnen und Philosophen«, sagte Frau Jelinek, »die dürfen, hat man ihnen gesagt, davonfliegen, die dürfen abheben, man weiß nur nicht, wann und wohin.«

Ich schaute mich um und sah ein paar Leute in Jeans und Sneakers, ein paar in Anzügen, manche davon derart gemustert, dass eine Kuh davor gescheut hätte, aber wer bin ich, Leuten ihre modischen Selbstaufmunterungen zu missgönnen; sie hielten einigermaßen Abstand und trugen Masken, die Damen und Herren, wobei: wesentlich mehr Herren als Damen, nur einer nicht. Der hatte die Maske unterm Kinn und, horribile dictu, rauchte.

»Das ist der Robert Pfaller«, sagte Frau Jelinek in einem Tonfall, als wäre sie eine Fremdenführerin und würde gerade einer Gruppe japanischer Touristen im Vorbeigehen schnell den Stephansdom zeigen.

»Ah«, sagte ich wie ein Schaf, »ist das der mit der Pro-Raucher-Initiative?«

Wenn ich Frau Jelinek gewesen wäre, hätte ich mich jetzt mitleidig angeschaut, sie schaute aber ganz normal und gleichgültig. »Er hat ja ein Buch über die Erwachsenensprache geschrieben und über ihr Verschwinden«, hudelte ich also weiter, »das find ich interessant, äh.« Es ging darin wahrscheinlich auch ums Gendern und dass das schlecht sei, dachte ich, aber ich war noch meiner Beinahe-Ohnmacht von vorhin zu nah, um mit Elfriede Jelinek eine Diskussion über gerechte Sprache anzufangen. Sie sagte nur: »Da steht der Herr Pfaller und raucht und erfüllt seine Ankündigungen und vielleicht gleich sich selbst dazu. Vielleicht hätten wir alle zuhause bleiben sollen. Vielleicht hätte ich auch zuhause bleiben sollen. Aber hier bin ich und will den Herrn Pfaller eigentlich anreden, aber dann will ich ihn doch wieder nicht anreden, weil ich eigentlich leutschiach bin. Und außerdem steht schon in der Bibel: Wenn ihr nicht werdet wie die Kinder, könnt ihr das Himmelreich nicht erlangen. – Jetzt hat er seine Erwachsenensprache, der Herr Pfaller, und ob er von hier aus, mitten in der Krise, noch in den Himmel kommt, das weiß ich nicht, das weiß ich nicht.«

Ich muss sagen: Sie tänzelte.

Ich glaube, dass sich auch Peter Sloterdijk hierher verirrt hatte, da war ein seebärbebarteter Herr mit grauem Mondscheinhaar und Aktentasche und Schrankkoffer, der offen stand und Aberhunderte Bücher zu enthalten schien; der Herr teilte jedem, der die Hand ausstreckte, eines aus, während ich ihn mantraartig murmeln hörte: »Umwege sind die direktesten Wege zum Zentrum. Umwege sind die direktesten Wege zum Zentrum …«[2]

Frau Jelinek schüttelte leise den Kopf und deutete mir, weiterzugehen, obwohl ich fast, fast die Hand ausgestreckt hätte vor Sloterdijks Bücherschrankkoffer. »So was lesen«, murmelte sie mir zu, »geht nur, wenn man dann gleich selbst wütend in die Tastatur hämmert, und dazu haben wir jetzt keine Zeit und nix mit, also lassen wir das lieber.« Beinahe hätte sie mich am Ärmel gefasst, ließ es dann aber bleiben und verschränkte die Arme im Gehen; ich folgte ihr, die Rädchen meines Trolleys rollten über den steinernen Boden und zerknackten da und dort einen fortgeworfenen Kuli, aus dem keine Tinte mehr tropfte; offenbar war alles schon leergeschrieben. »Journalisten sind auch da und wollen auch weg«, sagte Frau Jelinek, »oder zumindest weiter durch zu den Gates und einen Blick hineinwerfen, aber das ist alles nicht so leicht, die haben ja kein Aufenthaltsstipendium bekommen. Die sind zum Dableiben verdammt. Zum Schauen auf den immergleichen Fleck. Da werden sich manche wünschen, sie wären Altenbetreuer geworden, oder Pfarrer.«

Ich hatte mir keine Vorstellung davon gemacht, wie viele Leute in Österreich sich ihr Geld mit Denken, Schreiben und Berichten verdienen; es war ein bisschen deprimierend (wir sind so gern unvergleichlich), aber da lehnten und lungerten sie, kritzelten auf Blöcken herum, ich erkannte jemanden aus den ORF-Nachrichten, dort jemanden von einem Foto, das wiederholt unter Gastkommentaren gedruckt worden war; sogar der Überchef von jenem betriebsratlosen Sender, der mit Geld aus dem Handel mit einem taurinhaltigen Getränk unterfüttert wurde, stromerte herum und süffelte Wasser aus einer Wasserflasche, ich sah es genau.

»›Kurze Sätze über gutes Leben‹«, sagte da Elfriede Jelinek, »das ist auch so ein Buchtitel vom Robert Pfaller. Ich sag Ihnen jetzt einen kurzen Satz über das gute Leben: Dietrich Mateschitz trinkt Wasser.«

Sprach's und lotste mich weiter. Michael Fleischhacker, der einmal die *Presse* gechefredakteurt und dann diverse Talks moderiert hatte, musste husten, als wir an ihm vorbeikamen, ich trug zwar Maske, machte aber trotzdem einen Sprung zur Seite. Fast wäre ich in ein Knäuel von Menschen gestolpert, von denen mich Frau Jelinek nun doch mit einem soliden Griff am Oberarm wegzog. »Das sind die mit den Positiv-denken-Ratgebern«, sagte sie, »das lassen wir lieber bleiben.«

Die Gruppe war, darf ich berichten, gar nicht klein; ich nehme an, dass sie aufhörten, so prall zu grinsen, als sie begriffen, dass Frau Jelinek – die sie wahrscheinlich nicht als Ikone über ihren Betten hängen hatten – und ich in Richtung »weiter« gingen. »Weiter« stand da über dem Nadelöhr, das die große Halle A von der Shoppingarena trennte, wo sich weitere Check-in-Ebenen übereinanderstapeln wie die Brüstungen im New Yorker Guggenheim-Museum. Nur weniger schön.

»Weiter« kam man aber nur, wenn man an dem Pop-up-Würstelstand vorbeikam, der so gezimmert worden war, dass kein unbefugtes Dickerl sich unbemerkt daran vorbeiquetschen konnte. Auch kein Dünnerl. Die Dame, die den Stand und somit den Durchgang hütete, hatte ihr blondiertes Haar zu einem Ivana-Trump-Imitat hochgezurrt, alles an Make-up verwendet, was man so verwenden kann, und strahlte eine Art von Kompetenz aus, die wohl mit dem Mundwerk zu tun hat, das man sich in Jahrzehnten Würstelstand aneignet, es sollen sich ja die wüstesten Szenen abspielen vor Würstelständen, aber das weiß ich nicht, weil das vegetarische Sortiment dort bei Hot Gurkerln halt macht.

»Frau Müller-Thurbach, hier bin ich wieder«, sagte Frau Jelinek und hob im Gruß zwei Finger an die Schläfe. »Ach, Frau Jelinek, Sie sind aber flott«, sagte die kompetente Würstelständlerin in einem Deutsch, das sich eher nach dem Schliff von ORF-Fernsehabenden mit Christine Hörbiger anhörte als nach Jahren harten Wiener Pflasters, »und das ist wohl die Frau Tiwald, gell? Wissen Sie, Frau Tiwald, wir lassen hier nicht jeden durch. Und schon gar nicht die Herrschaften von der Journaille.«

Aus dem Eck des Würstelstands schob sich eine hagere Gestalt, genauso blond und genauso geschminkt wie Madame Müller-Thurbach, und erkundigte sich, ob ich einen Hotdog wolle. »Se wean eahm no brauchn!«, mahnte die hagere Gestalt hinter ihrer Maske und wackelte mahnend mit dem dürren Zeigefinger, während La Müller-Thurgau mit einem Bratspieß nach einem Herren stach, der sich unrechtmäßig genähert hatte: »Vade retro«, brüllte sie, »hier kommen nur die durch, die dazu befugt sind! Wo is Ihre Berechtigung? Na? Na also! – Wart, Lieserl, vielleicht will die Frau Tiwald einen Tofu-Hotdog?«

Frau Jelinek tappte ungeduldig auf den Schwechater Flughafenboden, aber ich muss nun einmal bei jeder Gelegenheit an irgendetwas kauen, vor allem, wenn ich daran erinnert werde, dass damit für einen längeren Zeitraum Schluss sein könnte. »Am besten mitnehmen, das gute Papperl«, sagte sie, »heiße Hunde soll man nicht schlafen lassen. Jetzt dann aber dalli. Sie müssen auch morgen noch kräftig zubeißen.«

CANTO 5: IM WIRBELSTURM. DIE LIEBENDEN

FRAU JELINEK WANDERTE MIT einem Stoizismus, der ihr in einem Hopper-Gemälde auch gut gestanden wäre, hinein in den Terminal drei, der vor einigen Jahren an den alten Flughafen drangeklotzt worden war und allen die große, weite Welt vorspielte, in die man sich aber erst hineinfliegen musste. Es sollte wohl nach Metropole aussehen, obwohl jeder wusste, dass die Schlagzeilen, die wie Running Sushi über den Köpfen der – zu anderen Zeiten ständig – Ankommenden entlangliefen, von der *Kronenzeitung* bespielt wurden, einem Medium, das so kleinformatig war wie das Land, in dem es erschien.

Aus irgendeinem Grund ging geisterhaft eine Schiebetür auf, ein Windstoß fegte uns durchs Haar. Frau Jelineks Zöpfe regten und reckten sich wie schmale Schlängelchen. »**Zu diesem Handel**«, sagte sie und nahm das Möchtegern-Shoppingareal in den Blick, das sich bemühte, einen Hauch von wenigstens Frankfurt zu verströmen, »**und Verwandel gehört der Fremdenverkehr, bei dem die Leute, statt abgenützt und weggeschmissen zu werden, neuer und besser zurückkommen, als sie hineingegangen sind, aber weniger für sich kriegen, denn ihr Budget ist aufgebraucht.**«

Ich dankte dem Himmel leise dafür, dass ich gerade erst »Die Kinder der Toten« zu lesen begonnen hatte. Sie lagen in meinem Köfferchen, die Kinder der Toten; so erkannte ich das Zitat aus dem Prolog und konnte gewandt anschließen mit »**Es hat sich aber ausgezahlt.**«[3] Ich sah sie von der Seite an, diese eigentlich zarte, eigentlich schöne Person, die mindestens eine Generation der Österreicher so leicht erkannte wie, sagen wir, die Mona Lisa. Stolz wallte auf in mir. Und Zuneigung. Ich erinnerte mich daran, wie ich mit einem Freund in einer – ja – Sushibar gesessen war, einer von diesen billigen, in denen man in Plastikboxen abgepack-te Lachssushis kaufen kann, als auf meinem kleinen Nokiahandy eine SMS ankam mit dem Wortlaut »Ja hurra elfriede jelinek bekommt den literaturnobelpreis.« Ich weiß noch, wie ich meinem Freund wortlos das Handy reichte, wir beide uns je eine Hand vor den Mund klappten vor Freude und Überraschung, und die Augen aufrissen. Ich weiß noch, wie die *Kronenzeitung* tags da-rauf die Nachricht in einem winzigen Kästchen unterbrachte – neben einer fast schon subversiven Baumax-Werbung für eine Pflanze namens *Erica Gracilis.* »Der Führerschein kann schnell weg sein!« – das war die Schlagzeile.

Sie müssen sich das von mir gerade Geschilderte als das Gedankenkondensat von zwei Sekunden vorstellen, und sogar die sind zu lang, um das leichte Rümpfen einzuschließen, das ich an Frau Jelineks Nase sehen konnte. Kummervoll klammerte ich mich an meinen Trolley, während ich dachte. »*Manche stürzen leider auch ab dabei*«, murmelte sie dann, um zu seufzen und mit »So, und jetzt genug zitiert, es sollen ja neue Bücher kommen auf die Welt« weiterzustapfen.

Die Windstöße kamen aus den hektisch sich öffnenden und schließenden Schiebetüren, aus denen normalerweise die Ankommenden, die Wien-Neugierigen oder Wien-Konsumentinnen, die Stadt-Abhakerinnen und To-do-List-Reisenden, die Musiknarrischen, die Schnitzelsüchtler, die Heimkehrenden in gebückter, aufrechter, abwesender oder feierlicher Haltung strömten. Jetzt strömte gar nichts.

Über das *Kronenzeitung*-Band rutschte eine einzige Schlagzeile in Dauerschleife: *Pandemienotstand ausgerufen. Rettung naht nicht.*

Zwei junge, sehr junge Leute lungerten herum, blass und ganz in Schwarz, ich sah sie erst nach der traurigen Lektüre des *Kronenzeitung*-Ergusses.

»Jetzt fangen die harten Stationen an«, seufzte neben mir Frau Jelinek, »aber so ist das halt, man schreibt, und schwupps hat man Verantwortung in Zentnersäcken auf den Schultern liegen. Schauen Sie sich die zwei da gut an. Ich weiß ja nicht, ob Sie meine Bücher kennen, Frau Tiwald, es ist mir auf eine Weise wurscht, wie es Buddha wurscht wäre, aber die da, das sind die von mir in die Welt gestoßenen, weil aus dem Limbo der Unbeschriebenheit herausgeholten, Zwillinge Witkowski. Anna und Rainer Maria, die ...«

»... die im Wien der 1950er mit einem Vater leben, der im Krieg ein Bein verloren hat«, sprudelte es aus mir hervor, »und der die Mutter dauernd und exzessiv pornografisch fotografieren muss« – ich hatte zwar ein Entspannbuch einschieben müssen nach den »Ausgesperrten«, aber dafür waren die zwei Horrorteenies wie durch Pflugscharen in meinem Hirn eintätowiert.

»Hallo«, sagte Frau Jelinek, »liebe Anna, lieber Rainer, da bin ich wieder, und ich hab diesmal die Frau Tiwald mitgebracht.«

»Servus, Alte«, sagte das Gräuel, das Anna hieß und alles Mitleid verdiente, »ist das eigentlich auch eine so untervögelte Person, die Frau Tiwald, wie Sie? Soll mich das noch irgendwie interessieren?«

»Lass, Annaspätzchen«, sagte das männliche Zwillingsmonster, dem sich die Liebe hätte erfüllen sollen, um alles aushaltbar zu machen und das furchtbare Ende des Romans zu verhindern, »die Gelegenheitsschreiberinnen da, die können uns schon wieder nicht das Wasser reichen, nicht das Trinkwasser, nicht das Brauchwasser, nicht das Brackwasser.«

Sie wandten sich ab und starrten auf die Smartphones, die sie im Roman noch nicht gehabt hatten. Ich knetete mir die Nasenwurzel und rieb mir über die Augenlider. »Wie«, flüsterte ich, »ist das möglich?« Vor uns saßen ein Familienauslöscher und seine Schwester, die eigentlich aus Papier und Tinte waren.

»Ich hab nicht die geringste Ahnung«, flüsterte Frau Jelinek zurück, »wenn ich früher gewusst hätte, dass Monster aus den Buchseiten springen können und die Guten nicht, dann hätt ich auf jeden Fall nur über die Guten geschrieben und mit Lavendelromanen für Frauen vielleicht ein kleines Vermögen verdient. Und Österreich wär sowieso dasselbe geblieben. Dann wären alle glücklich gewesen.«

»Aber man muss schon«, flüsterte ich zurück, »denen, die auch so verzweifelt sind, wie man selbst, einen Anker hinwerfen. Also, ein Buch als Punkt, wo man sich trifft zum Ja-Sagen zur Verzweiflung, mein ich. Damit man nicht glaubt, man ist komplett allein in einer Wüste aus Lavendel. Verstehen Sie?«

»Du, Rainer, die zwei alten Tanten gaffen uns an, glaub ich«, sagte da die Anna zu ihrem Bruder, der nur kurz seinen leeren Blick vom Smartphone hob. Ich dachte, ich würde unter so einem Blick erschauern; ich hatte schon halb und halb daran gedacht, dass ich mich unter Überwindung meiner ehrfürchtigen Distanz an den Oberarm von Frau Jelinek würde klammern müssen, war das nicht auch beim Zauberlehrling so, dass der Meister den wilden Besen wieder in die Ecke schickt? Sollte sie mich beschützen vor diesen zwei fleischgewordenen Albträumen von Pubertieren. Aber ich erschauerte nicht. Ich machte vorsichtig zwei Schritte, nachdem ich Frau Jelineks Zeigefinger in meinem Rücken gespürt hatte.

»Darf ich fragen«, sagte ich, »was ihr da auf dem Handy anschauts? Ist das … ist das noch sehr neu für euch? Weil im Buch seids ihr in den Fünfzigerjahren.«

»Rainer, die Alte fragt uns was.«

Ich setzte ein geduldiges Lächeln auf.

»Wie ich euch kenn aus dem Roman von der Frau Jelinek, seids ihr eigentlich zwei gscheite junge Leut. Da gibt's sicher einen Haufen zu entdecken, wenn man so ein Smartphone in die Hand kriegt und irgendwann rauskriegt, wie man's am besten verwendet. Man kann natürlich seine Zeit verscheißen mit allem möglichen Wahnsinn. Vielleicht habts ihr von Fake News schon was gehört.«

»Blabla, blabla«, sagte Rainer und fuhr weiter mit dem Finger auf dem Ding herum, »wir brauchen euer Gelaber nicht. Wir sind die Neuen. Wir sind immer schon die Neuen gewesen, da warts ihr noch gar nicht auf der Welt.«

»Mit Verlaub, in den Fünfzigern war ich schon auf der Welt«, sagte Frau Jelinek, »deswegen hab ich euch ja so geschrieben, wie ich euch geschrieben hab.«

»Schönen Dank, kann ich nur sagen«, sagte Anna und wischte, »das ist ja das reinste Gräuel, in das du uns reingeschrieben hast, das Allerletzte, das Miefigste und Verstunkenste, das Widerlichste und Graueste.«

»Aber damit ist jetzt Schluss«, sagte Rainer, »wir lassen uns das nicht länger gefallen, wir lassen uns nicht in die Liebesunmöglichkeit hineinschreiben, in die du uns hineingeschrieben hast, Jelinek, wir suchen uns jetzt was Besseres.«

»Genau«, zischte Anna, »diese Klovögeleien und dieser abartige Vater, dieser untreue Hans und dieser verzwickte Bruder. Ich mag nimmer. Ich find mir was Besseres.« Sie fasste sich, während sie sprach, ins dünne Haar und entfernte ein Stück ihres Gehirns, das dort herumklebte wie faules Ei.

»Und deshalb, Jelinek«, sagte Rainer und hob kurz den Kopf, »schreiben wir jetzt unsere Zukunft selbst. Genau. Ganz kurz. Und setzen uns in die Welt und schauen, was passiert.«

Er reckte sein Smartphone in die Luft in einer Mischung aus Siegergeste, Pokal, Stockerlplatz und einem Rest von Aufzeigen wie in der Schule. Drehte den Bildschirm uns zu.

Er war auf Tinder.

Er saß da und wischte. Sie saß da und wischte. Sie waren blass und hühnerbrüstig, so wie ich sie mir vorgestellt hatte. Sie lebten. Und sie lebten nicht. Sie waren die papierensten Untoten, die mir jemals begegnet waren (und die einzigen. Bisher). Aus meinem Brustkorb fühlte ich ein Seufzen steigen; eines, dessen Kommen sich wie aus dem Erdinneren anfühlte, wo heiße Steine sich aneinanderpressen; eines, dessen Ausatmen nicht so schnell vorbei sein würde wie eine Wischbewegung.

Obwohl ich Rainer Witkowski mit seinen funkelnden Augen ab und zu innehalten sah über einem der kleinen Bilder auf der Maschine in seiner Hand.

Und dennoch dauerte mein Seufzen länger.

»Ich lebe!«, schrie er plötzlich, sprang auf, fuchtelte mit dem Handy herum. »Ich lebe, und ihr alten, vertrockneten Ex-Lebedamen könnt mir in meiner Gier nie und nimmer das Wasser reichen! Ich werde ficken! Lieben! Und ihr nicht! Amen!«

Er schrie herum, fuchtelte, dann setzte er sich. Wischte.

Frau Jelinek stand neben mir und sagte nichts, schaute nur und blinzelte ab und zu. Ich hörte mich »Der arme Bub« sagen, als stünde ich neben mir, als hörte ich mir selbst beim Auswerfen von Plattitüden zu. Sie schaute. Sie blinzelte. »**Das wahre Glück**«, sagte sie dann, »**ist das Gefühl, das Beste im Leben gewollt zu haben.**«[4]

Dann zupfte sie mich am Ärmel, und wir gingen weiter.

CANTO 6: DER SPAßMACHER. DER EWIGE REGEN

»UND DANN IST ER ausgegangen«, sagte Frau Jelinek, »hat mit einem Schulkollegen für die Matura gelernt, hat eine flüchtige Bekannte angerufen, war mit ihr in der Picasso-Bar – so ein kleiner Möchtegerngelehrter geht natürlich in eine Picasso-Bar und nicht in eine Bogart-Bar und nicht in eine, ich weiß nicht, Hansi's Bar. Und dann hat er so getan, als würde er beim Aufsperren der Wohnung zufällig die Leichen der Mutter und der Schwester finden. Die er vorher eigenhändig erschossen und mit der Axt zermalmt und mit dem Bajonett zerstochen hat.«

Ich schaute mich verstohlen um: Hatte jemand zugehört, dem die Lektüre von Jelineks »Ausgesperrten« vielleicht noch bevorstand? Oder jemand, der es auch durch die Schleuse geschafft hatte und vorbei am Würstelstand und sich vielleicht hinuntergebeugt hätte zu Anna oder Rainer Witkowski, ihnen über den Scheitel gestrichen, ihnen eine Wurstsemmel spendiert hätte, und jetzt die Finger davon lassen würde, weil er es mit einem Familienmörder zu tun bekommen hatte?

Aber da war niemand. Und sie, die sagte: »Dabei hat sich im Gehirn der Anna durchaus eine Berg-Sonate zusammengebraut, vorbereitend für die Finger und fürs Klavier, und dieses Berg-Bräu hätte ihr gutgetan, aber da war der Bruder vor«, zog mich weiter.

Da war plötzlich ein kleiner, kläffender Hund zwischen uns und dem Ausgang zu den Parkplätzen, wo zumindest ich dringend notwendige Luft zu schnappen vorhatte, ohne mich von einem Hund schnappen zu lassen, der so tat, als sei auch ein Boxer eine

Bulldogge, er kläffte auf diese röchelnde Art, die wirkt, als kämen gleich Hassgeifer und Höllenschaum aus dem Maul gespritzt. »Ein Zollhund«, sagte Frau Jelinek fast gelangweilt und warf dem Miniköter mit den Worten: »Passt schon, Zerberus, schon wieder ich, jetzt kennst mich ja schon« ein Guti zu, das sie mit erstaunlich routiniertem Griff aus ihrer Manteltasche geholt hatte.

Es regnete. Es regnete plötzlich. Na gut. Es muss natürlich in einer Stadt, über der die Katastrophe hängt wie eine Käseglocke, auch regnen. Katastrophe und Sonnenschein, das schlägt sich. Alles fügt sich offenbar ineinander und die Natur gehorcht einer Dramaturgie. Manchmal. »Jö, es regnet schon wieder«, sagte Frau Jelinek und öffnete mit den Händen die Mantelhälften, als wolle sie dieses Wetter willkommen heißen. »Sie glauben vielleicht, dass ich spinn«, sagte sie dann mit einem Unterton, den ich als listig klassifiziert hätte, schriebe ich das alles auf, »Sie glauben, die Alte tut so, als würd sie fliegen wollen. Davonfliegen von diesen deixhaften Figuren, die sie da schreibt, und Sie fragen sich, wem Sie noch begegnen werden in dieser Hölle von Flughafen. Aber ich sag Ihnen was. Ich will gar nicht davonfliegen. Ich will mich nur rüsten. Weil da drüben, da begegne ich bei jeder neuen Einführung, und es schüttelt mich wirklich vor Ehrfurcht, nur weiß ich nicht, wie ich das so sagen soll, dass es nicht ironisch klingt, dort begegne ich jedes Mal von Neuem dem Peter Hammerschlag.«

Weil es meine Mutter gibt, weiß ich, wer Peter Hammerschlag war. Ist. War.

Meine Mutter hat mir oft mit Inbrunst, Spaß an der Häme gegenüber magyarischen Absolutheiten und weit aufgerissenen Umlauten Peter Hammerschlags »Schöpfungsgeschichte auf Ungarisch« vorgetragen, und ich habe immer befunden, dass sie das viel besser kann als Friedrich Torberg auf der Aufnahme, wo er ebenfalls anstimmt:

»Im Anfang war, das ist gäwiss
der Wort, auf Griechisch Logosch.
In Weltmeer ist härumgeschwimmt
die Urgetier, das Fogosch.«

»Da drüben«, sagte Frau Jelinek, »lehnt er.«

Und da lehnte er tatsächlich, eine schmale Gestalt, eine hohe Stirn, Nickelbrille. Ein abgewetzter Mantel, ebensolche Stiefel. Ich dachte plötzlich wie irr daran, wie er bloß riechen mochte, Peter Hammerschlag, den 1942 die Nazis geholt hatten. Der – wo war nur mein Handy? Bei wem war er noch einmal untergetaucht in Wien?

»Steinbrecher«, sagte er da zu mir, bevor ich meinen Mund aufgemacht hatte.

»Äh«, machte ich.

»Alexander Steinbrecher, der Komponist, an den haben Sie grad gedacht. Der mich versteckt hat.«

»Herr Hammerschlag«, sagte Frau Jelinek, »das ist die Frau Tiwald«, und dann sagte sie gar nichts mehr und schaute nur. Machte sogar einen Schritt zurück.

»Hm«, machte Hammerschlag und zuzelte an seiner Zigarette. Sie glomm auf in diesem Grau-in-Grau, ein kleines Sönnchen, zerborsten schon und knapp davor, ein schwarzer Stern zu werden. Aber sie roch. Sie roch nach Zigarette.

»Herr Hammerschlag«, flüsterte ich. »Es ist … ähm.«

»Es ist Ihnen Ehre,
dass ich hier verkehre,
wollen Sie sagen
und mich gleich derschlagen«,
sagte er und zog und zog und die Zigarette glomm auf und ab.

»Ich bin mit Ihnen aufgewachsen«, wisperte ich, »mit der Schöpfungsgeschichte auf Ungarisch. Und mit dem Krüppellied.«

»Niemand ist mit mir aufgewachsen,
die Erd hat mich in ihren Pratzen,
der Himmel in den Pfoten,
dort bei den andern Toten«,
sagte er.

Ich trat von einem Fuß auf den anderen und begann, den Griff meines Trolleys zu kneten. Wie sollte ich so jemandem würdig gegenübertreten; wie sollte ich so jemandem in die Augen schauen; wie konnte ich ein Gespräch mit jemandem führen, der so wie dieser Mann, der so heimelig aussah mit seiner Nickelbrille, die sich wie zwei Scheinwerfer um die Augen kugelte, und dessen – wie heißt das in den Lexika –, dessen Spur sich in Auschwitz verliert –

und da tat ich, was offenbar in meine Knochen eingeschrieben ist, weil ich eine katholische, durchaus schöne Kindheit verlebt habe, in der ich erfahren habe, dass Ehrfurcht möglich ist. Ich ging in die Knie und beugte mein, wie sagt man, man sagt Haupt, ich beugte mein Haupt, sollte doch mein Trolley peinlich berührt dastehen, sollte er dastehen wie eine Miniatur vom World Trade Center, ein Bauwerk. Ich beugte mein Haupt. Stirn Richtung Erde.

»Da ist nicht Richtung Mekka«,
flüsterte er,
»dafür bin halt jetzt ich da.«

»Warum«, sagte ich tonlos zwischen meinen übers Gesicht gefallenen Haaren, »warum sind Sie damals rausgegangen? Aus der Wohnung vom Herrn Steinbrecher? Man traut sich nicht ...« – ich hob den Kopf und schaute ihn von unten an – »man traut sich nicht, obwohl ich gehört hab, dass die Hölle hier passiert, hier gerade, Schwechat, aber man traut sich nicht, hierzu Hölle zu sagen, wenn man weiß. Also ich weiß. Dass Sie in Auschwitz ... umgekommen sind.«

»Was reimt sich auf Auschwitz?«,
sagte er leise,
»Doch nur Blitz und Witz.«

Er reichte mir eine knochige Hand, ich zog mich daran hoch.

»Warum? Sie haben doch gewusst, dass ...« Ich brach ab. Manchmal gräbt anmaßende Artikulation einen Abgrund zwischen zwei Menschen; ich wollte nicht mitgraben.

Da lachte er und schwenkte seine Zigarette, und ich sah, dass ein paar Zähne fehlten, als er rief: »Na, weil ich g'raucht hab! Weil ich raus bin, Zigaretten holen! Deswegen. Hams mich g'schnappt. Der arme Steinbrecher. Wahrscheinlich kennt den niemand mehr. Ein ganz anständiger Komponist is er g'wesn, ja, ganz anständig. Die Gigerln von Wien! Hat wahrscheinlich a Todesangst g'habt, wie ich nicht mehr zurückkommen bin. Und zu Recht.«

Wieder lachte er dieses leicht zahnlose Lachen.

»Ja, ich war ein U-Boot beim Steinbrecher ... und dann hab ich Zigaretten holen müssn, ich Trottel.«

Es war kalt, es regnete in konstanten Schnüren, es wehte Tropfen auf mich, auf Frau Jelinek, auf Peter Hammerschlag. Da begann er plötzlich zu singen:

»Unter einem Regenschirm am Abend
hängt man sich zum ersten Male ein ...«,
und pfiff ein bisschen und sang:
»So ein Regenschirm wird oft verachtet,
verborgt, verpachtet ... der Mensch ist roh.
Dutzendweis sieht man die Schirme liegen
in letzten Zügen am Fundbüro ... – Das is so ein Lied, das der Steinbrecher geschrieben hat. Zum Beispiel.«

Er schob die silbrige Brille den Nasenrücken hoch, sagte »Na ja« und ruckelte die Schultern gerade. Als fände er sich in seinen Knochen nicht zurecht.

»Die Frau Jelinek hier, die zu kennen ich zu Lebzeiten nicht die Gnade gehabt hab« – »von meinem Geburtsjahr her wär sich's ausgegangen«, murmelte Frau Jelinek, »wenn nicht der Wahnsinn solche Methode gehabt hätte …« – »die Frau Jelinek«, fuhr Peter Hammerschlag fort, »die wird mit mir noch ein Zigaretterl rauchen, während Sie sich da drüben kurz umsehen.«

»Die Frau Tiwald«, Frau Jelinek hob den Kopf, als wär ihr gerade was aufgefallen, »die Frau Tiwald hätten Sie übrigens noch wiegen können in Ihren Armen. Wenn alles mit rechten, also nicht rechten, Dingen zugegangen wäre.«

»Na, jetz is sie ja da, die Frau Tiwald«, sagte Peter Hammerschlag und lächelte. »Übrigens, fast hätt ich was vergessen. Also, die Frau Jelinek sagt, Sie dürfen mich was fragen. Nachher geh ich wieder. Wenn ich mit ihr meine Zigarette geraucht haben werd. Ich bin sowieso nur halbert da. Weil eigentlich lieg ich ja im Himmel seinen Pfoten.«

Ich sah zögernd zu Frau Jelinek hinüber, aber die schaute nur zurück. Und dann fiel mir Dante ein. »Dante«, murmelte ich tatsächlich zu mir selbst, wahrscheinlich etwas debil, »der Spaßmacher. Der Spaßmacher! Im sechsten Canto. Der kann die Zukunft der Stadt vorhersagen.«

Also drehte ich mich um zu Peter Hammerschlag, der, wenn man es genau nehmen und beschreiben mag, ein bisschen wie James Dean an dieser Säule lehnte, aber ein James Dean, den einmal einer geliebt hat, und fragte:

»Können Sie eigentlich die Zukunft sehen?«

Der Regen rauschte, Autos hupten, und Peter Hammerschlag, der riss plötzlich die Augen auf – und lachte.

»Die Zukunft! Ja! Die Zukunft. Endlich fragt mich wer das. Endlich fragt mich wer …« Er schaute in die Ferne, als sich seine Lippen wieder schlossen über dem zerbrochenen Mundwerk.

Dann sagte er:

»Dumme gibt's in jeder Menschenzeit.
Dumme, G'scheite, weit und breit,
erst schwarz, dann rot, dann pink und grün,
die sich im Grunde nicht verstehn.
Die bilden zäh Koalitionen,
die den Aufwand fast nicht lohnen,
kürzen, bis auf jenen Rest,
der noch niet- und nagelfest,
das, was die Gesellschaft bräuchte,
auf dass flugs sie sich erleuchte.
Denn das versteht wohl jeder Wicht:
Ohne Geld gibt's auch kein Licht.
Ohne Licht kommt die Verdammnis.
Wer Grips hat, hat vor dieser Schiss!
Doch wurscht, ob blau, ob gelb, ob karamellisch:
Zusammen schafft sie es, die Welt. Rein theoretisch.
Allein auf Machterhaltung schielen,
das wird's für keinen Kanzler spielen,
sei er noch so cool und kurz,
dem Klima, sag ich, ist das schnurz-
piepegal. Nur ein Beispiel ist mir dieses.
Aber ehrlich? Ganz ein fieses.
Schwitzt nur, Leute, schwitzet sehr,
da kommt mehr noch, gar das Meer,
das an den Küsten von Europa
steigt und spült an Strände Tote.
Tut mir leid, unrein gereimt.
Für dich gilt auch, du Unione:
Denk ans Mit und nicht ans Ohne.

Nicht in Katastrophen denken.
Sondern Möglichkeiten schenken.«

Er seufzte. Und lächelte.

»Entschuldigen Sie bitte«, sagte er, »das ist nur so ein Wunsch. Mehr Zukunft geht nicht. Mehr sag ich nicht. Sonst bricht mir noch einmal das Herz.«

Ich lächelte zurück. Frau Jelinek gab mir einen Schubs mit dem Ellbogen und sagte: »Ich bleib noch hier auf eine Zigarettenlänge und erzähl dem Herrn Hammerschlag von Ibiza und der Oligarchennichte, während Sie sich da drüben beim Tower einmal umschauen.«

»Was is das, ein oller Gach?«, fragte Peter Hammerschlag, während ich schon in Richtung Tower blinzelte, wo tatsächlich ein riesiger Menschenhaufen unglaublichen Lärm machte. Ich bin an und für sich ein wenig menschenscheu und froh, wenn ich nach einem Tag voller fremder Gesichter wieder in göttlicher Ruhe versinken kann – vielleicht begleitet von was Seichtem auf Netflix. Oder, wenn mir nach Anspruch ist, begleitet von etwas, das ich, zwischen zwei Deckel gepackt, aus dem Bücherregal holen kann.

Da drüben war ein Menschenhauf, ein Menschenklump zugange, es wurde gejohlt und geschrien – und darauf, meinten Frau Jelinek und Herr Hammerschlag, sollte ich nun einen Blick werfen. Er werde, sagte Peter Hammerschlag, noch auf mich warten, um sich dann von mir zu verabschieden. »Ein bissl vorsichtig sein«, gab mir Frau Jelinek noch mit auf den kurzen Weg, bevor sie sich mit funkelnden Augen von Herrn Hammerschlag eine Zigarette anzünden ließ.

CANTO 7: FORTUNA. DIE SPARER, DIE VERSCHWENDER

NATÜRLICH KREUZTE EIN IRRER meinen Weg.

In einer Katastrophensituation, beruhigte ich mich innerlich, tauchen immer mehr Irre auf, oder mehr Leute werden irr, und ich dachte an mein Alter, das mich jetzt wirklich aus der Jungautorenliga hinauskatapultiert hatte und mich befähigen sollte, mit öffentlichen Irrungen halbwegs fertigzuwerden.

Der konkrete Wahnsinnige führte nämlich, ich nahm mir die Brille ab, um sie zu putzen, und fuhr mir über die Augen, er führte nämlich einen Wolf an der Leine. Er führte einen Wolf an der Leine, ging draußen an den Karossen vorbei, den ausgeweideten, leeren, kokelnden, und brummte was vor sich hin. »Wos schaustn so deppad?«, erkundigte er sich barsch, als er auf meiner Höhe war und ich ihn aus zusammengekniffenen Brillenäuglein betrachtete (das Gefühl, im Kino zu sein, wo Johnny Depp mich sicher nicht sehen kann, wie intensiv ich ihn auch betrachte, hatte mich noch nicht verlassen). »I schau ned deppad«, gab ich zurück, keine Ahnung habend, was mir sonst hätte einfallen sollen, auch weil der Wolf leider mit vier Pfoten in der Wirklichkeit zu stehen schien. Sein Führer zog die Lefzen über die Zähne – genauso wie sein Viech. »Schleichen S' Ihna!!«, hörte ich in meinem Rücken Frau Jelinek brüllen. Offenbar war ich noch nicht alt genug. Wolf und Führer zogen von dannen.

Ich tappte weiter.

Am Tower war – ich weiß, das ist jetzt unoriginell – die Hölle los. Ja. Die Hölle. Als wäre der Tower ein riesiger Fick-dich-Finger

(Pardon my French), marschierten Demozüge im Halbkreis hin und her; was heißt »marschieren«, sie trampelten, stampften, schrien sich die Kehle heiser. Am Scheitelpunkt des Kreises gingen sie aufeinander los, als wäre Krieg. Krieg. Da wurde gekickt, gebissen, mit den Fäusten geschwungen, mit Schildern gedroschen – »Nie wieder Männer!« las ich auf der einen Seite, »Weiber go home!« auf der anderen. Wenn ich sage, dass die Fetzen flogen, ist das keine Untertreibung, ich meinte sogar, BHs segeln zu sehen. Auf der einen Seite hatte sich manches Mannsgebilde die Boxershort über den Kopf gezogen, nur um zwischen anderer Behosung, leidlich aufgezippt, die jetzt unbehauste Begattungsausstattung auf Mast zu zeigen.

Die Gegnerinnenschaft wippte mit ihren Busen, manche beschriftet; da und dort war eine, war einer auf der Strecke geblieben. Heulte und blutete.

Ich seufzte und nahm auf meinem Trolley Platz, und der Regen rann an mir herunter. Wie banal, dachte ich, ist dieser Weltenlauf, dieses Aufeinanderkleschen der Geschlechter. Und wie traurig. Wie traurig, dass es auf beiden Seiten Menschen gab, die Wunden hatten: blutende Schnitte, offenbar von allerhand Messern, an allen möglichen und unmöglichen Körperstellen. Der Boden unter den kreischenden, schreienden, bebenden Massen war gescheckt schon, beträufelt-betroffen. Es troff manchen aus der Seite, von den Armen, aus dem Bauch.

Da wie dort.

Männern wie Frauen.

Ich saß auf meinem Trolley, es schüttelte mich. Wäre ich Raucherin, ich hätte mich nach einer Zigarette umgesehen. Ich sah, ich glaube ich sah, wie eine Frau ihr Gedärm in den Händen hielt, ja, ihr Gedärm, das hatte sie aufgesammelt, das hielt sie um den Arm drapiert wie einen Brautumhang, das hing aus einer Höhle, die einmal von ihrer Bauchdecke verschlossen war. Ich senkte den Blick: meine Hände auf den Knien, die zitterten; verdammt, dachte ich, wir hocken in einer Apokalypsestadt, wir sind festgepfropft in diesem katastrophigen Wien, da führen Leute ihre Gedärme spazieren auf dem Flughafen Wien, und was mach ich da? Wenn ich die Rettung rufe, wird die überhaupt kommen? Mein Erste-Hilfe-Kurs war eindeutig zu wenig für – das da.

»Du, des mocht nix. Das is quasi enhanced Kino«, sagte eine Stimme neben mir. Eine Hand schob sich in mein Blickfeld, hielt mir eine angezündete Zigarette hin wie ein Blümchen. Ein kleiner Hund schnüffelte an meinem Bein, aber nicht Zerberus. Eher Dopey. Wie der kleinste Zwerg im Disney-Schneewittchen. Dieser Hund. Den kannte ich. Und die Stimme: Die kannte ich auch.

»Alex«, sagte ich und schaute auf, und Alex* Jürgen schaute zurück, grinste mich an und hielt mir die Faust hin zum Gruß, die ich herzlich abfäustelte (so grüßten wir uns damals, man wollte keine Viren übertragen und schüttelte ergo nur Feinden die Hand, Virusverharmlosern zum Beispiel, aber auch das nur, wenn man selbst dumm war).

Alex* schreibe ich mit einem Stern, weil er*, als ich ihn* 2015 für ein Theaterstück über, ja, die Männer interviewte, grinsend sagte: Ich bin ja kein Mann. Weil er* ein Mensch ist, in dessen Körper zur Kindszeit mit Operationsinstrumentarium herumgedoktert wurde, um aus einem Beinahe-Buben, der halt nicht ins Schnittmuster passte, ein hundertprozentiges, gutes, sozusagen rostfreies Mädchen zu machen. Es wurde geschnitten und geschabt. Es wurde medikamentiert. Körperteile wuchsen (»solche Glocken«, sagte Alex* im Interview damals, und hob die Hände vor den Brustkorb).

»Dolby Stereo Surround«, sagte ich. »Is das jetzt die Endschlacht vom Patriarchat?«

»Nimm's ned so tragisch«, sagte Alex* und brachte die Zigarette zum Glühen. »Des dauert no. Und spüüd si woanders ob. Doch ned am Flughafen. Es is wegen deine Büchln. Du sollst schaun. Hinschaun. Homs xogt. Und i schau aa.«

Wir schauten also gemeinsam und schüttelten die Köpfe. Ich bin noch nie eine gute Raucherin gewesen, ich hustete herum und erschrak, als ich unabsichtlich einen Lungenzug abbekam. Alex* schlug mir freundschaftlich auf den Rücken und vor, das mit dem Rauchen besser zu üben.

Ich freute mich so, ihn* zu sehen, dass mein »So a Schas, der depperte Geschlechterkriag« fast gerührt klang. Mir war schon klar, warum man mir Alex* geschickt hatte. Alex* als Mitte. Alex* als Mensch. Irgendwann, hat er* mir damals erzählt, hat er* beschlossen, sich die durch Medikamenten-Input gewachsenen Brüste wieder entfernen zu lassen. Vor ein paar Jahren hat er* vor Gericht die dritte Option durchgesetzt: nicht nur die fade, langweilige, offensichtlich zu Gewalt animierende Trennung der Geschlechter in Er und Sie, die zu jeder Menge Zuschreibungen und Ansprüchen führt, zu allerhand zerschellten, zerdepperten Träumen – sondern eben auch was anderes. Das es auch gibt auf der Welt, zusammengefasst im Wörtchen »divers«. Gott* sei Dank.

Wir redeten über den Hund, über die Welt, über das Leben. Tranken Bier aus einer Flasche, hübsch hygienisch durch zwei verschiedenfarbige, geringelte, gescheckte Strohhalme. Und schauten dem Armageddon zu, das sich vor unseren Augen abspielte.

Ok, das ist nicht echt, dachte ich, als einer zustach. Nein, das kann nicht sein, dachte ich, als eine Frau blutspuckend zu Boden ging. Drüben, in der Prozession auf der Männerseite, sah ich einen jaulend auf allen vieren auf dem Boden kriechen, er zog eine Blutspur hinter sich her – während sein rücksichtsvoller Mitmarschierer so etwas wie eine Wurst in einem Plastiksäckchen über seinem

Kopf in die Höhe hielt wie eine Trophäe. Nur eben eine wabbelige, knittrige Trophäe.

»Des is der Typ, dem die Lorena Bobbitt domols den Penis obg'schnittn hot in Amerika«, sagte Alex*, »waaßt no?«

»I kann mi«, sagte ich leise, »daran erinnern, dass er Pornos draht hot. Nochher. Sonst nix.«

»Na jo. Er hot sie vergewoitigt. Dauernd. In der Ehe. A Oaschloch holt.«

Noch so ein Typ kam um die Ecke des Towers, Blut um Blut um Blut, er zog eine Spur hinter sich her aus dem offenen Hosentürl, wo ein eigenes Horror-Standbild zu sehen war.

»Des«, Alex* deutete mit dem Kinn, »der is aus Pakistan. Der hod wo einbrochn. Und is auf a junge Frau losgangen. Die hot eahm den Schwanz und die Hodn obg'schnittn … I sog dir wos. Es is echt ned lustig, de Mann-Frau-Gschicht.«

Sprach's und schlürfte.

Ich bin ja nicht gut im Anschauen derber Kinofilme mit der Zurschaustellung von Körperzerstörungen – schon gar nicht, wenn die Illusion, von der mir Alex* ernst versicherte, dass es eine war, so echt schien, dass ich mich hätte hineinstellen können in den Zug um den Tower, einstimmen können in das Kreischen. Messer hätte wetzen können und Messerstiche abkriegen. Mir wurde flau, als hätte jemand in meinem Magen Butter geschlagen.

»Du«, sagte ich, »i mog mir des nimmer anschauen. Mogst du noch an Sprung mitgehn zruck? I bin nämlich mit der, äh, mit der Jelinek do.«

»I waaß«, sagte Alex* und grinste, »i sog gern wieder amoi Hallo zur Jelinek.«

CANTO 8: PHLEGYAS, DER FÄHRMANN. STYX.

ALS WIR ZURÜCKGETROTTET KAMEN zur Säule, war Peter Hammerschlag gerade am Singen. »Des Glück is a Vogerl ...«, sang er, winkte Alex* zu, sagte: »Wart, ich fang noch amoi von vorn an: Die Menschen, sie zanken und streiten, viel mehr als wie notwendig is', und machen die Welt sich bei Zeiten zur Höll' statt zu an Paradies.«

Frau Jelinek und Alex* stimmten ein: »Das Glück is a Vogerl, gar liab, aber scheu«, und da stand ich in einem verwüsteten Flughafen, während sie den Refrain fertigträllerten, »es lasst si schwer fangen, aber fortg'flogn is glei ...«

»Drübma zum Tower miassts ned gehn«, sagte Alex* und machte einen halben Schlenker mit dem Kopf in Richtung Chaos, »i waaß scho, in der Göttlichn Komödie kumman jetz die hohe Mauer und die Schicksalsgöttinnen, und der Vergil verhandlt mid dena und vo der Medusa redn olle. Owa die Aanzige, die obm vom Tower oweschaut wie a Kreuzung vo Medusa und Rapunzel, is die Heidi Klum. Und die brauchts ihr jetz wiaklich ned.«

Frau Jelinek seufzte. Peter Hammerschlag schob sich den Hut in den Nacken, schaute hinauf und sagte: »Der blonde Fleck dort? Wie heißt die?«

»Adelheid«, sagte Frau Jelinek, »Klum, wie Klumpen ohne Endung. Eine Dame, die Frauenkörper und Arbeitshaltung verhandelt. Und Ihnen ganz bestimmt erklären würde, dass eh jeder und vor allem *jede* ihr Schicksal selbst in der Hand hat, nebst eigenem Leib.«

»Aha. Na, das is natürlich ein Vollschas. Pardon, ich mein, trügerisch. Ich hab dacht, die Schicksalsgöttinnen sind da und ich könnt …« – Herr Hammerschlag machte eine wegwerfende Handbewegung: »Na ja, sind eh zu nix, die Schicksalsgöttinnen, lauter zwidere Krampm …«

Und ich glaube – ich glaube! Ich merke mir nicht, was Leute sagen, wenn ich nicht sofort Stift und Papier zücke – ich glaube, er murmelte etwas wie diese Zeilen:

Der Himmel hält mich in den Pratzen
meine Stifte können nicht mehr patzen
nicht mehr schreiben
ich kann nicht bleiben

… bevor er plötzlich weg war. Er war weg.

»Die Klum hod an Spiegl in da Haund«, murmelte Alex* und zeigte auf helle Flecken, die über den Boden tanzten, »des san de Sonnenflecken do.«

»Ich stell mir lieber vor, dass das der Rest von Peter Hammerschlag ist«, murmelte Frau Jelinek zurück und vergrub sich in ihren Mantel; es war kalt, sehr kalt, als würde tatsächlich noch ein echter Winter kommen und so tun, als sei er selbst die Apokalypse (und nicht etwa sein totales Ausbleiben). Nur die seltsamen Sonnenflecken tanzten einen Reigen, wanderten auf meine Nase, dann auf die von Alex*. Frau Jelinek wedelte mit den Armen, als die Flecken auf ihre Augen wanderten, und grunzte widerwillig.

Wir hätten noch weiter schweigend unseren Sonnentanz getanzt; ich hätte vielleicht noch intensiver versucht, mir flüsternd Hammerschlags letzte Verse einzuprägen; kurz: Für ein Weilchen wäre nichts passiert – bis auf Heidi Klums Neckereien –, wenn nicht ein Rumpeln von hinten eingesetzt hätte, eines, das erst leise war, wie ein Kühlschrank, der zum Kaputtwerden ansetzt, dann aber lauter und lauter wurde, als würde uns ein Auto aus dem vorvorigen Jahrhundert überfahren wollen. Alex* zog mich zur Seite, als ein wahrhaft seltsames Gefährt auf uns zurollte, aus dem ein Kopf herausschaute, ein Kopf mit duftigen Locken drauf, mit dicken Brillengläsern, und ich traute schon wieder meinen Augen nicht und begann zu vermuten, ich sei vielleicht schon tot und alle hätten es mir verschwiegen.

»Es geht«, rief Frau Jelinek in das Knattern hinein, »es geht ja schon wieder weiter mit uns, ich weiß schon, Sie finden das jetzt seltsam, aber ist das nicht großartig, diese Literatur, ist das nicht großartig, was wir alles machen können?!«

Es ist, wie ich nun am eigenen Leib erfuhr, etwas anderes, ob jemand von den Toten zurückkehrt, den man kennt, weil man seine Bücher gelesen hat – oder ob jemand wie Tante Grete sich aus ihrem Grab erhebt, Tante Grete, die zu Lebzeiten nach außen schielte, von teurem Parfum umsprüht war und an deren Begräbnis im vorigen Jahrtausend eine Dorfverrückte meinem amerikanischen Freund eine Hummel vom Hosenbein gepflückt hatte. Aber sie war da, ich sah sie, ein bisschen schattig, nicht ganz Fleisch-und-Blut, aber das war ja auch kein Wunder, im Gegensatz zu ihrer prinzipiellen Anwesenheit. Zu Lebzeiten hatte sie sich immer gern chauffieren lassen, sie war ein fluffiger Ball von Mensch gewesen – immer ein bisschen ätherisch, und jetzt hatte sie sich trotz alledem, trotz Faulheit, trotz aller Mühen, aus ihrem Grab aufgerafft, wo, wie nicht nur ich, sondern sie selbst als Medizinerin wissen musste, eigentlich nur noch ein Knochenhaufen von ihr übrig sein konnte.

Ich erinnerte mich lebhaft daran, wie die jüngeren Tanten grinsend über Grete erzählt hatten, sie habe einmal, als ihr Magen verstimmt war, verkündet, sie esse jetzt etwas Leichtes: nämlich gebackene Champignons. Auch umwehte sie der Glanz erhabener Jungfräulichkeit, nie war uns ein Mann an ihrer Seite bekannt geworden, vielmehr hatte sie sich mit Unterbrechungen und wohl auch kaum vorstellbaren Mühen im Krieg und danach durch ein Medizinstudium geboxt. Und war Anästhesistin geworden, in Deutschland.

Das klobige Boot, das sie zu steuern schien, rollte heran, und ich hörte, wie sie schnurrte: »Hallo Kathi! Ich hab gehört, du bist da. Muss aber gleich wieder …«

Ihr Bild verschwamm, sie zackte hin und her, hinein ins Graue und wieder heraus, zu uns.

»Immer interessant, wen das Schicksal ausspuckt«, befand Frau Jelinek. »Jeder, der hier durchkommt, erlebt jemand anderen.«

Ich konnte im Augenblick nur starren.

»Na? Wollen Sie uns nicht vorstellen?«

»Ähm, ja, ach so. Das ist meine Großtante Grete, also Margarete eigentlich.«

Ich umriss kurz Gretes Geschichte, um verdattert abzuschließen mit ihrer Demenz, die sie dazu gebracht hatte, meinen Vater wegen dessen Ehefrau zu rügen: Sie hatte in ihm ihren Bruder gesehen, weswegen meine Mutter, die Grete nicht mehr einordnen konnte, ihr vorkommen musste wie Camilla der Queen.

»Kommts auffa«, sagte Tante Grete mit einer leichten Störung in der Stimme, wie das Autoradio auf einer Bergstrecke sie nicht schöner zustande brächte, und Frau Jelinek, Alex* und ich kletterten in das Gefährt, ein kleines Yachtilein, eines von denen, die in Mali Lošinj im Hafen dümpeln und für die sehnsüchtelnden Touristen unerreichbar bleiben.

Ich weiß nicht, wie ich mir das je erklären soll, ich kann mir nicht vorstellen, dass Tante Gretes Geist auf einer Yacht nach Schwechat geschippert sein soll, aber bitte, hier war sie, und schon saßen wir drin und ließen uns von Tante Grete schimmernde Gläser in die Hand drücken, in die sie Asbach Uralt einschenkte, genauso schimmernd. »Moment, i muass nur der Frau Klum …« – sie rumorte in einer riesigen Handtasche, kramte eine riesige Taschenlampe heraus und brachte fummelnd Licht hervor: Als ihr Strahl den Tower traf – und wohl Frau Klum auf der Nase –, hörten die penetranten Sonnenflecken sofort auf, uns in die Augen zu fahren.

»A so a Neavnsäge, diese Kl…«, murmelte Tante Grete; das -um war schon wieder von Rauschen verdeckt.

»Tante Grete?«, fragte ich wehmütig nach, als sie auf meine ersten Fragen nicht reagierte; ich hatte das Glas mit dem Kognak in der Hand, der viel realer war – echter, er roch nach Wald – als das Wesen, das unser Schiffchen unter lautem Tuten abdrehte. Mir verschwamm die Sicht, ich musste mir eine Träne abwischen, als sie sich nicht umdrehte. »Maunchmoi hören s' nix«, murmelte Alex* und knuffte mir in die Schulter. Unter uns wurde der Asphalt zu Wasser, zu Fluss, der Regen sammelte sich wie über Regenmagneten und hörte dann auf.

Ich hätte sie so gern nach all den Details gefragt, nach ihren Lieben, nach ihrer Arbeit, ich war viel zu jung gewesen – aber da war nichts zu machen. Sie stand am Steuerrad und fuhr an der Gehsteigkante entlang, die das Wasser in seinem Wellengang manchmal freigab.

Dann fing Tante Grete an zu singen: »Jetzt fahrma übern See, übern See, jetzt fahrma übern See. Mit einer hölzern Wurzel, Wurzel, Wurzel …«

»Wohin fahren wir eigentlich?«, flüsterte ich Frau Jelinek zu.

»Weiter«, flüsterte Frau Jelinek zurück. »Das jetzt soll übrigens der Styx sein.«

Da sah ich, wie meine friedfertige Tante Grete plötzlich mit dem Ruder ausholte und in die Wellen schlug, und ich hörte Worte diesem toten Tantenmund entschlüpfen, die ich der alten Dame nie zugetraut hätte. »Oasch« war noch das mildeste.

Aha, dachte ich und zerquetschte in der Aufregung fast mein Kognakglas, jetzt erfahre ich also doch noch etwas aus Gretes Leben, etwas, zu dem ich sie nie befragen konnte, egal, was es ist, egal, welche Antwort jetzt kommt. Auf wen prügelte sie da unten ein? War es verwegen, an Hitler zu denken? Oder, sagen wir, an Goebbels? Grete hatte, soweit ich wusste, auch in den Arbeitsdienst einrücken müssen.

Ich reckte mich, ich streckte mich, versuchte unsere kleine Yacht nicht zum Kentern zu bringen, was heißt Yacht, plötzlich kam mir vor, dass wir in einem Kanu saßen, in einer Nussschale, und um uns Wellen; plötzlich färbten sich die Wellen, wurden bräunlich, dick; die See, in die wir gestochen waren, dickte sich ein, Schlick, Schlamm, und Grete prügelte mit einem Ruder in den Gatsch.

Hätte ich mich noch weiter gereckt, wären wir allesamt gekentert und zum Objekt von Gretes Wut gestoßen – wer weiß, zu wem noch: Da und dort tauchten Köpfe auf, ja, Köpfe, ich konnte sie deutlich sehen, und natürlich, sie standen auf, diese Körper, sie standen auf, schlammbedeckte Grobiane und Hinkebeine und Schmalhänse, alle unkenntlich gemacht durch die braune Soße, bestimmt war Hitler dabei, bestimmt war Goebbels dabei, mein Herz klopfte – vielleicht auch Gretes Vater? Ihr Großvater? Männer, von denen wir nie erfahren hatten? Sie schrie und stieß.

»Aber auf wen drischt sie da ein?«, rief ich, mich umdrehend, Frau Jelinek zu, die sich in ihren Mantel gewickelt hatte und nichts sagte, zuschaute, wie ich »Tante Grete! Tante Grete!« schmetterte und schließlich zurücksank.

»Sie drischt eben«, sagte Frau Jelinek, so leise, dass ich sie fast nicht hörte über Tante Gretes Radau, »manchmal muss man dreschen.«

»Ich hätte so gern eine Geschichte gehört«, murmelte ich.

Wahrscheinlich hatte ich die Enttäuschung so fest um mich gewickelt wie Frau Jelinek ihren Mantel. Die Knie hatte ich zur Nase gezogen.

»Unsere Vorfahren«, sagte sie dann, die Königin in ihrem Mantel, »sind uns keine Rechenschaft schuldig. Zumindest nicht für unsere eigenen literarischen Anliegen. Wie kämen sie denn dazu, die, die vorausgefahren sind auf ihren Booten, ihren Kanus, ihren Nussschalen, uns auch noch artig von ihren Elendigkeiten in Kenntnis zu setzen? Von den Fährnissen und Wagnissen? Als wären wir Anhängsel von ihnen, Reporter ihrer Ruderbewegungen. Manchmal sind wir schon wirklich grauslich. Wie kommt eigentlich die Literatur dazu? Lassen Sie der Grete ihre Rache – den Gretchen steht die Rache gut, die sollten sich ohnehin nicht immer alles gefallen lassen.«

»Ich glaub«, schnaufte Gretes Geist, »wir sind bald da. Dort. Ufer. Dort.« Ein Ruder sah ich nicht mehr. Als wäre nie geprügelt worden.

Aber ich saß da wie auch geprügelt. Gram in meiner Seele. Zuerst die Hochstimmung, von einer Toten besucht zu werden; einer Toten aus dem Pantheon der tollen toten Tanten, den Zeitzeuginnen, von denen manche noch die Kaiserzeit erlebt hatten; den Kitzel der Geschichte zu spüren – aber auch den Griff des Lebens aus dem Tod heraus. Und dann? Dann gebärdet sich die zurückgekehrte Tote wie eine Fernsehfigur aus einer Realityserie.

»Wieso da, was heißt, wir sind da«, murmelte Frau Jelinek ein bisschen verstört, ein bisschen blass um die Nase, als Tante Grete uns beim Tower aussteigen ließ, »wieso beim Tower? Wieso bei Heidi Klum und Konsorten? Wieso bei den Kreischern mit ihren abgehackten Schniedeln? Da wollten wir doch gar nicht …«

»MAKEOVER!«, schrie da plötzlich gellend eine deutsche Stimme zu uns herab. »JUHU! Die Katharina kriegt jetzt ein totales Makeover und wird sich nachher gar nicht wiiiiedererkennen! Und der Elfriede geben wir gleich eine Beauty-Challenge!«

»Bitte«, flüsterte ich tonlos und heftete mich hilfesuchend an Frau Jelineks Mantel, »ich will nicht. Ich will kein Makeover. Ich will nicht, dass sie mir mit einer Schere in die Haare fährt und mich in ein Korsett steckt. Bitte!«

»Ich weiß auch nicht, was jetzt los sein soll«, sagte Frau Jelinek, drehte sich, Hände in die Hüften gestemmt, zu dem Schatten von Tante Grete um und donnerte: »Grete! Was soll das? Was soll diese Klum-Klüngel? Stecken Sie unter einer Decke? Wollen Sie ein Toten-Makeover? Unter den Fingern dieser Heil-Heidi-Betonfrau? Dass ich nicht lach.«

Tante Grete flimmerte ein bisschen verstört, aber kein Ton war mehr zu hören; dafür brüllte Heidi Klum weiter, und weil wir so taten, als wären wir nicht da, begann sie plötzlich mit irren Drohungen, mit »Ich hab dann aber mal kein Foto für euch zwei Schnepfen, nä! Ich komm euch gleich holen, und dann werdet ihr auf Diät gesetzt!« Dann tauchten auch noch allerlei hauchdünne, korkgelockte Wesen neben ihr auf, vermutlich lauter Jessicas und Franzis und Nadines, die in einer Frequenz was von »Bitches« und »Ey Mann, ey« zu kreischen begannen, dass mir angst und bange wurde. Und die zwei brüllenden, schreienden, Plakate schwenkenden Gruppen, die wir vorhin beobachtet hatten, kamen gerade um den Tower herum.

Bitte, dachte ich, bitte, Himmel, bitte, was ist, wenn die runterkommen? Hinter uns schäumt ein Meer aus Schlamm! Und als Frau Jelinek mit rauer Stimme sagte, sie sei sicher, da sei schon ein Retter unterwegs, drehte ich mich zu ihr um; seit wann gab es bei Jelinek Retter?, und hätte beinah etwas Harsches gesagt.

CANTO 9: EIN RETTER KOMMT ÜBER DEN STYX

VOR LAUTER AUFREGUNG HATTE ich sicher schon rote Flecken im Gesicht, jeder kennt das, diese Hitze in den Wangen. Rote Bäckchen. Heidi wäre sicher stolz auf mich gewesen, wenn ich sie gelassen hätte. Frau Jelinek indes war ein bisschen blass geworden und hatte tatsächlich begonnen, ein paar Haarsträhnen aus ihren Zöpfchen zu ziehen.

Verdrehte sie die Augen, als ich meinen zerfledderten Dante hervorpflückte aus meinem Trolley? Ich kann es nicht beschwören. Wenn die Inszenierung stimmt, dachte ich, dann muss irgendwann einer kommen, bald, bald muss einer über die Gewässer daherkommen, und die Gestalten, die sich im Schlamm wälzen, werden vor ihm davonhüpfen wie Frösche vor einer Python. Aber wer würde es sein? Wohl kaum der Erzengel Michael. Oder?

Tatsächlich hüpften sie schon: Bevor die zwei Demozüge dort zusammenkrachten, wo wir zu stehen gekommen waren, und ich dabei war, mich Zentimeter für Zentimeter in Alex*' Windschatten zu schieben, tauchten die Figuren ab, die Brüllerinnen, die Kreischer; mitsamt ihren abgeschnittenen Schwänzen und ihren wüsten »Ich-hau-dir-in-die-Eier«-Plakaten drehten sie ab und hüpften in den Schlamm, Lemminge allesamt, als gäb's da Gold hochzutauchen, ein Schlammwrestling zu gewinnen oder ein Casting für eine Fernsehsendung allerletzter Klasse.

Ich schaute mir das an, das Geploppe, Gepoppe, Gerangel.

Von Tante Grete war nichts mehr zu sehen, und auch die

Gestalten, auf die sie eingeschlagen hatte, waren nicht mehr auszumachen in diesem lauten Gatsch.

»Tun S' den Dante weg, Frau Tiwald, das wird schon«, sagte Frau Jelinek, und tatsächlich beruhigte sich die Lage ein bisschen; Heidi Klum, dachte ich und klammerte mich am Dante fest statt an der Erinnerung an Tante Grete, Heidi Klum konnte sie nur goutieren, diese plötzlichen Schlammbäder, das ist sicher gut für die Haut. Oder fürs Publikum. Die begannen zu catchen, die Männer, die Frauen, dass jeder Mateschitz und jeder Fellner seine helle Freude daran gehabt hätte.

»Na oiso«, sagte Alex*, heizte sich eine Zigarette an, schaute ein bisschen weise und ging in die Knie; der Hund lag da und keuchte und ließ sich tätscheln.

Von oben schallte noch immer die deutsche Stimme und schrie was von Body und Power und Starksein und Eiweiß; es war die trostloseste Beschallung, die ich jemals erfahren hatte. »Na oiso«, wiederholte ich kraftlos, »da stehen wir nun und können nicht anders.«

Es hatte sich eine Pause ergeben in der Erzählung, wir standen einfach herum; nachdem ich zwar wunderbar schweigen und ruhig sein kann, es aber nicht aushalte, wenn in einer Gruppe geschwiegen wird, versuchte ich, was ich im Leben nie zu müssen geglaubt hatte. Ich probierte Smalltalk mit Frau Jelinek.

»Sind Sie eigentlich schon einmal mit jemandem bis ganz nach drinnen gegangen«, fragte ich also, Spielbein neben Standbein, »bis aufs Flugfeld?«

Frau Jelinek packte ein Taschentuch aus und schnäuzte sich umständlich, bevor sie sagte, jaja, sie sei tatsächlich schon einmal am Flugfeld gewesen, mitten auf der Landebahn. »Allein, allerdings«, fuhr sie fort, »weil es geheißen hat, ich, äh … ich sollte da jemanden abholen. Also. Bin ich halt durchgegangen, durch das ganze Arrangement. Bei mir ist übrigens meine Mama angefahren, oder halt ein Hologramm von meiner Mama, über den Schlammstyx, den Spielzeugstyx da. Hat auch gerauscht und geblinkt wie ein Fernseher der allerersten Generation. White Noise Mama. Na ja. Ich hab mich da weiter- und durchgegraben, mit meiner ganzen Person, bis hinaus aufs Flugfeld, weil … weil sie in der Österreichischen Gesellschaft für Literatur … also, der Manfred Müller hat gesagt, ich soll Jesus vom Flugfeld abholen, so, jetzt ist es heraußen. Er hat gesagt, ich soll Jesus vom Flugfeld abholen, wenn ich schon alles sehen will, und ich leichtgläubiges Flutscherl bin also losgezogen – ich liebe es nämlich, etwas gleich zu glauben, der Glaube ist ja wie Kaiserschmarrn, fluffig, verführerisch, geistige Kalorienbombe – und hab mich durch die ganze Schwechater Hölle, die hier aufgezogen worden ist, gekämpft, weil ich so neugierig auf Jesus war. Man wollte ihm einen Empfang in der …«

Sie schaute Alex*, der* hustend und trötend an der Towerwand lehnte, mit einem verwirrt-bösen Blick an, bevor sie sagte: »… also, es hat geheißen, ich soll Jesus zu einem Empfang in die Österreichische Gesellschaft für Literatur bringen. Ja. Und ich also ganz brav durch die Hölle durch, angetrieben vom guten Glauben, dass ich jetzt endlich den historischen Jesus zu Gesicht bekomme, der ja eine so abenteuerliche Wandlung in seinem Nachleben erfahren hat, bis hinein in meine Kindheit und überhaupt mein ganzes Leben. Weil ich ja mitgekriegt hab, dass hier Tote herumspazieren, habe ich geglaubt, geglaubt wie der heilige Thomas, fast, Finger in die Wunde und so. Ich will ja immer Finger in Wunden legen (Entschuldigung, das war jetzt echt billig, aber was soll ich machen, es ist so). Und ich geh durch die Hölle durch, und dann steht dort die Sektionschefin von der Kunstabteilung im Bundeskanzleramt und hat eine Rose in der Hand und lacht mich an, und es war, als würde die Erde sich aufmachen wie ein, ich weiß nicht, das Maul eines Vögelchens, und ich der Wurm, aber ich hab mich umgedreht und nichts gesagt und bin wieder gegangen. Ich hätt ihr gern die Rose ins Gesicht geschlagen, zack, zack, flatter, flatter, aber ich bin ja keine Furie. Ich bin eigentlich ein ganz zartes Mädchen innen drin.«

Aus Alex*' Nüstern quoll noch immer Rauch im Rhythmus des Lachens, drachenhaft, süß, ein kleiner Grisu. Nach zwei Hustern trat er* an Frau Jelinek heran und – nahm sie in die Arme. Zwei große Arme schlossen sich um den Jelinekkörper, der ebenfalls erzitterte.

»Uaaahhh ... die machen rum! Die machen rum!«, kam es, natürlich, von oben; Heidi Klum guckte über den Towerrand, und dann waren noch drei todhässliche Gestalten neben ihr aufgetaucht, drei – wohl junge – Frauen, die die Zähne bleckten, weil sie die ausgehungerten Lippen nicht mehr zusammenbrachten, weil sie ihr ausgehungertes Gesicht nicht mehr unter Kontrolle hatten, weil ihre Gesichter zu Totenmasken geworden waren.

»Die schmuuusen! Wie eee-klisch!«, kreischten die drei Zähnebleckerinnen, die drei überzogenen Skelette – und dann kam's: »Den Beton! Bringt den Beton! Die gießen wir nieder, die versteinern wir, steinerne Mieder, vereist das Gefieder – Beton, Fasson! Heeeebt an!«

Alex* schaute ungläubig nach oben, hatte Frau Jelinek aber weiter fest in den Armen. »Das ist diese *obduratio cordis*, diese Versteinerung der Herzen, das meint man, wenn man sagt, man soll die Medusa nicht anschauen«, sagte sie an den Alex*'schen Armen vorbei in einem Ton, als würde sie einen Kaffee bestellen, »das ist natürlich ein Phänomen, das sich durch die ganze Gesellschaft zieht, was sag ich, durch die ganze Welt zieht sich diese Verhärtung wie die chinesische Mauer zwei Punkt null. Alle haben wir der Medusa ins Aug geschaut, weil wir gaffen ja überall neugierig hin.

Aber hängen unser, sagen wir, Herz nicht hinein in den Blick. Das haben wir alle hübsch kalt gestellt, sonst könnt's uns ja noch schlagen. Hier muss das Böse natürlich in seiner zugespitztesten Form passieren, klar, hier ist ja die Hölle auf Erden, also das Böse liegt hier im Brennpunkt, eh klar, der Fokus ist in Form, und hier übersetzt sich die Verhärtung in Beton. Na prächtig.«

»Die werden jetzt aber nicht wirklich Beton ...?«, murmelte Alex*, Hund am Arm, und zog Frau Jelinek ein bisschen nach links, dann ein bisschen nach rechts, eine ungeschickte Tanzformation für einen allerletzten Ball.

Ich war mir nicht sicher, ob ich selber gern auf der Stelle versteinern würde – Stein und weg und aus –, oder ob ich versuchen sollte, durch den See von Schlamm zu den Gates zu gelangen, catchend mit den Schreihälsen, und irgendwie zurück nach Wien. Oder ob ich weiter meiner peinlichen Zuschauerrolle frönen sollte, der dekadenten Angewohnheit des schreibenden Volkes – und als ich noch in dem war, was man in Österreich als Wiglwogl bezeichnet, schnaufte Frau Jelinek in Alex*' Umarmung: »Da kommt sie, die Retterin«, und ich drehte mich um und glaubte, jetzt habe es die berühmte Zwölf geschlagen, dem Fass den berühmten Boden aus, denn da kam jemand über den Schlammsee geschippert, der mir bekannt vorkam und doch nicht: Es war Melania Trump. Vollkommen verfettet und frei.

»Hello darlings«, trötete sie, als sie ihren schweren Body aus dem Motorboot hievte und einen Schlüssel zückte, »Mummy's here at last!«

Sie richtete ihre Katzenaugen, durch das Backenfett noch weiter zusammengedrückt, nach oben und rief hinauf: »Heidi! Stop preparing the concrete! Now! I'm telling you!«

Ganz kurz war es still, als oben der blonde Schopf von Frau Klum erschien.

»Mrs. Trump, is that you?«

»Yes«, blökte die Angesprochene, »it's me, and I'm feeling better than ever. You should try eating, it's great fun!«

Sie müssen untereinander getuschelt haben, die dünnen Damen hoch über uns.

»Mrs. Trump? Is satt really ju?«, hörten wir noch ein Stimmchen, das in seiner Substanz den Körperchen entsprach, die nahe den Wolken thronten.

»Yes, Goddamn it, it's me. Full beauty, full power, and to hell with Donald! I left him over there«, sie wedelte mit der Hand in Richtung der Gates.

»You leave these people alone«, sagte sie dann noch streng in Richtung Klum und Konsorten, bevor sie sich an Alex* wandte und mit schwerem slawischen Akzent sagte: »Du chast die Schlussel in die Tasche von Chose.«

CANTO 10: DER FRIEDHOF DER KETZER. FARINATA

ICH HATTE ZWAR EINMAL in einem Roman darüber fantasiert, dass Melania Trump sich durch Essen befreien würde, aber dass aus Schreiberei Wirklichkeit werden kann, hätte ich der Wirklichkeit dann doch nicht zugetraut.

Sie drehte bald ab, Melania, nachdem sie mir, breit grinsend, die Hand geschüttelt und sogar Glück gewünscht hatte. Glück! »Die würd ich jetzt zehn Wochen nicht waschen, die Hand«, sagte Frau Jelinek mit einem ebensolchen Grinsen, als sie die Tür aufstieß und mich herbeiwinkte. »I glaub's no imma ned«, murmelte Alex* und schüttelte den Kopf, »hob i den Schlissl die gaunze Zeit mit. Und i hob ma nau docht: an Retter, wer brauchtn an Retter?«

Frau Jelinek, ich sah es genau, hob eine Augenbraue über dem Blick, den sie Alex* zuwarf, und winkte uns näher.

»Apropos Retter«, sagte sie, »wir sind da jetzt, ich weiß nicht, ob ihr euren Dante im Kopf habts, ich darf ja schummeln, im Canto Nummer 10. Friedhof der Ketzer. Bitte weiterkommen. Keine Angst, der Frau Klum müssen wir nicht begegnen. Die ist ja hochkonform und hat bei Ketzern nix verloren.«

Ich hatte mir den Tower irgendwie spektakulärer vorgestellt, aber eigentlich sah es hier aus wie im Eingang von einem Anwaltsserien-Bürobau. Alex* und ich trotteten Frau Jelinek nach, hinein in den Lift, wo sie ohne hinzusehen auf einen Knopf drückte.

Erst da bemerkte ich, dass mein Trolley weg war. Mein Trolley! Ich hatte ihn doch aus Tante Gretes Yacht gehoben. Oder?

»Sie suchen Ihren Trolley, gell?«, fragte Frau Jelinek mit falschem Grinsen. »Na schade, den hat die Mrs. Trump mitgenommen. Blöd. Da war ein Manuskript drinnen. Sehr blöd.«

Ich schnappte nach Luft, jammerte mit den originellen Worten: »Aber das ist … das ist …« herum, doch Frau Jelinek schien vollkommen abgebrüht. »Na, schreiben Sie's halt noch einmal, das Ding, das wird ja nicht so ein Problem sein. Vielleicht wollen Sie's dann eh wegschmeißen. Und überhaupt sind wir hier auf einem Ketzerfriedhof, und Sie werden sich eventuell das eine oder andere noch überlegen … Ein Ketzerfriedhof«, parlierte sie leichthin, während wir nach oben glitten, »das ist eine leichte Übung für einen Höllenpark, vielleicht die leichteste überhaupt, weil Ketzer werden war immer leicht. Fast schon fad leicht. Kaum hat man irgendwas nicht gleich geglaubt, kaum hat man irgendwem nicht zu Gesicht gestanden, weil man es nicht verlieren wollte, das Gesicht, schwupps, schon war man geächtet. Und sie haben die Scheiterhaufen angeworfen, extra für dich. – Was tuschelts ihr da jetzt?«

Ich hatte mich Alex* zugewandt und geflüstert, dass in früheren Zeiten sogar so was wie Analverkehr mit Kirchenbuße belegt worden war, wobei ich mich fragte, welche Zeugen es hätte geben sollen, die einen anschwärzten beim Pfarrer, aber bitte, wo eine Sünde deklariert ist, da finden sich schon Denunzianten; ich breitete also murmelnd meine kleinen Wissensscherben aus, nie ist das Internet da, wenn man es braucht, immer haben sich die Details in irgendwelche Ganglien zurückgezogen.

»Aber Ketzer«, mahnte Frau Jelinek, »haben immer schon viel mehr angestellt als nur falsch gevögelt.«

Pling, und die Lifttür ging auf.

»Der Glaube an etwas«, redete sie in unseren Rücken hinein, während sie uns weiterscheuchte, immer weiter, durch eine Tür durch, »ist ja immer schon ein Explosivum gewesen. Der Nicht-

Glaube auch. Allerdings ist manchmal Nicht-Glaube Glaube. Und Glaube Nicht-Glaube. Lauter Wortklaub. Wie man geht und wie man steht: alles eine Frage der Perspektive. Und der Lautstärken.«

Es waren wie Schritte in eine Leere, über uns plötzlich die Kälte leeren Raumes. Ich sah nach oben. Und schluckte. In der Mitte schoss der Liftschacht hoch, nackter Beton; darum spannten sich Streben und Leitern und Metallkörbe wie an den Wohnblocks von New York.

»Vielleicht kennen Sie die Story von den Wiedertäufern in Münster«, sagte Frau Jelinek, den Kopf im Nacken, und zeigte weit nach oben.

Wo Füße durch die Gitterstäbe eines Käfigs ragten.

»Die Wiedertäufer haben in Münster ein tausendjähriges Reich des Friedens verkündet, die armen Irren. Natürlich vollkommen totalitär, dem IS um fast fünf Jahrhunderte voraus. Gevögelt selbstredend auch wie irr – wer Leute in die Enge treibt, der treibt's und treibt's weiter. Na ja, es kam, wie's kommen musste, überrollt, gemartert, gefoltert, und die Leichen an der Außenwand der Kirche in Käfigen aufgehängt, ein Festfraß für die … hier sind sie wieder, Vögel, denen ja alles wurst ist, sie säen nicht, sie ernten doch. Freche Viecher. Auf geht's.«

Mit einem Elan, der mich nicht wunderte, sprang sie auf die Leiter, die senkrecht nach oben stak, umgeben von gerundeten Streben, die wohl dazu gedacht waren, uns vorm freien Fall zu bewahren, sollten einmal die Finger nachlassen. Ich legte den Kopf in den Nacken, während ich der beschwingt kletternden Elfriede nachblickte – »ned schlecht«, murmelte Alex* –, und sagte mir dann, dass meine Schreibfinger wohl trainiert genug seien, um's zu schaffen. Bis ganz nach oben.

An der hellen Membran des Towers, der eine Mogelpackung ist, ein ummantelter Liftschacht zur Luftraumkontrolle, an der

Membran, die nach außen leuchtete mit ihren Werbungen für Softdrinks, Unterwäsche und Wien, brannten nach innen die Gesichter der Ketzer. Viele Ketzer hat die Zeit gesehen: Ich sah sie alle, deren Bücher einmal im Feuer gelandet waren, Legionen von ihnen, natürlich Sigmund Freud, Karl Marx, Rosa Luxemburg, aber auch ganz normale, weniger ikonische Gesichter, »der hat ›Die Abenteuer des braven Soldaten Schwejk‹ geschrieben, und das Militär für immer lächerlich gemacht«, sagte Frau Jelinek im Vorbeigehen und deutete auf das runde Gesicht von Jaroslav Hašek, der sich zu Tode gesoffen hatte, »das da ist Alexandra Kollontai« – die unter hochgezogenen Augenbrauen vom Foto schaute – »sie wollte den Sowjets die freie Liebe beibringen, und dort die Dame« – eine vollkommen Fremde – »ist eine gewisse Nora, die ihren Mann verlassen hat. In einem Nest in Niederösterreich. Ihr Nachname ist Müller, und der Typ hat sie zu verhauen gepflegt. In manchen Kreisen ist's noch immer ein No-go, dann zu gehen. Der Herr da drüben wieder« – ein Gesicht wie aus jedem Sonntagsstammtisch – »geht mit dem Liebhaber seiner Frau regelmäßig und freundlich ein Bier trinken, obwohl der ganze Ort sich die Pappalatur zerreißt, dass es nur so fetzt. Und das da ist Nasrin Sotoudeh, die im Iran im Häfn sitzt, weil sie Frauen verteidigt, die Kopftücher geschwungen haben, statt sie zu tragen.«

Edward Snowden und Chelsea Manning, Malala und die Pussy Riots waren dabei, »Giovanni Falcone, den hat die Mafia in die Luft gesprengt«, flüsterte Frau Jelinek, als wir am Gesicht des schnauzbärtigen Richters vorbeikletterten, der sich auf die Fersen der Cosa Nostra geheftet hatte, »die beiden Journalistinnen hier sind in Belarus zu zwei Jahren Straflager verurteilt worden, Daria Tschulzowa und Katsiaryna Andrejewa«, rief sie uns über die Schulter zu und deutete auf die Fotos zweier aschblonder Frauen. Die Gesichter der Reporter aus Mexiko und Venezuela, der taiwanesischen und saudischen Blogger, der Aktivistinnen aus dem Amazonasgebiet – »hier, María Taant, die den Urwald verteidigt hat, in dem sie lebte. Gegen die Invasoren, die Minenkonglomerate, die Großbauern. Ein Auto hat sie niedergefahren und ist davongebraust« – das war eine schweigende Galerie, durch die wir uns hochhantelten. Unsere Schritte brachten die Metallsprossen zum dumpfen Wummern, und die Gesichter der Ketzer, sie brannten mit winzigen Feuerchen, kaum größer als Streichholzköpfchen. Nadelstiche von Feuer.

Wir kamen dem Käfig näher, aus dem die Füße baumelten; zu meiner Überraschung schwang die Tür dieses Käfigs auf, der Herr der Füße tauchte an, machte den Käfig zur Schaukel, sprang auf eine dicke Strebe und balancierte uns entgegen. »Jössas«, hörte ich Alex* hinter mir, »der Nawalny, der Waunsinnige.«

»Chello«, kam es da schon von oben, von Putins Staatsfeind Nummer eins, der eine mit dem Hochnotgift Nowitschok verbrämte Unterhose überlebt hatte.[5]

Da stand er – den das russische Staatsfernsehen bloß »Berliner Patient« nannte, als wäre Nawalny Lohengrin und sein Name tabu; das Team der Charité hatte Nawalny in der deutschen Hauptstadt durch sein (vermutlich, vermutlich!) staatsinduziertes Koma begleitet –, da stand er, breitbeinig, die Arme in die Hüften gestützt, wie Tarzan ohne Liane über dem Abgrund schwebend, und schaute uns entgegen. »Elfriede! Where chave you left Armin Wolf? That's a wolf I would like to meet. And where is Madame von der Leyen?«

»Hello, Aleksey«, parlierte Frau Jelinek, »sadly, I couldn't get in touch with Mrs. von der Leyen. You know how they are over there, they never pick up their phone. I brought some other people I'm guiding through here instead. Meet Alex-with-a-star and Katharina.«

»Chello«, gab der Schrecken Russlands zurück, balancierte über seinen Metallsteg, über dem grauen Nichts, und tat nonchalant: »Well, I say my piece now. They put me here, in Europe, in a cage and not in a cage. Free and not free. Putin said: hell, put him in Vienna tower, I don't give a shit. Well, I don't give a shit, either. By the way, Alex-with-a-star, what is the star about? You a star?«

Alex*, schnaufend und zitternd wie ich vom Aufstieg und den Hund an sich geschnallt, atmete durch und erklärte: »I'm in between genders. Not a man, not a woman. Kind of free, mainly.«

Nawalnys Augen weiteten sich, und er schüttelte den Kopf. »You people over here, I will never understand. Not a man. Not a woman. Makes me want to miss Russia.«

Er schwang sich hoch, als sei nichts, machte Klimmzüge an einer Sprosse, schmetterte die sowjetische Hymne: »Unzerrüttbarer Verbund freier Republiken!«, und sprang nach einem Felgeaufschwung in seinen Käfig, als wäre er schon als Kleinkind im Zirkus aufgetreten. »And this Jekaterina«, hallte es dann von den Wänden, »is she a he and a star, too?«

Ich antwortete in meinem etwas stolpernden Russisch: Beim letzten Pinkeln sei ich noch eine Frau gewesen. Dass es mich allerdings sehr beeindruckt habe, wie er, Nawalny, sehenden Auges nach Russland zurückgekehrt sei, wissend, dass man ihn unter welchen Vorwänden auch immer ins Gefängnis stecken werde. Es sei, sagte ich, eine Ehre, ihn zu treffen.

»Ach«, sagte er, zuckte die Achseln und sprach plötzlich Deutsch: »Jemand hier muss mutig sein. Ihr, ich weiß nicht. Ich möchte sterben und wissen, dass ich habe getan, was es geht. Damit Russland frei wird von diese korrupte, wie sagt man, cockroaches.«

»Kakerlaken«, half Frau Jelinek. »Etwas, das wir hier seit den Nazis nicht so gerne auf Menschen anwenden.«

»Politkorrektnost«, sagte Nawalny, »ich verstehe. Oder verstehe nicht. Sind Kakerlaken. Aus. Du«, er deutete direkt auf mich, »schreib immer Wahrheit. Ist langweilig, schreiben, wenn gibt Video, aber wie jeder will. Wahrheit. Immer.«

»Ok«, hauchte ich.

Er hatte sich auf dem Käfigboden niedergelassen und nach seinem Handy gegriffen. »Good luck«, sagte er noch; als ich mich fasste, gelang es mir noch, »Moment!« zu rufen und: »Aleksej Anatoljewitsch! Ähm. Wie fühlt es sich an … wie fühlt es sich an, wenn man glaubt, man stirbt?«

»What does it feel like?«, sagte er und zog die Mundwinkel nach unten. »What does it feel like? Like shit. What do you think? Goodbye.« Und damit klappte er die Käfigtür zu.

»Puh«, brummte Alex* hinter mir und streichelte den Hund. »Mit dem dädad i aa ned Kirschn essn wuin. Oama Putin.«

Frau Jelinek drehte sich wieder zu uns, das rotgefärbte Haar hing ihr dekorativ über die Wange. »Der Herr Nawalny wird eines Tages eine unglaubliche Romanfigur abgeben, Frau Tiwald, vielleicht liegt das in Ihrer Hand, verscheißen Sie's halt nicht. Wir müssen noch ein paar Sprossen nach oben, forza, nur nicht aufgeben.«

Nach diesen ermunternden Worten blieb mir nichts anderes übrig, als mich durch den leichten Schwindel, der einsetzte, nach oben zu drücken, der Höhe entgegen, weg von Nawalny, der in aller Unglaublichkeit immer tiefer unter uns versank. Ich konnte nur das Display seines Handys durch den dumpfen Schacht aufblitzen sehen, wie Morsezeichen, die nie abbrechen.

All das tat meinem Magen gar nicht gut, und als wir uns ganz oben auf die Betonplattform schwangen und Frau Jelinek sagte, dass ich jetzt stark sein müsse, mir zwei Finger und eine Hand entgegenhielt und meinte, das seien Körperteile von Daphne

Caruana Galizia, 2017 in Malta durch eine Autobombe zerfetzt wegen ihres Politblogs, wurde mir schwarz vor den Augen. Ich hörte nicht, spürte nicht, wie ich niederplumpste, typischer Mehlsack westeuropäischer Mittelschicht, dem kaum je ein Fädchen aus seinem Stoff gezogen worden war.

CANTO 11: ÜBERBLICK ÜBER DIE HÖLLE

JAJA, AUS UNSEREINER WERDEN Schlüsse und Fäden gezogen wie in Hauptabendkrimis, unsere Leben hierzulande entfalten sich logisch, wir sollen auch (sagt der Bundeskanzler) uns Eigenheime anschaffen, damit wir unsere westlichen Körper dort gut aufbewahren können, die sich dann wiederum nicht einmischen sollen vor dem Ballhausplatz.

Während ich knocked out war, zeigte sich mir das von meinen Eltern gebaute und bezahlte Eigenheim; ich träumte dankbar und mit grünen Schlingen; das, was ich beruflich so mache, gibt das nicht her, das, wie ich lebe, würde nie so ein Eigenheim gebären; um genau zu sein, habe ich noch nie geboren, genauer: noch niemanden habe ich geboren. Nur Bücher.

»... Tiwald?«, hörte ich abgerissen durch den Nebel, der mein Bewusstsein war. Dann riss die Ohnmacht auf, und ich sah Frau Jelineks Gesicht über mir. »Rauchen Sie eigentlich? Ich zünd Ihnen eine Zigarette an.«

Alex* stand schon paffend da und zischte, dass abgebombte Hände wirklich harte Kost waren; die beiden zogen mich hoch, links eine, rechts eine Hand, echte Hände, ich dazwischen eingehängt wie das Kleinkind zwischen den Eltern in der Werbung der Volksbank aus den Achtzigerjahren. Nur lachten die beiden da grade nicht.

»Bei uns geht's um harte Kost«, sagte Frau Jelinek, steckte mir einen brennenden Tschick zwischen die Lippen und redete weiter mit Alex*, während ich an der Towerbrüstung hing und ein bisschen schmauchte.

»Auf Englisch«, fuhr sie fort, »würd ich sagen: We are about harte Kost. Literatur ist kein Lagerfeuerausflug für kleine Buben, auch wenn sie so dargestellt wird, auch wenn sie so hergerichtet wird; wenn ich inkognito und bis zur Nasenspitze vermummt durch meine Lieblingsbuchhandlung geh, weiß ich nicht, was mich eher zum Sprühspeiben bringt: die cremefarbenen Umschläge der Werke, die man nur unter Anführungszeichen setzen kann, in denen die Realitäten vergangener Zeiten ins Lavendellicht der kurzen, aberkurzen Sätze eingestampft werden, das heißt dann, glaub ich, Frauenliteratur, so wie Katzenfutter Katzenfutter heißt oder Milchpulver Milchpulver, oder ob ich doch eher den Krimikrebs bekotzen möchte. Ich bin ja eigentlich eine Liebhaberin des Schunds. Ich hab auch eine Krimisammlung. Verbrechen, ja. Aber da passiert jetzt was. Da passiert eine Delektierung am Furchtbaren, das nur noch dünn kaschiert wird. Noch dazu mit einem Cover versehen, das man »ansprechend« nennt, damit der übersehene, vergebene, ermüdete Mensch als Konsument am Abend im Bett sich durch eine Handlung ziehen lassen kann. Ja, am Strang, manchmal am Galgenstrick, werden am Abend die Mimis von den Krimis durch ein Werk unter Anführungszeichen gezogen, weil da so schön was passiert und man eigentlich nicht mitlesen muss. Wobei wir in Wahrheit täglich über die abgerissenen Hände der Daphne Caruana Galizia schreiben müssten, die für die korrupte Politelite auf Malta so lange lästig war, bis ein Auftragskiller angeheuert wurde; wir müssten täglich über die Kugel im Kopf von Ján Kuciak schreiben, der die Mafia in der Slowakei geortet und geoutet hat; wir müssten ein schriftliches Denkmal setzen den namenlosen Kindern und Männern und Frauen, die am Grund des Mittelmeers sich auflösen und dorthin zurückkehren, wo das allererste Leben hergekommen ist, zum Wasser. An ihrem Grabplatz sollt ihr die Hoffnung erkennen.

Die ehemaligen Schüler dieses unseres Landes jammern gern später, dass sie mit Thomas Bernhard gequält worden sind, dass sie mit Peter Handke und Goethe gequält worden sind, manche meinen, sie seien von mir gequält worden, und recht haben sie. Quälen! So geht das. Wenn ich was von schöngeistiger Literatur höre, ringeln sich mir die Zehennägel ein. Wie sagt man noch? Do rinnt ma des Dätowierte owa! Ja, wir wollen quälen, wir müssen der Stachel im Fleisch sein, der Dorn in der Pranke des guten Lebens, die Prise Abführmittel im Chai Latte.

Trotzdem, auch wenn man uns hasst, muss man uns zahlen. Wir sind auch der Staat. Gerade wir, die wir nicht den mörderischen Krimi-Eskapismus betreiben, der, ich will fast sagen: Blutgeld in die Kassen spült. Wir sind die Mitzüchter des denkenden Menschen, weil der denkende Mensch selten im Dauer-up-and-down der sogenannt sozialen Medien gezüchtet wird. Unsere Wörter werden in den Diskurs gespült, ja, so stell ich mir das vor, zum Beispiel über die Theater, über die Zeitungen, das Radio und, wenn man uns noch dorthin einlädt, über das Fernsehen. Auch wenn die Politologen und die Wirtschaftsmenschen und der Verband der Kaninchenzüchter, den ich in Ehren halte, weil ich Kaninchen liebe, alle miteinander meinen, dass eine Schriftstellerin in keiner Weise ausgezeichnet ist, dem fernsehenden Publikum irgendetwas auszurichten, dann muss ich auf den Tisch hauen, den Küchentisch, den Schreibtisch, den Beistelltisch, weil wir nun halt einmal die Experten des Wortes sind. Was immer man uns auftischt in dieser Welt der aufgemascherlten Message-Control-Schnittmuster, wir werden den Tisch räumen, draufhauen und unseren durch die Wortmühle gedrehten, gesiebten Senf dazugeben, weil alles nur noch Manipulation sein wird, wenn wir es nicht tun. Und ja, stellt euch das vor, liebe alle, das gehört auch in die Schulen.

In den Schulen, ich sag nur: Zentralmatura, werden die jungen Leute zu Message-Controllistas herangezüchtet, und man missbraucht das freie Wort, das die Literatur immer ist, zur Zermanschung in sogenannte Textsorten. Man misstraut nämlich dem freien Wort. Man hält sicheres Wissen über Literatur für unsicher, erstens, weil man glaubt, damit ist keine Betriebswirtschaft zu machen (obwohl der amtierende oder gerade noch amtiert habende Finanzminister ein, ha!, studierter Philosoph ist), zweitens, weil man Angst hat, dass irgendwer lernt, dass man frei schreiben kann und sich ausdrücken jenseits des Gartenzauns, in den man das, pardon, Stimmvieh einhegt, das doch nur auf Zuruf reagieren und sich von hemdsärmelig gestalteten Plakaten zurufen lassen soll, das Wahlkreuz auf sich zu nehmen und es dort abzustellen auf dem Stimmzettel, wo es die Hemdsärmel gerne haben möchten.

So.

Nun ist der Literaturbetrieb auch kein Bambiland, und bevor ich Sie, Alex*, liebe, lieber, zu Tode langweile mit meinen Satzkaskaden, höre ich jetzt auf. Sie wollen gar nicht wissen, wie es in den Redaktionen und Agenturen und Verlagen zugeht, wo die letzten Tapferen noch anarbeiten gegen die absolute Forderung nach Leichtverdaulich- und Verkäuflichkeit. Ich bin froh, dass ich schon so alt bin und nicht noch einmal erklären muss, was das soll, was ich schreibe, damit irgendwer das druckt. Ich war jetzt übrigens besonders schlau, weil Canto 11 im Inferno ist eigentlich fad, da redet der Vergil nur darüber, wie die Hölle aufgebaut ist, wie in einem Architekturseminar. Also hab ich jetzt auch geredet über die Lage des Landes, was das Wort betrifft. So. Und jetzt schaut mal, da deutet Vergil in den Himmel, auf ein Sternzeichen, sagt: Da gehen die Fische auf«, und ein Storch, der über unsere Köpfe flog, ließ einen toten Fisch auf die Towerterrasse fallen, geradewegs vor unsere Füße. »Irgendwas ist immer faul im Staate Österreich«, sprach Frau Jelinek und schob den Fisch mit dem Fuß beiseite. Die Arme hatte sie verschränkt.

CANTO 12: UNTER KENTAUREN

»PROST MAHLZEIT«, BRUMMTE ALEX*; ich fühlte mich bemüßigt, den Vorfall mit »Also das bringt der Storch heutzutage« zu kommentieren, und erntete Schweigen für meine Weisheit.

Abgesehen von totem Getier war der Ausblick schon ein bisschen schön. Frau Jelinek hob, um unser Schweben überm Asphalt zu demonstrieren, den Fisch am Schwanz hoch und ließ ihn – wir wie Schulkinder auf Ausflug an die Balustrade gelehnt, um das zu beobachten – hinunterfallen, ganz hinunter, wo Schlamm war und Apokalypse und Models anlandeten, die an grellen Gurten den Catwalk senkrecht nach unten genommen hatten. »He!«, kam's schließlich von ganz weit unten in gellendem Bundesdeutsch, »behaltet eure Scheißfettfische! Wir nehmen nur Kabeljau!«

Da hatte Frau Klum wohl noch ein kleines Abschiedspräsent erhalten von uns Behelfsstörchen.

»Es gibt übrigens noch andere nette Tiere hier«, sprach da Frau Jelinek und zeigte auf einen winzigen, in etwa doggengroßen Stier, der uns entgegengetänzelt kam. »Wir wollten so gern einen Minotauros auftreiben, wie beim Dante im Canto Nummer 12, der führt sich dort ja auf, dass sich die Balken biegen und die Steine fast zerspringen. Aber es hat leider nur für einen Minitauros gereicht. Tja, die Literaturförderung hierzulande! Obwohl die handliche Größe, also ein Getüm statt ein Ungetüm, wohl auch dem Umstand geschuldet ist, dass wir allesamt nicht zu denen gehören, die einen Stier an den Hörnern packen und über seinen Rücken springen können, gell, Frau Tiwald? Im übertragenen Sinn, das schon. Das jederzeit. Schuldig bleiben wir da gar nix. Aber nicht so wie seinerzeit auf Kreta, da scheint das ein Unterhaltungsprogramm gewesen zu sein. Stierspringen statt Skispringen. Das muss man auch können, sonst brichst dir das Gnack. Dann wird aus dem Goldberger ganz schnell ein Erdberg. Also lieber ein kleines Stierli. Damit wir auch morgen noch saftig im Dreck stierln können, der aufgeschrieben gehört. Es ist auch ein ganz, ganz sauberer Stier, er hat keine Maid entführt, seine Mama war auch eine Kuh und keine Menschin. Wie beim armen echten Minotauros. Ach Gott, mich erinnert das an so vieles, die Geschichte vom Minotauros, den seine geile Mutter sich von einem weißen Stier machen lässt, und dann kommt ein Stierkind heraus und wird versteckt vor der Welt in einem Labyrinth. Es soll ja niemand wissen, dass die Frau Mama derart wider die Natur gehandelt hat, dass man tatsächlich nicht vom Vögeln reden will und dem Himmelsgleichen, sondern vom Ficken und vom Abgrund und der Hölle, die uns unsere eigenen Körper antun können. An was denkt jeder normale Mensch heutzutage in Österreich da sofort? Natürlich an den Fritzl und die sieben Kinder, die gleichzeitig seine Kinder und seine Enkel waren, im Keller in Amstetten. Aber der kleine Stier da, das ist ein Stier der Freiheit, der wird nach seinem Auftritt hier auf einer grünen, grünen Weide sein Leben fortsetzen. Schulkinder auf Besuch werden ihn streicheln. Er muss kein Gott sein und kein Mischwesen. Sondern nur einfach – ha! einfach! – er selbst.«

»Amen«, murmelte Alex*, »danke, dass i jetz an den Fritzl denga muass, i speib glei.«

Tatsächlich kotzte der kleine Hund was Unverdautes hoch. Wir traten ein bisschen beiseite.

»Wir haben kurz überlegt, ob wir die Tochter vom Fritzl aufspüren und herbringen sollen. Ins Höllenprojekt. In die Recherche, weil was steckt drin in der Recherche? Chercher, suchen.

Immer suchen, immer schnüffeln, immer fragen, während man die Worte knetet. Wie war das möglich? Wie hat sich das angefühlt? Der Keller? Die Fritzl-Tochter als Wächterin der Schwelle … aber dann haben wir's gelassen. Dann haben wir's gelassen. Ich hätt nie gedacht, dass ich das eines Tages sagen werd, aber vielleicht darf Literatur doch nicht alles. Verstehts mich nicht falsch, die Literatur darf fast alles. Neunundneunzig Prozent. Oder neunundneunzigkommafünf. Aber da sind am Schluss nullkommafünf Prozent, die bleiben im Leben drin. Das sind dann die Knochen und die Haut und die, ich weiß nicht, Seele oder so von den Menschen, über die man schreibt. Nach dem Tod ist man ja einundzwanzig Gramm leichter, heißt es. Das. Das bleibt im Leben drin. Daran schreiben wir am Schluss immer vorbei.«

Das Tier, das so beladen war mit Geschichte und doch nichts davon spüren musste, kam angetrottet wie der Stier Ferdinand aus dem Kinderbuch, der keiner Fliege was zuleide tun, keinem Matador die Hörner in den Bauch rammen kann.

»Da«, sagte Frau Jelinek und tippte eine Fingerspitze auf ein Minitauroshorn, »dieses Pro-forma-Horn, das ist TÜV-geprüft, da wird keine Literatin drauf stecken bleiben, quasi Schreibschutz drauf. Da fließt auch kein Alex*-Blut und wir werden keinen Salat haben, auch nicht aus Därmen. Aber bitte! Ein Stier! Das heißt, meine Liebe, Sie werden …«

»Meinen Sie mich?«, fragte ich, bass berührt; sie hatte mich »meine Liebe« genannt.

»Na sicher! Also. Sie werden sich jetzt entsprechend fürchten, wie eben der Dante im Inferno auch zu rennen anfängt, und Sie werden sich jetzt da anketten lassen« – meine Augen, die ein bisschen gewässert hatten, sie hatte mich *meine Liebe* genannt!, entfeuchteten sich sofort, als sie auf das Stahlseil deutete, das in einem Karacho schräg nach unten führte. »Keine Angst, wieder Kinder-

und Schriftstellersicherung und so, mit Bergfexfixklunker, so einem Ankettding, und wenn Sie wollen, dürfen Sie für einen Helm optieren, aber ich würde sagen, wir optieren für keine Helme, wir sind weder Schlümpfe noch Stahlarbeiter, wir wollen wenigstens ein bissl ein Abenteuer.«

»Und die Klum?«, fragte Alex* misstrauisch.

»Die Klum ist da senkrecht unten im Schlamm, wir fahren mit dem Flying Fox drüber zum Terminal. Wir sehen drüber hinweg, dass dünne Frauen da unter uns im Gatsch liegen. Da sind einmal wir die Überfliegerinnen. Jetset oder so.«

»I waaß ned, ob i ned liawa den Minitauros doda streichln wüü«, seufzte Alex*, aber da war nichts zu wollen, was hätten wir denn gemacht auf dem Tower beim Stier, wie wären wir denn sonst hier heruntergekommen, ohne im Schlamm zu landen, der unter uns brodelte, wogte, kochte, wenn nicht im zeitlos dämlichen Immerkind-Habitus, in den ein Flying Fox seine Nutzer sicher hineinversetzt.

Ich ließ mich anketten, sie hatte ganz schön flinke Finger, die Frau Jelinek, und schon sausten wir, schon flogen wir, vor mir Alex*, hinter mir la prima poetessa, sicher wehte ihr Zopf. Ich trug den Hund. Dessen Schlappohren flatterten auch.

Wir setzten gerade auf der Kante auf, an der sonst die Taxis halten; knapp hinter uns leckte schon der Schlamm den Beton, und vor uns –

Sie wissen ja, dass wir uns in der Hölle befinden. »Ein Blutfluss und Kentauren, falls Ihre Erinnerung an das Inferno einen kleinen Schubs braucht«, raunte mir Frau Jelinek zu, »der kochende Blutfluss, da haben wir uns wieder behelfen müssen, weil so viel Schlachtblut war nicht aufzutreiben, außerdem wär das übel gekommen in der veganen Presse, nur das mit den Kentauren war leicht. Echt leicht.«

Aber eins nach dem anderen. Blutfluss. Nachdem ich nicht weiß, wie ich es in anderen Worten beschreiben soll, sage ich, wie's war: Da lagen wie Patronenhülsen, locker in zwei Linien geschossen, vor Blut fast dampfende Tampons (nein, nicht direkt aus der Fabrik und nicht aus der Werbung), dazwischen hockten griesgrämige Männer, und auf und ab in gemächlichem Tempo und in Wächterpose ritt der gewesene Innenminister auf einem Ross, das nicht vom Ponyhof stammte.

»Ah, Grüß Gott«, sagte er und hob die Hand an die Schläfe, er, der dem Staat Österreich die kurze und vorübergegangene Wiedergeburt der Polizeipferde eingebrockt hatte, »ich hab Sie schon erwoatet, Sie ham sich a bisserl verspätet. Fast hätt ich die Tyrannen da schon ins Blut getunkt, aber ich hab mich noch beherrscht. Diese Leut da sind nämlich die Kinderverzahrer, die vor den österreichischen Schulen stehen und migrantische Kinder zum Islamismus verführen. Und zum Kampf für einen Gottesstaat ...«

Ich mag zwar keine Freundin des Fanatismus sein, egal, in welche Couleurs er gewickelt ist – wenn man vor gedanklicher Absolutheit nicht fremdeln würde, hätte man keine Angst vor dem Tod, aber dass die Männer, die zu Hufen des Exministerpferds auf den Knien herumrutschten, mit bloßen Händen die blutigen Tampons sortieren mussten, fand ich schon ein bisschen heftig. Ja, heftig. Oder? Ich bin mir noch immer nicht sicher, ob ich das richtige Adjektiv gefunden habe, schließlich blute ich auch monatlich, weiß, wie die Software dazu aussieht. Und benutze sie. Andererseits war ich mir nicht sicher, was dem behuften Helden der Szene noch einfallen würde.

Und dann fragte ich mich leise, ob ich selbst heil herauskommen würde. Ob nicht jemand von den Herren hier sich in den Kopf setzen würde, dass es keine Zeugen geben dürfe, sobald er mit dem Sortieren fertig war. Vor allem: keine Zeuginnen.

Ich glaube leicht dem Bösen, das mir erzählt wird.

»… und davon fantasieren, dass dieses schöne Land auch zu einem Gottesstaat wird«, hörte ich den kleinen Kärntner weiterreden, »und der Stephansdom als Rakete ins Weltall geschossen wird, oder was weiß ich. Was verhindert werden muss, koste es, was es wolle!« Es war erwartbar: »Ich hätte ja unsere abendländische Heimat gerettet, aber bittschön, da ist mir der König von Ibiza dazwischengekommen und seine degoutante Performance mit der Oligarchennichte, ich hätt ja gar nicht geredet mit so einem Geschmeiß.«

Ich hörte Alex* hinter mir leise knurren. Frau Jelinek studierte inzwischen die Wolkenformationen, glaube ich.

War das jetzt ein Scherz? Musste ich jetzt den Mund aufmachen? Sehr lustig, so ein Programmpunkt. Ich beschloss, abzubiegen.

»Herr, äh, Herr Minister a.D.«, sagte ich also und warf einen bösen Blick auf meine zwei Mitreisenden, die so taten, als spielte sich im Himmel das spannendste Fernsehen ab, »wie ist denn das, wo geht's denn hier weiter?«

»Ah, mag die Frau steirische Nobelpreisträgerin nicht mit mir reden? Schon wieder nicht? Was glauben Sie, wie oft ich mir den Mund schon fusslig gredet hab hier. Und wie viele Möchtegernschreiberlinge ich schon zur Furt geführt hab, wo sie dann rüberkommen sind in den nächsten Kreis. Und sie, die Madame, die schneidet mich, ich sag's Ihnen, die schneidet mich, aber die soll nur warten, diese Schmierantin, bis wir wieder das Sagen haben! Dann gibt's keine Förderung mehr für solche Owezahra, die nix anderes tun den ganzen Tag als irgendwelche unverständlichen Satzfetzn in ihren Rechner haun! Schaun S', ich zum Beispiel. Ich arbeit. Ich reit da auf und ab und halt die Muselmanen in Schach. Und wenn sie mich lassen täten in diesem Staat, na, dann würd ich arbeiten, dass die Fetzen fliegen! Aber die? Die schaut ja nur in die

Luft! Wieder einmal! Steht neben mir und schaut einfach in die Luft! Hallo! Frau Jelinek!«

Er wachelte mit einer Reitgerte, ich glaube, er wollte schnalzen.

»Na, wurscht. Mir nach.«

Das Pferd entfernte sich in einem ballettösen Schritt, der kaum zu seiner Schlachtrossgröße passte, es bewegte sich, als hätte es nie auch nur einen Tag außerhalb der Hofreitschule verbracht, es schwang seinen Pferdehintern, klackerte mit seinen Hufen, höflich, es verbreitete eine Stattlichkeit und Staatlichkeit, dass jedes Auge tränen musste, das Spiel seiner Schultermuskulatur, die Mähne, gepflegt vom Starfriseur, wir hingegen ein Gänsemärschlein, wir, ein Fußvolk, wir trabten hinter der Zierde Österreichs her, und dann kamen wir ans Ende der langen Schlange von Männern, die wie in einer Idee von einer Fabrik nebeneinander auf dem Asphalt hockten und zähneknirschend mit Bluttampons hantierten, Blutband, Fließband, wie am Schnürchen, wir liefen wie am Schnürchen, hätte ich mich umdrehen können? »Wohin soll ich mich wenden«, welche Nummer im Gotteslob war das noch einmal?, »bevor ein Sterblicher ins Gras beißt, lässt sich nicht sagen, ob er glücklich oder voll von Trauer war in seinem Leben, sagt der gute Sophokles«, raunte mir Frau Jelinek ins Ohr, da gelangten wir zu einem Bündel am Boden, ein Bündel, da ragte eine Hand heraus, da roch es nach Chloroform, durch und durch das Blut, ein Geruch wie ein Schlag, es brannten übrigens noch immer die Taxis und da wogte noch immer der Schlamm, es war – es war – »Schleich di, du Oaschloch«, pochte es in meinen Adern. »… ausgeschaltet«, stand im *Handelsblatt* vom 14. November 2020.

Ein Zastava Sturmgewehr: Damit hatte er geschossen, der Attentäter von Wien.

Jetzt war seine Hand, die das Leichentuch nicht zudeckte, nackt und nach oben gedreht. Bettelnd und betend.

»Es ist manchmal wahnsinnig schwierig, nicht in den Kitsch abzugleiten, ich hasse den echten Kitsch, ich hasardiere hinein in die schlimmste Sprachhölle, damit mir ja kein echter Kitsch passiert«, hörte ich Elfriede flüstern, sie hatte sich ganz nah zu mir gebeugt, ich spürte ihren Ellbogen sich in meine Jacke bohren, »und Sie müssen da auch aufpassen, Frau Tiwald, weil der Kitsch bringt uns um in unserer Menschlichkeit. Zucker frisst uns den Stift aus der Hand. Bettelnd? Betend? Und gleichzeitig muss man sich trotzdem das Herz warmhalten ...«

»Immer diese Tuschelei!«, schnaubte der Altminister auf seinem Ross, das natürlich ein hohes war, »immer wird gemunkelt in diesem Land von den Linken, so, und dann passiert natürlich so was, dass ein Almosenempfänger, ein muslimischer Sozialschmarotzer, dem man auch noch eine Gemeindewohnung in den Arsch geschoben hat, glaubt, er kann bei unsereiner das Paradies errichten! Dass ich nicht lach! Dem haben wir sein Paradies ausgetrieben!«

»Und auf Wirkung«, murmelte Frau Jelinek, der ich das »Elfriede« gern angezogen hätte, an die ich mich gern gewandt hätte mit dem Wort »Elfriede« im Mund, »**auf Wirkung muß man verzichten** beim Schreiben. **Freiwillig.**[6] Kompletto totale. Auch wenn man schreien will, krächzen und furzen. Und trotzdem. Trotzdem. Finger auf der Tastatur, und ...«

Ein anderer Mann kam angeritten. Das Ross war im Vergleich zum Eins-A-Ministeriumsoberexemplar eher aus einem Gnadenhof abgeholt worden, der Reiter hing müde im Sattel. Obwohl er sein Gesicht mit einer Sturmhaube verborgen hatte, wirkte er nicht bedrohlich, sondern reif für die Nachtruhe.

»Das ist der Herr ...«, murmelte Frau Jelinek mir zu – »Der Herr wer?«, murmelte ich zurück, weil ein Windstoß den Namen davongetragen hatte. »Na, vom BVT aana. A Unglücklicher«, sagte Alex*.

Das »Grüß Sie« des Unglücklichen war mehr ein Hauchen als ein Sagen, die Bewegung, mit der er vom Pferd glitt, erinnerte mich an Kinder, müde vom Spielen, die zum ersten Mal eine Ahnung von der schrecklichen Größe des Lebens erspüren.

Er kniete neben dem Leichnam nieder und fasste nach der Hand. Erfasste die Hand.

»Die E-Mails aus der Slowakei, wo s' g'schrieben haben, die Kollegen, dass er Munition kaufen wollt in Bratislava, hamma verlegt oder gelöscht, was weiß i«, sagte er so leise, dass ich ihn kaum hörte, »und er is einfach hingfahren mit seiner Mama ihrem Auto. Neun Monat hamma braucht zur Gefährdungseinschätzung. ›Geh bitte‹, hamma g'sagt, wie einer im Amt gemeint hat, der is gfährlich. Weil ma müd san. Mia san müd. Und zwenig. Zwenig. So viel Kaffee gibt's goa ned auf der Welt. So cool kömma gar ned sein wie die bekappelten Schwärmer vom Krieg. So geil samma ned. Es is zum Schreien.«

Er krümmte sich über dieser Hand, die eben nicht irgendeine Hand war, sondern eine getötet habende Hand, und legte die Stirn darauf. Wie, ich kann es nicht anders sagen, auf einen Gebetsteppich.

»Wo san eigentlich die Daschossanen? Die der Dodl do umbrocht hot?«, fragte Alex*. Und: »Wer kniet si vor denan hin?«

»Die sind beerdigt«, flüsterte Frau Jelinek, »und ich bin sicher, auch vor denen sind Menschen gekniet.«

Der kleine Hund heulte, und, ja, es klang ein bisschen nach Kind.

»So, ich hab jetzt gnug von euch linkslinker Brut«, sagte der Altminister, »und dass ich euch den Zentaurus spiel, das mach ich nur, damit ich's euch noch einmal reinsagen kann, es Versager es, es VersagerINNEN, pardon, pardon!, doda is euer Übergang, das waren die Tyrannen, das war der Blutfluss, bitte sehr, bitte danke, und tschüss.« Dann drehte uns das Schlachtross seinen Allerwertesten zu, das größte Opfer von Ibiza entfernte sich, um mit der Reitgerte über den Köpfen der Männer herumzufuchteln. »Also, wie is des jetz, der quööt jetz diese Leit weida?«, erkundigte sich Alex*. Niemand reagierte auf diese Frage.

Der Mann, der sich über die Hand des Toten gebeugt hatte, wurde von einem lautlosen Weinen gebeutelt, ich glaube, ich kann das unterscheiden, sein Rücken bebte; nein, das kam nicht von einem unterdrückten Lachen.

CANTO 13: IM WALD DER SELBSTMÖRDER

»NA, WAS STEHTS IHR da deppert herum«, kam es vom hohen Ross, »da gehts einfach durch und fertig! Euch muss ma wirklich des Elementarste beibringen: Weitergehn, do gibt's nix zum Sehn!«

Ein dicker Punkt auf der Liste meiner Scham ist das Mundhalten. Ich schreie niemandem was nach. Ich denke oft: Zahlt sich nicht aus (dicht gefolgt vom nächsten Gedanken: Ich könnte ja meine Flanke öffnen, aber der nächste Gedanke, der sich schon um etwas gänzlich anderes dreht, drängt ihn gleich und gern weg). Zahlt sich nicht aus, der Herr Innenminister a.D. wird sich nicht ändern meinetwegen, dachte ich, und da ritt er davon, zurück zu den Tamponsortierern mit den blutigen Händen, die Reitgerte unter der Achsel eingeklemmt.

»Ich sollt's ja nicht verraten, weil es geht ja darum, dass die Eindrücke hier möglichst tief einfahren«, sagte Frau Jelinek, während sie Österreichs erstem Kentauren nachschaute, »aber ich halt's ja selbst nicht aus, also: Das waren Schauspieler, die bärtigen Möchtegernmärtyrer da vorne, über denen der charmante Herr K. die Reitgerte schwingt ... es wär auch administrativ viel zu aufwendig gewesen, echte Salafisten aus dem Häfn zu holen. Und ich hab leider keine Zeit gehabt für eine Undergroundrekrutierung mit Kopftuch in einer dubiosen Moschee in Favoriten, ich hab zu tun mit den nächsten Theaterstücken.«

»Aha«, sagte Alex*. »Und die Leich?«

»Die ist echt.«

Wir gingen.

So, wie wir da trabten, war ich mir zuwider. Ich war mir zuwider, weil ich mich nicht auskannte: War dieser eine Tote, der um sich geballert hatte, der seinen Ego-Shooter ins Bermudadreieck übersetzt hatte, einfach ein Scheusal – oder war irgendwas dran an der These vom rassistischen Dauerfeuer, das den Mörder von Wien mit zum Mörder gemacht haben soll? Oder müsste ich eigentlich an der HTL Ottakring anfragen, wie es sein kann, dass Pädagogen mitsamt dem ihnen zur Verfügung stehenden Apparat an Sozialarbeit und psychologischer Betreuung eine Fehlentwicklung und Abfischung durch radikale Vereine von Burschen wie diesem nicht verhindern können? Oder müsste man mit dem Toten telefonieren und fragen: He, Oida, warum hast du deinen Scheiß nicht zusammengehalten? Müsste ich täglich das Arbeits-, das Bildungs-, das Integrationsministerium anrufen: Wie ist das jetzt mit den entwurzelten jungen Männern? Vögeln für den Weltfrieden – oder Grenzen dicht? Schaffen wir noch irgendwas Gutes?

Salman Rushdie spukte durch meinen Kopf, der bei einer Lesung im Waldviertel gesagt hatte: Jeder entscheidet selbst, ob er eine Waffe in die Hand nimmt.

Ich war mir zuwider.

Ich war mir zuwider darin, wie ich trotzdem nach vorne dachte, obwohl ich gerade einen Gescheiterten, einen Getöteten, einen Mörder auf dem Boden hatte liegen sehen; ich dachte nach vorne, ich dachte: Jetzt kommt der Canto mit den Selbstmördern, muss ich jetzt tatsächlich noch mehr Tote sehen?, ich dachte: Kann man mich nicht in Ruhe lassen? Kann mich die Jelinek nicht in Ruhe lassen? Kann ich bitte endlich zu meinem Flug, danke, bitte, ich mag nicht mehr.

»Oama Teifl«, hörte ich Alex* neben mir brummen, »und i maan ned den Gackl. Dir is des aa ned wuascht, gö?«

Der Hund sprang, und ich erschrak über die kleine raue Hundezunge, die mir über die Hand fuhr. Es war süß, trotzdem konnte ich nicht anders, als verstohlen die Hundespucke an meinem Hosenbein abzuwischen.

Wir bogen schon wieder in den Gebäudeteil ein, in dem die Ankommenden aus aller Welt durch das Tor herausströmen in Richtung Wien, unterm Banner der *Kronenzeitung*. Die Witkowskis waren wohl am anderen Ende der Halle, ich sah sie nicht. Dafür torkelte kurz Heidi Klum durchs Bild wie ein Engel der Hölle, schlammbespritzt, mit riesigen Flügeln am Leib und ein paar Stoffdreiecken, es muss ihr saukalt gewesen sein, und sie brüllte dementsprechend herum, ich hörte nur »Mistviecher« und »mit eurer Cellulite krepieren« –

»Hier entlang«, sagte Frau Jelinek, während die gläsernen Türen des Supermarkts sich öffneten, »Schande eurem Spiegelbild!«, hörte ich noch schwach auf Bundesdeutsch krähen, bevor der Engel abtrat und wir eintraten in das Reich des Convenience Food und der Coca-Cola-Schlachtreihen, der Chipsbataillone und Häppchenkanonaden. »A Gourmet Spar«, seufzte ich glücklich.

»Ihr seids sicher hungrig«, sagte Frau Jelinek beiläufig, mit einer Flachheit im Ton, die mir gleich hätte verraten können, was hier gespielt wurde, »bitte, die Österreichische Gesellschaft für Literatur lädt euch ein, greifts zu.«

Wenn ich meiner Intelligenz Ehre erweisen könnte, hätte ich Sätze wie diesen hier geschrieben:

Alex und ich standen da und schauten unter gesenkten Lidern lauernd hervor. Irgendetwas wurde hier im Schilde geführt, das war nach dem Erlebnisreigen, den wir bisher durchschritten hatten, klar wie eine Klarna-Überweisung.*

Ich darf aber nichts dergleichen schreiben, weil ich nämlich auf eine lockere, unverfängliche, kaum merkbare Art verfressen bin. Ein kleiner Bissen geht immer, beim Kochen muss gegessen werden, aus einem Supermarkt kommt niemals nur eine Flasche Wasser mit mir heraus, und ehrlich gesagt war ich tatsächlich schon ein wenig hungrig.

Ein wenig.

Magenknurren.

»Mah, i hob scho so an Hunger«, murmelte Alex* neben mir, blieb aber weise hinter mir, die ich so dezent wie möglich vorpreschte. Ja, ich sage es gleich, ich dachte, innerlich sabbernd, an Dinge wie diese kompetent abgepackten Thunfischsandwiches. Oder ein prall gefülltes Käsebrötchen, aus dem man die Eischeiben ragen sieht und den Gurkerlfächer. Oder vielleicht diese Honigwaffeln, die …

All das gab es nicht. Ausgelegt und bewacht von einer äußerst müden Person an der Käsetheke gab es ein paar Brötchen, die bessere Tage gesehen hatten, und Briestückchen, die wirkten, als würden sie sich gleich von alleine auf den Weg machen; Dosen standen in lockeren Reihen in ihren Regalen, da und dort kullerte eine auf dem Boden herum. Ich konnte keine einzige Nudel erblicken, weder in einer Packung noch außerhalb, während ausgestreute Linsen unter meinen Sohlen knirschten. Und **die Tür, welche ins Büro des Filialleiters führt**e, war **eine Scheintür.**[7]

Ich fand Alex* vorm Obstregal, in Meditation versunken. Die Äpfel waren verschrumpelt, aber immerhin da, und während sich auch niemand in die Sellerieknollen verliebt hatte, prangten in außergewöhnlich appetitlichem Urlaubstaggelb drei Früchte in einer Plastiksteige. »Bananen«, flüsterte Alex*.

Wir standen sehnsüchtig da und schauten – bevor ich zugriff, drei, perfekt, für jede*n von uns eine, ich brach also eine ab, und

die Banane schrie auf.

Die. Banane. Schrie.

Ich zuckte zurück, als hätte ich in glühende Kohlen gegriffen, da fing das Ding, das kleine Büschel Bananen, auch schon zu sprechen an: »Warum reißen Sie an mir, haben Sie kein Mitleid?«

Dass mir im ersten Moment mehr als ein »Äh« entwischte, kann ich verneinen.

Die Banane, sie sprach.

»Verzeihen Sie«, sagte da Frau Jelinek über meine Schulter hinweg, »die Frau Tiwald hat schon solchen Hunger, das Essen ist bei ihr auch eine Vermeidungsstrategie, müssen Sie wissen, sonst müsste sie sich ja hinsetzen und was schreiben. Leider folgt sie bisher nicht meinem Arbeitsethos. Und Arbeitsethos, davon wissen Sie ja ein Lied zu singen. Vielleicht sagen Sie ihr einfach, wer Sie sind.«

»Ja«, kam es aus der Banane, »ich sage Ihnen meinen Namen nicht, ich möchte meiner Familie nicht noch mehr Gram aufhalsen, als sie ohnehin schon hat. Mein Unternehmen habe ich aufgebaut auf jenem Arzneimittelbetrieb, den mein Vater mir vererbt hat. Liebevoll habe ich mein Werk aufgepfropft auf seines, habe gepflegt und fortgeführt auf Grund, der vor mir bereits beackert worden war. Wir wuchsen und wuchsen, wir wurden ein Konzern, wir verzweigten uns. Ich mehrte mein Vermögen, wie in der Bibel steht, dass man es mehren soll. Manche sagen: mit billigen Pillen. Ich sage: mit pharmazeutischen Generika, die allen zugutekommen konnten. Dann kam 2008, die Krise. Ich versuchte, den Konzern vorm Verkauf, vor der Zerschlagung zu retten. Ich bin gescheitert und habe mich auf Geleise gelegt. Das ist meine Geschichte.«

Ich starrte erst auf die Banane, dann auf Frau Jelinek. Einen Augenblick lang fühlte sich die Bewegung an, als würde mein Geist mir dabei von außerhalb zuschauen, bevor er sich wieder in mich hineindrängte und mich schimpfte, ob ich denn von Sinnen sei, so einem billigen Trick aufzusitzen. So einer Tonkonserve. So einer gefinkelten Mikrofonierung. Diesem Licht. Dieser Bühne.

»I man, i tram«, fasste Alex* leise zusammen.

»Tja«, sagte Frau Jelinek, »Sie wollen jetzt fragen, ob Sie spinnen oder ob wir Sie zum Narren halten wollen. Nun mag man ja das Schlimmste halten von der Kunst, manche schreien, diese Kunstkaiser seien alle nackt, splitterfaserpudel-. Aber insgesamt halten wir Schreiberlinge eher den Narren die Hand, als dass wir sie für selbige halten, weil niemand außerhalb der Narrenkreise steht, auch wir nicht. Konserve, nicht Konserve, was spielt das für eine Rolle? Da hat sich einer auf die Geleise geschmissen, das stimmt. Nicht nur Große übrigens, oder was für groß sich hielt, auch Kleine, oder wen wir für klein hielten. In Griechenland zum Beispiel, wo eine Rechnung ein Genickbruch sein konnte, grad für die Männer, grad für die, die sich ohne diese spezielle Ehre des Ernährers fühlen wie die Kuh, der man das Kalb genommen hat. Die Ehr-Nährer. Die bringen sich dann um, wenn die Rolle weg ist, weil die Ehre auf diese Rolle gewickelt ist. Sie fallen von der Rolle. Sie wickeln sich ab. Und dieser ausgeräumte Supermarkt, das ist ihr Wald. Der Dante wär stolz auf uns.« **Außerhalb des Supermarkts** gab **es keine Sonderangebote der Woche mehr.**[8]

CANTO 14: DER ALTE AUF KRETA

ICH WOLLTE MICH NOCH umschauen in diesem Supermarktwald, obwohl mir kalt geworden war. Meine Haut fuhr ihre Härchen hoch. Das Tier, das in mir sitzt, hatte den Tod wahrgenommen: ein Etwas, das seine Zellen nicht mehr teilen konnte und in regloser Masse versteckt war. Vielleicht in einer Suppendose. Vielleicht in einer zerknitterten Orange.

»Kumm.« Mehr spürte ich Alex* sprechen, als dass ich hörte.

Frau Jelinek wies stumm den Weg, als sich die gläsernen Supermarkttore teilten.

Wir gingen weiter.

»Wir haben uns den Sand gespart, der ist so ein rares Gut, es braucht ja alle Welt Sand, nicht nur die kleinen Kinder in der Kiste. Alles, was auf Zement gebaut ist, ist auf Sand gebaut, nur weiß das kaum wer. Eigentlich müsst es heißen: *wie Sand beim bodenversiegelnden Billa-Neubau im Burgenland* und nicht *wie Sand am Meer*«, sagte sie, meine, unsere Führerin, »weil eigentlich kommt jetzt das Kapitel, in dem die Sünder von heißem Sand beregnet werden, also da hat die Österreichische Gesellschaft für Literatur laut und vernehmlich Njet gesagt. Ein sehr eifriger Ehrenamtlicher hat begonnen, aus rotem Seidenpapier Laternchen zu basteln, aber das war schon so deutlich metaphorisch, dass es wehgetan hat. Wir haben dann unsere Campingkocher gespendet, damit sich so was wie ein bissl Hitze entwickeln kann. Bitte hier entlang.«

Wir trabten wieder durch das, was einmal der neue Anbau von Schwechat war, diese Aufstockung von Eincheckterminals, unter denen Ankömmlinge – wenn es denn welche gab – durch die magic doors traten in einem sich endlos abspulenden Happy End. Heute kam natürlich keiner. Jetzt sah ich die Witkowskis wieder; sie bemerkten uns gar nicht, Augen und Finger auf ihren Handys.

Als wir die Rampe betraten, die in Richtung Zug nach Wien führte, spürte ich doch ein leises Knirschen unter meinen Sohlen. Alex* wohl auch, ich hörte ein »Aha«, und Frau Jelinek begann sogar leise zu singen, sie sang »Mr. Sandman, bring me a dream«, während wir dem Bauch vom Flughafen zustrebten, und ich muss gestehen, ich langte nach meinem Handy, das wäre wohl in Zukunft fast unbezahlbar, ein Track, auf dem Elfriede Jelinek »Mr. Sandman« singt, aber das blöde Handy war natürlich schon völlig entladen, es ist ja kein Verlass auf diese Produkte.

Also musste ich mir das alles merken, Elfriede hatte einen Affenzahn drauf, zwischendurch, ja, zwischendurch konnte ich was in mein Notizheftchen kritzeln, Flaschenpost für irgendwann, aber vielleicht jetzt, da vorne, das schaute nach einem Fotoshooting aus, da würden wir sicher stehen bleiben. Dann würde ich mir das mit der sprechenden Banane … (wahrscheinlich unbeschreiblich. Irgendwann werden meine Notizbücher verrottet und Erde sein).

Da saß am Fuß der Rampe, ich sag's, wie's war, ein Reptil in einem Lehnstuhl, eine Art handhabbarer Tyrannosaurus rexi, sein Schuppenbauch wölbte sich ins Scheinwerferlicht, das ihn beschien, und seine kurzen Ärmchen waren grad lang genug, um *Die Zeit* zu halten, bekanntlich eine Tapete von Zeitung. Ok, dachte ich, eine neue Station, ein neuer Canto im »Inferno«, sind wir etwa schon bei Geryon, dem fliegenden Ungeheuer? Dem, der fast 700 Jahre nach seiner Entstehung unter Dantes Feder ganz bestimmt zu Fuchur, dem fliegenden Drachen, in der *Unendlichen Geschichte* geworden ist? Weil Michael Ende sicher seinen Dante – kannte?

Womöglich dachte ich zu viel, aber ich denke nun einmal ganz gerne; was ich damit eigentlich sagen will, ist, dass ich schön langsam das Strickmuster dieser Kapitel zu durchschauen glaubte. Wenn man einen Thriller von Dan Brown liest, passiert auch immer irgendwas, das einen weiterzieht, man will nicht aufhören, man schaut auf die nächste Seite, um die nächste Ecke: ein *thrill*, das ist der kurze Schreck.

Der vom Tod der sprechenden Banane, muss ich sagen, saß noch dort, wo er eingefahren war, vielleicht nicht in den Knochen, dann hätte er sich doch verteilt auf über 200 Teile, säße sogar im Rist, im kleinen Finger, aber er saß eigentlich ganz kompakt in meinem Herzen.

Das Reptil regte mich dagegen nicht besonders auf, vor allem, weil es nicht wirkte, als ob wir darauf fliegen würden. Vielmehr wehte ein Hauch von Naturhistorischem Museum zu uns herüber – eine Leihgabe vielleicht?

Was mir am sonderbarsten vorkam, war die Person, die vor dem Tier kniete, eine Pfote in Händen hielt und eine Art medizinische Fußpflege vornahm: Sie schärfte dem Dino die Krallen. Es wurde heißer und heißer mit jedem Schritt, unter den Sohlen knirschte nun vernehmlich Sand, eindeutig Sand.

»Ist das nicht die Vorsitzende der Sozialdemokratischen Partei, die da kniet und schleift?«, murmelte ich.

Frau Jelinek nickte: »Ich glaub, sie hat den Sand ausgestreut. Wir waren das nicht.«

»Ach Gotterl«, sagte Alex*, »i glaub, des Viech is der Kreisky. Wettma?«

Der Rexi senkte seine Zeitung.

»Grüß euch, liebe Besucher. Willkommen. Mir haben s' gesagt, das ist der Canto 15 und da kommt ein alter Mann vor. Also bitte, hab ich gesagt, da geb' ich mich gern her dafür. Ich hab ja in meiner Jugend auch in sozialistischen Sprechchören mitgemacht. Heinrich Heine. *Wir weben, wir weben den dreifachen Fluch!* Ja! Das waren noch Zeiten für die Sozialdemokratie! Und für die Bildung, wenn ich das so sagen darf. Die Aufgabe der Sozialdemokratie ist ja, wenn man mich fragen tät, dass sie Institutionen schafft oder so verändert, dass sie der nach Kultur hungernden Eliten der Arbeiterbewegung[9] entsprechen. Soll heißen: Wir sind davon ausgegangen, dass der Mensch was wissen will. Schaun S' nicht so verzwickt, Frau Jelinek, ich glaub das wirklich, und ich glaub, Sie glauben das auch, sonst täten Sie nicht solche Bücher schreiben. Also. Ich glaub, dass der Mensch sich was anschauen will. Dass er so etwas wie ›Lebensqualität‹ dadurch erlangt, so sagt man das ja heute, glaub ich. Wenn ich mich aber umschau, dann haltet man jetzt einen jeden sicherheitshalber für einen Trottel. Entweder muss man ihn vor den anderen beschützen, dann ist er ein Opfer und ein Armutschgerl. Oder er ist einer, vor dem man die anderen beschützen muss. Wenn er was sagt, was man, wie man sagt, nicht sagen darf. Dann hasst man ihn offensiv und laut. Dann wackelt man mit dem Zeigefinger. Oder man hasst heimlich, weil man heimlich hasst, wo er herkommt. Ansonsten hätte es schon längst annehmbare Konzepte gegeben, direkt aus der Sozialdemokratie, was die Einwanderung betrifft, die Fluchtkatastrophe, wo sich in ihrer Existenz bedrohte Menschen in lebensgefährliche Situationen begeben, damit sie hierherkommen können, damit sie ein Futzerl von Europa unter ihren Füßen spüren können, da, auf diesem Kontinent der Träume, der er einmal gewesen ist. Man stelle sich vor – hier hat Aristophanes seine Dramen aufgeführt! Hier ist die Demokratie aus den vollgegackten Windeln gehoben worden! Wenn man's ernst gemeint hätt in der Sozialdemokratie, hätte man befolgt, was ich immer gesagt hab: Entwicklungshilfe wird dann wirksam, wenn ihre Bedeutung für die eigene Wirtschaft erkannt wird.[10] Dieses Tätscheln von Armutschgerln, das ist mir verhasst. Von der Umwelt hab ich geredet. Von der Friedensarbeit, ja, vom permanenten Friedenskampf. Und was hab ich gekriegt? Na? Was hab ich gekriegt?«

Das Reptil schüttelte ungeduldig ein Bein, und die Vorsitzende schrak auf.

»Wieso hat sich eigentlich Ihr Vorgänger vom Acker gemacht?«, brüllte das Kreiskytier plötzlich auf, waidwund, die Stimme passte leider nicht ganz zum mächtigen Körper.

»Der ist da drüben«, sagte die Vorsitzende, ohne weiter auf die Frage einzugehen, und deutete mit der Feile auf drei Männer, die auf einem Sandhaufen herumkugelten. Die drei sahen aus wie Touristen, die beim armseligen Dünenskifahren in Dubai – ja, das gibt es, ich hab's im Fernsehen gesehen – von ihren Brettern kippen.

»Ich hab versucht, den Sand auch heiß zu machen, ich hab gedacht, das geht mit einem von diesen Scheinwerfern, weil hier sollen sich ja die Sünder im heißen Sand wälzen, aber es ist leider nur lauwarm geworden«, sagte die Vorsitzende mit einem beflissenen Bedauern in der Stimme, durch das sich doch das eine oder andere Kieksen mischte, worauf das Kreiskytier knurrte: »Typisch, typisch. Seids heiß oder kalt, aber nicht lauwarm, sonst spuck ich euch aus, wie das klassische Wort sagt!«

Mühsam atmend und langsam wandte das geschuppte Vieh sein Haupt in Richtung Sandhaufen, auf dem die drei Männer so taten, als sei kein Aufkommen mehr, niemals.

»Mah, Dante reenacten ist schon gut, aber ich hätt jetzt gern einen Riesling. Am liebsten vom Dockner. Und außerdem hätt ich gern den alten Mann von Kreta gespielt, den mit den tönernen Füßen und dem silbernen Leib und dem goldenen Kopf«, sprach einer.

»Wir werden eine sachliche Auseinandersetzung suchen, du und ich, ich und du, und dann schaltma ein Partnerinserat, und beim Armdrücken entscheiden wir, wer jetzt wirklich der alte Mann von Kreta ist«, sprach der zweite.

»Das ist alles ein Vollholler«, jammerte der dritte.

»Armselig«, murmelte Frau Jelinek, »aber die Politiker sind ja arme Würstel, ständig auf dem Grill, und alle geben ihren scharfen Senf –«, »KASACHSTAN!« brüllte plötzlich das Reptil, und wenn ich mich nicht irre, schossen Flämmchen aus den Nüstern, »was tut ein ehemaliger Bundeskanzler als Berater vom kasachischen Autokraten, verdammt! Oder im Vorstand von der russischen Staatsbahn, steht neben dem Putin und grinst! Wie hast du das genannt – Vollholler! Und kommt's mir jetzt nicht mit dem Gaddafi! Dem hat der Spindelegger auch die Hand gegeben. Mit dem musste man reden, auch wenn es nicht erfreulich war![11] Wegen dem Terror nämlich. Werner, grins nicht so deppert, irgendeine Vorstellung von einer Idee, für die das Herz brennt, hättest du auch haben können …«

»Ähm. Herr Kreisky?«

Ich versuchte mich zu melden, das Hämmern meines Herzens dröhnte mir zwar die Ohren voll, aber wenn ich jetzt nicht den Mund aufbrachte, dann konnte ich gleich für immer schweigen. Dutzende Fragen fielen mir ein: Wie hat sich Gaddafis Hand angefühlt? Hat er aus dem Mund gerochen? Können Sie ein bisschen Arabisch? Was hätte Österreich Ihrer Meinung nach tun können, um zu verhindern, dass ein hier aufgewachsener Mensch mit einem Maschinengewehr um sich ballert?

Was sagen Sie zum Gendersternchen, und soll ich Ihnen erklären, was das ist? Was würden Sie dem aktuellen Bundeskanzler raten?

Hier ist Platz, um Ihre Fragen an Bruno Kreisky einzutragen:

Ich fühlte meinen Kopf so rot anlaufen, wie es die Nelken an den Revers sind an jedem 1. Mai, außer wenn wir in Quarantäne sitzen. Da tippte mir Frau Jelinek sanft mit ihrem Stift auf den Unterarm (sie hatte einen Stift dabei, natürlich hatte sie einen Stift dabei, sicher würde sie alles haarklein beschreiben, was hier vor sich ging, bestimmt würde sie ihre Wortschleifen ziehen und ihre Klammern und Beistriche setzen wie Nägel unter Finger und linkshändig ihren Satzhammer auspacken).

Das Reptil schnaubte, setzte zu einer Wortmeldung an, die beschuppte Brust hob sich, das Kreiskytier krächzte: »Man muss die Leute gern haben« – und klappte vornüber.

»Na geh« – die Vorsitzende haute sich an die Stirn – »jetzt hat er sich überanstrengt. Jetzt schläft er wieder. Jetzt müssma wieder warten.«

»Ja, dann wartma halt«, kam es vom Sandhaufen.

»Die Herren da drüben haben sich übrigens freiwillig gemeldet, die halten das Ganze für ein Coaching, und wo ein Coaching ist, da ist alles richtig und der Himmel tut sich auf und die Engerl singen«, murmelte mir Frau Jelinek zu, »man muss ja nach der Politik dasselbe Geschäft betreiben, man muss coachen, dass sich die Wände biegen, man muss beraten, man muss rädern und raten,

Coachingbusinessräder muss man schlagen und permanent sein Kapital polieren, als gewesener Politiker auch, da ist man quasi seine eigene Gedächtnismünze.«

»Wir haben dafür bezahlt!«, brüllte Herr Gusenbauer in unsere Richtung, bevor er Herrn Faymann eine Faust Sand in den Nacken prackte.

Die Frau Vorsitzende stand auf, putzte mit ein paar Schlägen der Handkante ein paar Krümel von ihrem jasminweißen Hosenanzug, verneinte freundlich die Frage, ob sie sich uns anschließen wolle – »Ich hab hier noch zu tun!« –, und wir zogen weiter.

CANTO 15: DIE NERVEN VON DER SÜNDE AUSGELEIERT

»SCHADE«, SAGTE FRAU JELINEK, »der Frau Vorsitzenden entgeht ein Kunstgenuss, wie es ihn ganz selten gibt. Wobei, eigentlich müsste sie ihn schon vernehmen, den Kunstgenuss, aber die Scheinwerfer beim Kreiskytier surren so laut und die Herren im Sandhaufen machen so ein Geschrei.«

Die Rolltreppen hinunter zu den Zügen standen still wie Panzerketten nach dem Ende eines Krieges. Wir klickklackten die Stiegen hinunter zu den Bahnsteigen, von denen aus man wahlweise Richtung Wien oder Richtung Wolfsthal aufbrechen kann, wenn man verwegen ist. In normalen Zeiten. Und da vernahm ich ihn schon. Den Kunstgenuss.

Natürlich. Klavier.

Zwischen den leeren Zügen, die offenmäulig dastanden, drangen Töne durch, und das wirkte gleichzeitig wie eine von langer, sehr langer Hand geplante Installation (stellen Sie sich einmal vor, die ÖBB setzt für die Kunst die Züge fest, all der Papierkram, die Telefonate!) und andererseits wie die Endstation einer Geisterbahn. »Es fährt kein Zug nach Eierbach«, flüsterte Alex*. »Kennst des? EAV.«

»Pscht«, machte Frau Jelinek ernst, und da waren sie schon, diese perligen Töne, dieses aus allen Vergangenheiten aufsteigende Etwas. Elfenbeinerne Musik. »Bitte, hierher setzen. Danke.«

Wir schmuckten uns aneinander auf einer Bank, um hinter dem offenen Vorhang aufgesperrter Zugtüren jemandem am Piano zuzuschauen, zuzuhören, die Person saß da, war natürlich wunderschön, weil es Isabelle Huppert war, und sang. Auf den Anzeigetafeln erschien grell ein Halbsatz, Alex* stupste mich an und wies mich darauf hin: *Serenade von der Lust und der Unsterblichkeit*, las ich, da sang sie schon, Madame Huppert, jedes nicht war ein nischt, und das war schön:

Da ist nun eine schon perfekt gerichtet
Kopf und Haut und Haar gescheit geschlichtet
erspielt sich Mozart, Schubert, Schumann und Konsorten
legt um ihr Inn'res aber stahlgestrickte Borten
Sie fragt nicht: Ihr da, treibt ihr mich noch weit?
Das ist die Aussicht auf Unsterblichkeit.
Sie glaubt nicht an die Freude, nicht an Nähe
die Liebe, die liegt sauber zwischen Noten
doch alles außerhalb der Punkte bleibt verboten
denn alle, die sie ranlässt, tun ihr doch nur wehe.
In Wahrheit ist sie längst schon ausgeweidet
so sehr, dass sie sich vor dem Spiegel schneidet

Ist das Formaldehyd gekauft, zu konservieren
meine Finger, die im Tod Musik noch spielen?
Wenn ich runterzähl nach unten meinen Körper
dann sag ich: Schickt sie gleich nachhaus, die Feuerwerker!
Die sollen später meinen Ruhm betröten
denn irgendwas wird meine Hülle dann schon töten.
Dann nehm' mein Weiberloch ich mit hinein ins Grab.
Auch wenn die Kunst auf Erden nichts bewirkt, seid ehrlich:
Die Musik, die Kunst, das Buch sind unentbehrlich –
für die Unsterblichkeit, die ich vor mir hab.
Klar, dass ich für diese Kunst auch manchmal leide –
so sehr, dass ich mich vor dem Spiegel schneide.

Ein guter Schmerz schießt in das Herz hinein
und füllt mich aus, Mark und Nerv und Bein.
Zwischendurch schau ich kurz auf zu meiner Elfi
die verspricht: Wenn's nicht ums Schreiben geht, dann helf i!
Aber das ist das Problem, ich bin geschrieben,
und ging's mir besser, strafte ich sie Lügen.
Es entsteht, sagt sie, nur etwas im Alleinsein
nur die Alleinigen gebären die Idee,
dass Idiotisches wie Kunst auch noch schee
is, aber lieber – pst! – wär ich zu zweit und klein …

Und dann hämmerte Madame Huppert in die Tasten und rief:
Kunst! Los!
Und ohnö Schnitt vor die Spiegöl.

Frau Jelinek zupfte sich an der Nase. Alex* und ich applaudierten, wie man zu zweit eben applaudieren kann, und ich erhob mich schüchtern, mein Notizheft hatte ich aus der Jackentasche gezupft, einen Stift auch. Zögernd machte ich ein paar Schritte auf die S-Bahntüren zu, die offen standen wie ein Vorhang, ja, so bin ich, ich habe in der Volksschule auch einmal dem Bischof, der mir ein Andachtsbildchen überreicht hatte, selbiges unter die Nase gehalten samt meinem Füller mit der Bitte, es zu signieren. Da packte Frau Jelinek mich am Schlafittchen und zog mich zurück: »Sie wollen auch immer überall hineinkriechen, Frau Tiwald, gell? Auch der sogenannten Prominenz unters Jäckchen kriechen, dabei ist die Prominenz immer auch eine Pominenz. Oder wie die Gitti Schimek im *Kaisermühlen-Blues* dereinst weise sagte: ›Hod aa nua a Loch im Oasch.‹ Ich find, man sollte weder Prominenz noch der Kunst, und der Kunst nämlich schon gar nicht, unters Jäckchen, unter den Mantel, in den Hosenschlitz fahren, auch wenn man abfährt drauf. Kunst fährt, wenn, dann selber. Also in Alleinigkeit. Lassen Sie die Kunst nur hübsch abgestellt, sonst ist sie abgeschleckt und stinkt. Diese Leute und ihre Produkte (bravo, liebes Elfi-Ich, jetzt muss ich ›Podukte‹ denken, und Därme) müssen allein und sonderbar bleiben. Wir, die wir hier stehen, werden allein und sonderbar bleiben, damit nicht alle Welt ertrinkt im ätherischen Gequatsche, das Tag und Nacht aus allen Kanälen quillt und quallt. Wir müssen ganz genau hinhören und unsere Sortierwerkzeuge auspacken und die Antennen ausfahren und wie die Mistkäfer werden, ich glaub ja, dass der Gregor Samsa einer von uns war. Und das mit den Körpern, na ja, die gibt's halt, was soll ich dagegen tun. Wenn ich ohne Männer auskämert dabei, wär ich auch nicht bös. Das ist halt unser Botenstoff, dieser Körper, in den setzen wir uns hinein mit allem, was wir haben, und dann müssen wir uns hin- und hertragen auf der Welt. Das ist so ein Gebrauchsgut, dann wird er alt, dann wird er schimplig, vorher gibt's allerhand zu stopfen, aber wo sind wir denn außerhalb, das frag ich Sie. Wo sind wir denn? Und zum Erzählen hätten wir auch nix ohne diese Zellmixtur da. Es bildet sich ja alles auf den Körpern ab. Sie«, sie fuhr zu Alex* hin mit allem, was sie hatte, »Sie können sicher ein Lied davon singen. Vielleicht nicht so schön wie Madame Huppert. Aber sicher.«

Alex* zog einen Mundwinkel hoch und meinte, na ja, singen sei nicht so »mei Ding. Aber erzöön kann i scho wos. Weil mir san die ganze Kindheit scho Fleischstückln rausg'schnittn worden zum Vertesten. Und zum Herumschicken Gewebeprobm entnommen wordn und von Bonn bis Graz verschickt wordn. I hob docht, ols Kind, dass i schwer krank bin. Dass i sterbm muass. Kaana wollt wos sogn zu mir. Mei Mutter is immer ganz unruhig wordn, wenn i gfrogt hob. Meine Hodn woan innen. Innen im Körper. I glaub des woa noch meiner Hodenentnahme, do hom s' ma an roten

Walkman g'schenkt. Und wie as Zipferl wegg'schnitten worden is, hob i a Barbiepuppm kriagt. Wie die aundan Kinder aa im Graungnhaus zu Ostern. Friacha hom s' solche Leit wie mi in Ruah lossn. Und dann, ob die Siebziger, is hormonbehandelt und operativ normiert worden. Do is afoch ois zur Frau gmocht wordn, weil ma jo kaan Penis hod mochn kennan und des afoch leichter woa, wo a Loch einemochn und passt scho.«

»Ein Loch«, murmelte Frau Jelinek, »ein Weiberloch. Ein Loch Nass. Oder Trocken. Eine Sackgasse. Eine ...«

»Wissts ihr, wie a Vagina noch Vegetti geht?« Alex* zündete sich eine Zigarette an, nahm ein paar Züge (trotz Gegenwart von Zügen, die ohnehin leer waren) und den Faden wieder auf: »Mir is des Gott sei Daunk daschpoat bliebm, owa andaren leider ned. Des is des, dass durch die obere Bauchdeckn a Metallplottn angebracht wird mit zwoa Drähte, die noch unten gengan, duat wo der Scheideneingang sein wird und duad wird dann eine OLIVE, haaßt des, an die zwoa Drähte angebracht, die dann duad unten is, und dann wird – wird jeden Tog diese Olive mit die Drähte in den Körper hineingezogen« – Alex* machte ein Plopp-Plopp-Geräusch – »und des hod friacha vierzehn Tog dauert, bis die Länge erreicht wordn is und sobold die Olive drinnen is, is a Stickl eineg'steckt wordn. Wie a Dildo, mit Stickln zum Anstückln. Bei drei Zentimeter verlängert si dann der Dildo um drei Zentimeter, je weider dassd einekummst, wird hintn immer nochg'steckt. Bis dass die Länge erreicht wordn is, dann is die ganze Gerätschaft obbaut wordn und dann kriagst dei Phantom eine, damit's dir nimmer zuawochst. Owa des is im Prinzip a Teil, des si in vierzehn Tog in dein Körper hineinfrisst. Des is a Vagina noch Vegetti. Du muasst vierzehn Tog eigentlich liegn, und jeden Tog kummt wer und spannt die Drähte noch. Jo.«

Frau Jelinek stöhnte und schüttelte den Kopf. »Die Menschheit«, sagte sie, »ist ein Marianengraben, aus dem die horribelsten Fische auftauchen, die Sägefische unter anderem. Gott trennte das Wasser vom Land. Die Männchen von den Weibchen.«

»Und wehe, wenn ned. Dann wird nochgholfn«, fügte Alex* hinzu.

»Und Sie sind dann also als Mädchen aufgewachsen?«

»Genau. Die Ärzte hobm gmaant, des wär am bestn. Olso bin i ob zwaa Joah ols Mädchen sozialisiert wordn. Die Operationen hobm angfangen mit sechs. Typisch, zur Einschulung. Damit do nix is, wos ned hinghört. I hob laung nix gfrogt, weil i gmerkt hob, dass ma nix frogn deaf. Weil des die andern nervös mocht. Und irgendwann mit zwölf im Biounterricht bin i draufkumman, dass i hold wirklich ned so ausschau, wie's im Biobuach g'standn is.«

»Und Sie haben das überlebt?«, fragte Frau Jelinek.

»Jo.«

»Ohne einen irrsinnigen Gewaltakt am Schluss?«

»Jo.«

»Aber – aber das hier ist die Hölle!«

»Jo. Eh.«

Sie schüttelte den Kopf und begann zu murmeln: »Aber da müsste man ja ein Theaterstück daraus machen. Mit heftigen Verschnitten aus dem kleinen Ich-bin-Ich und Yentl, wo sie sich den Busen abbindet. Wer vergisst, wer er ist …«

»Bitte, mir san Doppel-D-Dinger gwochsn mit de Hormone«, warf Alex* ein, »owa de hob i ma wieda amputieren lossn. Weil i wieder so noh wie möglich zum Ursprungszuastaund hin wollt …«

»Beyond the make-believe of fairy tales«, summte Frau Jelinek, ihr Fuß tappte im Takt. »Sorry. Ich hör eh zu. Ich muss nur meine Wörter fangen. Ursprungszustand. Ursprungszustand. Every sweet imagined possibility. Ich weiß jetzt auch nicht, warum mir so viel Yentl-Text einfällt, wobei ich der Barbra Streisand wahrscheinlich sogar ähnlich schau. Doppel-D. Wie die vierte Seite der Schallplatte. Die Nadel bleibt hängen und muss gezogen werden. Lauter Stachel im Fleisch. Abbinden. Das große Ich-bin-Ich, ein Abkind. Da hat es was abbekommen, das Kind. Abgebunden und abgeschnitten. What my father learned, and his father before him.«

»Schreim Se des eigentlich auf?«, fragte Alex*, drehte sich zu mir um, sagte leise: »I glaub, i muass ma an Tschick rolln«, und tat das auch.

»Neinnein, ich schreib das nicht auf, ich denk nur nach. Ich würd's tippen. Aber wir sind ja hier in der Hölle, hier gibt's keine Computertastatur. Aber bitte. Sie waren bei der Doppel-D-Amputation.«

»Jo, genau«, sagte Alex* und zog an der dünnen Zigarette. »Dann hob i Testosteron kriagt, und dann hot's knollt. Ols Frau hob i des nie ghobt, so a Triebhaftigkeit. Do woa i gaunz auf Friede, Freude, Eierkuchen, Liebe und Geborgenheit. Do hätt i mit Leut a Beziehung angfangen – Leut ohne Penis, oder mit Rollstuhlfoahra. Weil Sex woa ma ned wichtig. Jetzt, mit Testosteron, geht des nimmer. Oiso die Triebhaftigkeit vo Männern, die is ka böse Obsicht. Hau dir zwaa Wochn Testosteron eine, dann siegst es. Wobei …«

»Where is it written what it is I'm meant to be«, sang Frau Jelinek leise.

»Duas liaba ned. Na jo. Und deswegen. Wegn dem olln. Bin i vor Gericht gaungan und gibt's jetzt die dritte Option. Ned männlich. Ned weiblich. Schnitte. Lauter Schnitte.«

»Wandert zwischen grünen Halmen, das bunte Tier«, murmelte Frau Jelinek, »unter Schierlingspalmen, can all the words in all the books help me face the Schierlingspalmen? Papa, can you hear me? Ein Laubfrosch stört meine Ruh, ein Laubfrosch, Papa, ein namenloses Tier bin ich … irgendeiner soll mir sagen … why does my imagination sail …«

Wir standen da und sahen zu, wie sie wegzoomte. Da stand sie und guckte. Fast verdutzt. Starrte die hohe Bahnhofsdecke an, und nichts mehr bewegte sich an ihr, außer dem Mund, der einmal »Yentl« flüsterte und einmal »Mira Lobe« und einmal »dreh mich her und dreh mich hin«.

»*Ich freu mich an den Schmetterlingen*«, zitierte Alex*, »*und dass die Vögel singen*. Und der Laubfrosch is ma wurscht.«

CANTO 16: DREI GESTALTEN

ABER DIE ZÖPFE. IHRE Zöpfe begannen sich zu bewegen. Während die Türen, hinter deren einer sich Isabelle Huppert verbarg, zuschnappten wie ein schnabulierendes Ungeheuer, kam ein Wind auf und mit dem Wind ein Surren, ein Schleifen, ein Sog, wenn jetzt die Monsterbienen einfallen, dachte ich, bin ich erledigt, und ich fingerte nach meinem Schal, um mir sämtliche Gesichtsöffnungen gegen eine eventuelle Bieneninvasion abzudecken. Bewehrt euch vor den Anfängen. Frau Jelineks Zöpfe begannen zu tanzen, weil ein Wind aufkam, und dann donnerte doch noch ein Zug herein, es krachte ein Zug daher, er durchschlug die stille Privatheit, in der wir zu dritt geschwelgt hatten. »O-oh«, machte Frau Jelinek trocken. Dann riss sie mir übrigens meinen Stift aus der Hand, in einer schnellen, reibungslosen Bewegung, und warf ihn auf die Geleise. Voilà. Knacks. Dachte ich mir nur, hörte ich nicht vor lauter Zug. Quietschend hielt das Vehikel, mit einem Unisono-Knall hüpften die Türen auf, als seien sie belebt und nur allzu bereit, aus den Angeln zu hüpfen.

Und dann kamen sie. Sie kamen.

Die Menschenmassen.

Die Türen sprangen auf, und daraus ergossen sich unfassbare Menschenmassen, die Tokioter U-Bahn ist ein Dreck dagegen, denke ich, sie kamen, eine große Körperlichkeit, **pro Person** zirka **fünfzig Häupter auf den Schultern**[12], und sie waren unterschiedlich gekleidet, H&M, Flohmärkte, Gulli, Gucci, Adidas, elende Sportdressen insgesamt auch, Armada, Prada, alles da. Ich sah eine Mickey Mouse auf rotem Sweater, ich sah ein blaues T-Shirt mit einer strahlend weißen Gans drauf appliziert, ich sah Jeans in allen Farben des Meeres und der Wellen, ich sah schweinchenpinke Pullover und T-Shirts mit Botschaften drauf, von denen nur einzelne Buchstaben zu sehen waren: »Be«, »ni«, »he«, ich sah einzelne große Ks und Js und As.

Ich sah Slimfits.

In meinem linken Ohr hörte ich ein trockenes »Oh Gott«, und dann passierte etwas, von dem ich nie geglaubt hätte, es je spüren zu dürfen: Frau Jelinek packte mich am Arm. »Sorry«, sagte sie noch, »ich weiß jedes Mal, was da kommt, und ich muss jedes Mal zupacken.« Und sie rollten auf uns zu und rollten in Richtung der Rolltreppen und strömten hinauf, dorthin, wo man in normalen Zeiten Flugzeuge und Abflüge erwartet.

Drei Gestalten lösten sich aus der Masse und rannten auf uns zu, formten einen Ring um uns und rannten im Kreis, ein seltsamer Ringelreia, ein panisches Davonrennen des einen vor dem anderen. »Holy Fridays«, das war das Einzige, was die eine Figur sagte, sie rief es im Stakkato, heftig atmend, ein junges Mädchen mit Haaren fast wie Frau Jelinek, und sie rannte und rannte; daneben, sie an den Händen klammernd, rannte ein schlanker, großer Mann mit schmaler Brille und ein paar Löckchen über Geheimratsecken. »Das ist der Hauke, ja, der heißt wirklich so, Engel von McKinsey«[13], rief mir Frau Jelinek ins Ohr, »zuständig für Infos zum Klimawandel!« – »Sollten die Emissionen«, rief dieser Engel, »so steigen wie bisher, dann könnte bis 2050 die Anzahl der bedrohten Menschen auf zwischen 700 Millionen und 1,2 Milliarden Menschen wachsen, vor allem in Indien, Pakistan, Nigeria, Bangladesch«[14], »und ich«, rief Frau Jelinek über das Dröhnen der Masse, »komm dann wieder, 2050, als Gespenstin, weil ich wissen will, wie die dann dauerregiert habende ÖVP klarkommen wird mit den Menschen aus genau diesen Regionen, die dann den heiligen Boden Österreich betreten werden wollen, am besten gleich den Großglockner, weil die Meeresmassen diesen Gipfel nicht erreicht haben werden!«, und schließlich, die Dritte in diesem Bund um uns, der uns nahe kam, der an uns scheuerte, wir waren schließlich auch zu dritt und Greta Thunbergs Arme waren nicht so lang, schließlich rannte Helga Kromp-Kolb um uns herum, sie klammerte sich an Engel und Thunberg und rief: »Wenn die Kinder uns fragen, wie das war damals, mit dem Klima, was hast du gewusst, was hast du getan, damals, dann wird das sein wie mit unseren alten Fragen nach den Nazis, wenn du dann sagst: Ich bin zur Shoppingtour nach London geflogen, dann wird das keine schöne Antwort! Keine schöne Antwort!«[15]

Sie lösten sich und rannten weiter, Herr Engel verlor, das sah ich deutlich, Haare. Und noch immer quollen Ströme an Menschen an uns vorbei. Plötzlich peitschte mir einer von Gretas Zöpfen ins Gesicht, aber da rannte sie doch, da vorne rannte ein glatzköpfiges Mädchen –.

Von der Decke tropfte Blut.

Alex* wischte es sich aus dem Gesicht, ich mir von den Händen. Ich wand mich ein bisschen, Frau Jelinek hielt mich noch umklammert. Bis die Letzten, die Letzten hinaufgetrampelt waren, die Stufen hinauf, zu den Abflügen, zum Licht. Wir hörten nur noch die Leere. Das Klopfen des Bluts. Gretas Zopf –

Frau Jelinek löste ihren Griff, bückte sich nach dem Zopf, ringelte ihn um ihre Handfläche und steckte ihn in ihre Manteltasche. »Dein Leben gilt's, schreibt der Grillparzer«, murmelte sie, »und der Thomas Köck fällt mir jetzt auch ein mit seiner Klimatrilogie, ist der nicht vorhin auch vorbeigerannt mit einer gelben Blume im Knopfloch? Ja, sehr brav, geht hin und schreibt eine Klimatrilogie, wir schreiben wie Maschinen fürs Theater, das wundert mich, weil bewirken tun wir ja nix. Ich sag jetzt wie der Grillparzer: Nimm diesen Kranz, du erschöpftes Tanz-Ensemble du, den Gürtel lös ich ab, da hängen schon die Miesmuscheln dran, die uns alles madig machen, und das Ganze leg ich dir und mir ins Grab. **Die Fische sind kaputt und weg.** Ich bin ja so eine Postparze, ich weiß nicht, ob mir noch wer zuhört. Ich verschick die Wörter hin und her auf der Seite, bevor ich verschlicke mit allem, was ich so lesen muss und wissen. Sprechen soll es halt wer. Sprechen.«[16]

Klitschklatsch, machte das Blut.

CANTO 17: DAS FLIEGENDE UNGEHEUER

»ICH WEIß JA NICHT, ob Wölfe stinken oder sonst wie gefährlich sind, aber wir fahren dort jetzt hin, nach Wolfsthal«, sprach Frau Jelinek, als wir alle drei uns auserschrocken hatten. »Seien wir froh, dass es noch eine S-Bahn gibt, hallelujah.«

»Aha«, sagte ich nur.

»Na guat«, hörte ich Alex* sagen, ich fühlte mich sehr verbunden.

Die S-Bahn war so leer wie eine von einem hungrigen Hund ausgeschleckte Bratpfanne, die Knochen hat er stibitzt und begraben. »Da sollte noch jemand durchgehen mit so einer Sicherheitsmontur, mit so einem weißen Gazestoff von oben bis unten eingehüllt und kammerjägerartig mit einem Spritzgewehr, aus dem das Gas schießt, damit hier alle Bakterien und alle Hinterlassenschaften getötet werden«, gab sie an, Frau Jelinek, »aber dafür haben wir die Zeit nicht und das Geld wahrscheinlich auch nicht. Ich könnt jetzt noch sagen: Das Geld haben sie den Konzernen in den Arsch geschoben, aber ich sag's nicht. Also, hereinspaziert.«

Es knallten wieder die Türen, nur diesmal hinter uns zu.

»Eine kleine Landpartie«, murmelte Frau Jelinek, »eigentlich nur in der beschaulichen Literatur eine gute Idee.« Oh je. »Immer lauert irgendwas herum in so einer Landpartie. Na, Sie werden schon sehen.«

Landschaft flitzte vorbei, wie sie an bewegten S-Bahnen eben vorbeiflitzt, man sitzt in einer Fototapete und kann nicht raus, Österreich wirkte schon ein bisschen horrorverlassen unter dieser Jelinek'schen Ansage. Ich muss sagen, dass ich anfing, mit einer gewissen Unruhe im Bauch von einer Pobacke auf die andere zu kippeln. Verstohlen blickte ich Alex* an: aha, Schweißtropfen auf der Stirn. Wie bei mir. Dann fing sie auch noch an, genüsslich zu singen, Frau Jelinek: »Wenn die Sonne scheint, Annemarie / machen wir eine Landpartie … Sind wir alt und grau, dann ist es aus / denn dann gehen die Kinder aus. Und die Omama und der Opapa / sind dann beide nur noch für die Enkel da. Juhu, Juhu! So, angekommen. Sie werden gleich sehen, was wir hier machen bei den Wölfen. Nein, wir schwimmen nicht über die schöne blaue Donau nach Bratislava. Dort ist das Leben auch nicht besser. Nein, wir werden nicht mit den Wölfen heulen. Oder wir versuchen zumindest, es nicht zu tun. Aber, meine Lieben! Drehen Sie sich einmal um! Sie haben noch gar nicht ordentlich geschaut.«

Also drehten wir uns um, und ich hörte deutlich, wie Alex* scharf die Luft einsog. Ich bin nicht überbesorgt, was die mobile Luftfahrt angeht, aber als Frau Jelinek behauptete, sie werde uns jetzt selbst in diesem Heißluftballon fliegen, der da stand, drehte sich die laue, liebliche Landschaft kurz auf den Kopf. Heiß wie Kloßbrühe fiel mir ein, dass Dante in der ganzen Zeit seiner Wanderschaft durch Hölle, Fegefeuer und Paradies kein einziges Mal pinkeln geht. Nie zweigt er irgendwo ab. Nie muss er sich erleichtern, nicht einmal in dem Kapitel, in dem die Sünder in der Scheiße schwimmen. Er fällt in Ohnmacht, das ja, aber er macht sich nie in die Hose, er macht überhaupt nirgendwohin. Das fiel mir plötzlich ein, und meiner Blase auch. Als ich schüchtern deren Begehr ausrichtete, sich zu entleeren, fiel den beiden anderen auch ein, dass sie schon lange kein Klo mehr von innen gesehen hatten. Das blieb auch so – wir suchten uns Lieblingsbüsche.

Besser.

Abheben.

Diese Frau kann echt alles, dachte ich, als wir langsam, langsam aufstiegen – oder musste es denken, oder tat so, als dächte ich es.

Kurz tat auch der Ballon so, als müsste er überlegen, während unsere Führerin sich an der Steuerung zu schaffen machte. »Schau an«, murmelte sie zu allem Überfluss einem Hebel zu, »das ist mir letztes Mal gar nicht aufgefallen ... haben Sie gewusst, dass es so Gaspropandings gibt, die *Kuhbrenner* heißen? So ein schönes Wort! Nein, Frau Tiwald, Sie müssen keine Abschieds-SMS verschicken, aber ha!, ich glaub, Sie haben eh keinen Akku mehr, gell?«

Resigniert steckte ich mein totes Handy wieder ein.

»Schauen Sie. Wir sind ja hier, damit wir alle was lernen. Ich lern was über Ventile und Kuhbrenner. Sie lernen was übers Schweben. Und über die Angst. Und wir reden ein bisschen. Zum Beispiel über die Flugzeugabstürze –« (innen: kreisch) »– der Boeings vor ein paar Jahren. Da sind leider ein paar Menschenbehältnisse abgestürzt. Als würde der Himmel plötzlich keine Metalldosen mehr tragen können, ja so was! Und warum sind sie abgestürzt, diese superneuen Boeings MAX, frage ich Sie? Beim Aristophanes ist einer auf einem Mistkäfer in den Himmel geflogen, der hat das geschafft. Weil er mit den Göttern über Frieden reden wollte. Aber bei den Boeings zuhause will niemand über Frieden reden. Die Gier ist's, ich sag's ja immer. Mehr Menschen müssen in so ein Flugzeug, es muss ja alles immer wachsen, andauernd muss gewachsen werden, dass es sich gewaschen hat. Oh, du erhab'nes Flügeltier, du Pegasos, du Flugzeug, aber nein, die sind nicht zu den Göttern geflogen, und wenn, dann nur zu Krösus oder Donald Duck, aber diese Ente kann nicht fliegen, die ist lahm, die Taschen mit Zaster beschwert. Also. Die Boeing MAX war so gebaut, dass ein Flugassistenzsystem – man missbraucht ja das Wort Assistent andauernd – die Schnauze nach unten drücken musste. Die haben ihre neuen, riesigen Treibstoffsparertriebwerke nämlich nur noch so unter die Tragflügel hineingebracht, dass das Flugverhalten ein sehr, ja, wie sag ich das nur, flatterhaftes war. Ein volatiles. Das hat man den Piloten aber verschwiegen, oder nicht gescheit beigebracht, oder was weiß ich, ich bin ja keine Lehrerin. Ich weiß nur, dass das Trimmautomatik heißt, dieses intelligente System, und da muss ich schon wieder weinen und lachen, weil uns will ja dauernd irgendwer trimmen, und dann liegen wir da. Da haben wir den Blechsalat. Patsch, abgestürzt. Da fällt mir übrigens auch noch der Phaeton vom Jörg Haider ein, wenn wir schon in Richtung Sonne und Götter unterwegs sind. Ich mein, muss der so platt sein und so ein plattes Auto fahren? Ein Auto wie eine self fulfilling prophecy? Phaeton. Dem die Sonne auskommt, und dann verglüht er, der arme Depp. Beim Gedanken an den Jörg Haider verrinnt mir die Wimperntusche nicht, muss ich sagen. Aber kudern muss ich wie ein junges Ganserl, wenn ich an die Marketingabteilung von VW denk, wo einer irgendwas aufgeschnappt hat von einem Sonnenwagen, vielleicht bei einer Fernsehdoku, wo er bei der Hälfte abgedreht hat, aber er hat sich noch gedacht: cool, ein Volkswagen, ein Sonnenauto! Sonne für alle! Fliege mit mir in den Himmel hinein, liebes Volk! Des nehma ma. Und darf ich noch darauf hinweisen, dass der Phaeton wegen Gasskandalen, also wegen Abgasskandalen, nicht mehr produziert wird? Danke.«

Es war schön, dass sie so viel redete, es war sogar sehr schön, dann musste mir nicht so schlecht sein vor lauter Ungewissheit und ein bisschen Todesangst. »I hob, glaub i, an Hunger«, murmelte Alex*. »Maunchmoi waaß i ned, is ma schlecht oda hob i an Hunger, und dann hob i liaba an Hunger.«

Die Welt unter uns war klein, nicht so winzig wie aus einer Boeing, aber die Dinge, die Felder, die Menschen wurden schemenhaft. Wie es eben so läuft in der Literatur. Eine Schlange Kinder wanderte einen Feldweg entlang, sie blieben stehen, schauten, winkten uns zu, und ich wedelte zurück. Alex* auch. »Kinder«, sagte Frau Jelinek.

»I glaub, de evakuiern die Schulen, hob i ghört«, sagte Alex*, »de gehn olle aufs Laund, außa vo dera Stodt, dem Moloch do.«

Ich schaute aufmerksamer nach unten, schaute, ob sie Rucksäcke trugen und Schultaschen, schaute, ob Erwachsene sie begleiteten: Ja, da waren lange Lulatsche unter den kleinen Körpern, die sich manchmal umdrehten, rückwärts gingen, winkten. »Bin ich froh, dass ich keine Lehrerin geworden bin, naa, das wär nichts für mich gewesen«, sagte Frau Jelinek, unser Korb rüttelte und ruckelte, »aber schön, schön! Dass es Leute gibt, mein ich, die mit Kindern umgehen können, und dann gehen sie so weit um mit diesen Kindern, dass sie aus der Stadt rausgehen mit ihnen. Vielleicht schwimmen die noch nach Bratislava, aber dort ist ja auch nichts besser. *Die Hoffnung hat das Steuer aufgegeben!* Grillparzer, An Ovid!«, brüllte Frau Jelinek und hielt die Nase in den Wind, während wir dahinsegelten wie Fritzchen, nachdem Hatschi Bratschi aus seinem Luftballon geplumpst ist.

Es ist unglaublich, aber wir landeten tatsächlich in Schwechat. Auf der Besucherterrasse. Die Sonne ging unter, im Westen, wie es sich gehört.

CANTO 18: LANDEN. ZUHÄLTER

ALLES RENNET, ALLES RETTET, alles landete, schliff und schrie. Aber wir waren da, der Korb kam zu stehen. Die Herzen auch, kurz, bevor der Groove wiederkehrte. Der Ballon, wie ein anständiger Ball nach einem Leben unter Stollenschuhtritten, fiel langsam in sich zusammen.

Man benimmt sich manchmal wie in einem Film: Wir klopften tatsächlich unsere Jacken ab, nachdem wir herausgeklettert waren aus dem Gefährt, dem Geflieg – ganz so, als wären wir Spione, Cops, Bösewichte, und mit der untergehenden Sonne eine enorme Kamera auf uns gerichtet. »Es herbstelt«, nennt man wohl eine solche Stimmung, Feuchtigkeit, ein bisschen Dunst, man wickelt sich in den Mantel, den man gerade abgeklopft hat. Wir warfen Schatten.

»In der Hölle gibt es einen Ort, der Malebolge heißt«, sagte Frau Jelinek dann, ans Geländer der Terrasse gelehnt. »Malebolge heißt so was wie üble Säcke, und das trifft sich ganz gut, üble Säcke, ja, wir sind im richtigen Kapitel für genau das. Üble Säcke, das sind durchaus auch Gucci-Tascherl aus der Haut von Schweinen, die aufs Blut gequält werden, dass es nur so spritzt und schäumt. Und beim Dante ist's die Architektur der Hölle, dort, wo's dann abwärts geht. Kreisrunde Wege um die Täler …«

Sie drehte sich und wies auf den schimmernden Horizont.

»Apropos abwärts. Wir haben grad über Boeings geredet. Wissen Sie, wer eine private Boeing 727 hatte? Und in den Achtzigerjahren einen gefälschten österreichischen Pass? Jeffrey Epstein. Üble Säcke … wir sind hier, meine Damen, meine Herren, meine alle, auf der Aussichtsterrasse des Flughafens, hier wird abgehoben, hier wird die Luft zerfetzt, wir träumen nicht mehr von Taka-Tuka-Land wie Pippi Langstrumpf, wir tragen Komfortsocken und Yogapatscherl und werden demnächst zum Mars abzischen, wenn es sich hier abgezockt und ausgespritzt hat. Zöpfe sind auch nicht mehr in Mode. Außer unter denjenigen von uns, die Geschmack haben. Bitte, hier entlang. Moment …«

Wieder zauberte sie was aus den Mantelinnentaschen, jetzt war ich definitiv neidig. Mantelmesser, Taschenschach, Bücher … ich beschloss, mich auch mehr für Mode zu interessieren, vielleicht brauchte es dazu einfach eine Willensanstrengung. Und das, was sie uns jetzt in die Hand drückte –

»San des Speibsackerl?«, fragte Alex* ungläubig, aber interessiert.

»Exakt. Darf in keinem Sitzbeutel fehlen. Bitte hier entlang.«

Zwischen Dämmerung und Dämmerung, heißt es, soll alles Mögliche passieren. Alles. Irgendwann öffnet sich die Membran zur Anderswelt, die meisten vermuten das um Mitternacht. Eine vollkommen überschätzte Uhrzeit. Hier ging die Sonne unter, Herbst halt, wenn das Licht zu Staub wird, alle Heiligen und Seelen bibbern und warten in ihren Gräbern auf den Friedhofsansturm, aufs Getrappel, das Stimmenbrummen vom Beten und Plaudern, und auf die Kerzen, die im Licht schwimmenden Dochte, umhüllt von rotem Plastik.

»*Luogo è in inferno, detto Malebolge*«, flüsterte Elfriede. »Achtung.«

Es lagen Pfützen herum auf der Besucherterrasse, das Wasser stand. Stand? Bewegte sich, als würde von irgendwo neues Wasser hinzukommen, in langsamem Zufluss. Ich schaute, wohin ich trat, man will keine nassen Socken, man will überhaupt keine nassen Füße, nie will man sich nasse Füße holen und –

Ich schaute auf, als hätte man mir einen Schlag auf den Hinterkopf versetzt, als Alex* aufschrie – »ich stelle vor«, sagte sie trocken, sie, die doch alles immer ins Witzige drehte, sie mit dem unwillkürlichen Lachen, sie, das dramalose Drama: »Jeffrey Epstein«.

Und da baumelte er, wie man eben baumelt.

Da war ein Galgen gebaut auf der Besucherterrasse. Wind kam auf mit all seinen Geräuschen.

Ich schlug die Finger ins Papier des Speibsackerls, das sich in meinem Griff steif verformte. Nein, ich würde nicht kotzen, nicht vor der Leiche, an der die Skelettierung eingesetzt hatte, der Wegfraß des Fleisches, das Verledern der Haut. Ich würde nicht kotzen, obwohl ich kotzen könnte vor diesem ehemaligen Mann, der sich durch Hunderte Mädchen gefickt hatte, Vierzehnjährige, Sechzehnjährige, Models waren ihm zugeschoben worden, im Safe die funkelnden Discs mit den Videoaufnahmen, die seine pinhole cameras gedreht hatten von Betten und Klos in seinem Anwesen; Jeffrey Epstein, der manchen Mächtigen und Macht-Amateuren Mädchen zugeschoben hatte, Epstein, mannigfach angeklagt, der zum Beispiel – so eine Aussage einer Frau aus Florida – mitsamt seiner Freundin sie vergewaltigt haben soll, in Anwesenheit ihres achtjährigen Sohnes –

»Einer reicht«, sagte Frau Jelinek leise. »Den Fritzl lassen wir im Häfen verrotten, haben wir uns ausgemacht.«

»Wer san de duat?«, fragte Alex*.

Im hintersten Eck konnte ich ein Lagerfeuer ausmachen; ein paar Gestalten saßen und knieten darum, Kapuzen über die Gesichter gezogen.

»Das sind ein paar Damen aus Hollywood, die sich in die MeToo-Schlacht geworfen haben«, sagte Frau Jelinek, »die rösten da gerade den rechten Zeigefinger von Harvey Weinstein, hab ich mir sagen lassen. Ein paar Kunstwerke vom Otto Mühl zerfallen dort zu Asche, die haben wir aus dem Dorotheum geklaut. Und die Autobiografie von Woody Allen wird flambiert. Die haben sie, glaub ich, in seinen Klarinettenkoffer gestopft.«

Die Ladies hatten ein wackeliges Schild geschrieben, sah ich jetzt, als ich akzeptiert hatte, dass ich neben einer Leiche am Galgen zu stehen gekommen war.

»Hier«, sagte Frau Jelinek und reichte mir den Operngucker aus ihrer Manteltasche.

»*Don't touch me*«, las ich vor, die Perlmuttringe des Guckers an den Augen, »*Fuck off.* Und drunter *Noly me tangere.* Noli mit Ypsilon.«

»Ok, naa is naa«, murmelte Alex*, »owa manchmoi kummt mir vor, manche streifn si glei an Gaunzkörperaunzug aus Eis üwa ...«

»Sie haben ganz recht«, sagte Frau Jelinek, »ich find ja, **der bloße Versuch, nicht zu lieben, ist ebenfalls sehr anstrengend.**«[17]

»Es warad holt aa wengam Rechtsstaat, deng i mir dann aa immer«, meinte Alex*. »I maan, scho kloa, do is a massives sysdematisches Unrecht umanand. Nur, wenn ma die Hexnjogd umdraht um hundertochtzig Grad, kummt aa nix Guads außa. Häd i g'sogt. Des dritte Geschlecht homma jo aa vor Gericht erstrittn.«

»Mir kommt vor, es wär was besser in der Welt, wenn wir alle dreigeschlechtlich wären«, sagte Frau Jelinek und schaute zu, wie der Horizont langsam den letzten Rest Sonne verschluckte. »Ich hab hier übrigens eine Liste« – sie entfaltete einen großen Bogen Papier, an der Seite perforiert wie von Kulikugeln gelöchert – »mehrspaltig, von allen Sexualverbrechern Europas, ungegendert. Die Frauen, die Kinder sexuell missbrauchen, sind eine Fußnote, über die kleine Füße Blutspuren gezogen haben.«

Ich hörte die Metallwinkel quietschen, das musste ein metallener Galgen sein, und das Feuer der Damen knackte und knatterte.

»Was ist das?«, fragte ich verstört, und ja, Blut wird kalt.

Ein Kinderlachen kam über die Terrasse gefegt, wehte das letzte Sonnenlicht weg, überschlug sich in der ersten Freude, die keinen dunklen Anteil hat.

»Tja, Frau Tiwald, was soll ich sagen«, sagte sie, die absolute Dichterin. »Ich versuch's auf die feine englische Art. This is the ghost of birth past. Der Geist der verpassten Geburt. Wir sind ja bei den Mädchenhändlern, vor denen wir unsere ungeborenen Mädchen bewahrt haben, denen niemals ein Mann was krümmen wird, weder Haar noch Knochen, und ihre Würde wird unangetastet bleiben, weil sie nie geboren wurden.«

Und da rannte es, das Mädchen, das ich nie geboren hatte. Da rannte es, quecksilbrig, rann fast, ein Körperchen wie aus der Alchimistenwerkstatt, **eine lebende Schaumrolle**[18], nackt, das flauschige Haar im Nacken eingerollt, da rannte es zwischen den baumelnden Beinen herum, rann fast.

Und von oben, die Beine des Toten entlang, durch dessen Luxusresidenzen, die er trotz Finanzkrise und morbider *mortgage-backed collateralized debt obligations* gehalten hatte, der Banker, durch dessen Luxus und Videolinsen die Mädchen geschleust worden waren wie Waren auf Containern über die Weltmeere, die steifen, starken Beine entlang, aus den Augen und den Körper entlang rann ein Strom aus Wasser, Blut und Sperma.

Ich merkte erst, dass ich schrie, als ich schon auf dem Boden lag, ausgerutscht, ich spürte eine Hand auf meiner Schulter und meinen Namen rufen: »Katharina! Katharina!«

CANBTO 19: DIE GOLDENEN FELLE SCHWIMMEN DAVON. CANTO VON DEN ÄMTERKÄUFERN

ALS ICH AUFWACHTE, HATTE ich kurz den Eindruck, in ein goldenes Fell gewickelt zu sein, aber das war nur das Licht, das sich wieder zeigte. »*Die Luft ist still, als atmete man kaum*«, konstatierte Frau Jelinek, wie eine Galionsfigur an die Brüstung gelehnt, und hielt die Nase in die Luft, Gott sei Dank zweifellos atmend. »Die ist so still, die Luft, die muss man kauen. Wie überhaupt Etliches. Vielleicht hat der Hebbel das gemeint in diesem Erstickungsgedicht vom Herbsttag. Ich schlage das Verb hebbeln vor. Alles muss man irgendwie hebbeln. *Stört sie nicht, die Feier der Natur! Dies ist die Lese, die sie selber hält.*« Und mit einer Geste, als würde sie einen Zigarettenstummel über die Brüstung schnippen, wies Frau Jelinek auf die Betonschlingen unter uns, an deren Rand das bisschen Natur versuchte, mit ein paar Grashalmen Boden wettzumachen.

Ich sah mich vorsichtig um. Nichts mehr, kein Galgen, kein Feuer, kein Kind. Alex* kauerte neben mir, in den Händen ein zerknülltes Taschentuch. »Hier«, unsere Führerin hielt uns eine Thermoskanne hin, »ein bissl Kaffee, das tut nicht weh, und außerdem brauchen wir das für die Lese, die wir selber halten. Die Leserei. Hier, halten Sie sie mal, unsere Feier der Natur.«

Sie drückte mir die Thermoskanne in die Hand, und kaum hatte ich den Deckel aufgeschraubt, kaum ein bisschen Koffein in meine Blutbahn gebracht, natürlich, warum überraschte mich noch irgendwas, trötete eine Trompete herum, gespielt von jemandem, der diese Kunst erst seit Kurzem ausübte.

»Kaum auszu…hebbeln. Sorry, ich hör gleich wieder auf mit den neuen Wörtern, es sind eh genug alte da«, sagte Frau Jelinek und nahm auch einen Schluck aus der Thermoskanne, bevor sie beichtete, dass man sich an den Nachwuchs des Blasmusikvereins von Fischamend gewandt hatte, um der Trompete aus Dantes Canto 19 die nötige Reverenz zu erweisen: »Euch soll die Trompete blasen!«, heißt es da über Heerscharen von Priestern, Kardinälen und Päpsten, die durch Zasterzahlung an ihr Amt gekommen sein sollen.

Frau Jelinek rieb sich die Schläfen. Der Eleve spielte, ich glaube, es war der Zapfenstreich.

Wir saßen da und seufzten ein bisschen und starrten vor uns hin, während die Thermoskanne von einem Mund zum nächsten wanderte. »Madonna«, grummelte Alex*, als das Solo endlich vorüber war. »Jetz san olle Bakterien, die gaunz tiaf untn im Trichter wohnan, aa sicher tot.«

»Schön, dass Sie mit den Trichtern anfangen, Alex*«, lobte Frau Jelinek, »weil eigentlich stecken ja beim Dante die Ämterkäufer kopfüber in Felslöchern und strampeln mit ihren Haxerln und ihre Fußsohlen brennen. Gut. Jetzt gäb's natürlich die Metapher von den wundgelaufenen Füßen, wenn man davon ausgeht, dass jemand, der sich einen gutbezahlten Posten krallt, selbigen erschleicht, was den Einsatz von Füßen voraussetzt, oder sich eben die Haut von den Fersen abreibt beim Weg von einem Kabinett zum nächsten – ich geb zu, das sind müde und schiefe Sprachbilder in Zeiten wie diesen, wo Ausschreibungen per Mail oder Dropbox oder KI-Verschmelzung oder was weiß ich hin- und hergepfitschipfeilt werden. Dann gehen die Herren her und schneidern sich die Ausschreibungen, auf die sie selbst passen sollen wie der Lebkuchenstern in die Form, auf den eigenen Leib zu, damit der Lebkuchen keinen zusätzlichen Zacken aus sich herauszaubern muss. Oder gar ein anderer Stern aufgeht, aus anderem Material gebacken. Kein Lebkuchen – sondern ein Mutterkuchen vielleicht sogar! Also flugs was tun, denn da wächst den Sternen kein Zacken in die Krone, die schon voll bewehrt ist vor lauter Tollsein wie der Zinnenkranz einer nie angegriffenen Burg; da schreiben sie sich in die Ausschreibungen ein, die sie doch erfüllen sollen, sie füllen das aber vorher schon aus, und zack, sitzt man schon im Chefsessel, und der Mutterkuchen muss anderswo herumquoten. ›Aber das machen ja alle so!‹, werden sie dann sagen, und schon liegen wir erschlagen von so viel Argument in unseren Lehnsesseln und schauen hoffnungslos YouTube-Clips von ›Lass dich überraschen‹ mit Rudi Carrell. Da werden Wunder Wirklichkeit und Träume wahr, du musst nur das richtige Programm erwischen, du musst nur die richtigen Leute kennen.«

Sie seufzte.

»Alle glauben, ich bin so cool und so teflonfest, aber mich macht das alles fertig. Allen voran die Dreistigkeit derer, die glauben, das Rampenlicht, in das sie sich so eifrig gestellt haben, gehe von ihnen selbst aus. Bitte. Ich glaub, es gibt hier noch einen Kaffeeautomaten irgendwo, den sollten wir suchen gehen. Unterwegs zeig ich Ihnen noch was.«

Unsere Glieder waren noch ein bisschen kalt und ungestretcht, als wir uns in Bewegung setzten; ich zumindest hätte gern ein bisschen Gymnastik gemacht wie der Papst aus einem längst vergangenen Jahrhundert, der im Canto 19 die Beine in der Luft hat und damit herumrudert.

»Also«, sagte Frau Jelinek, als wir bei einer Holzwand ankamen, die nach Taubenschlag aussah, »ich könnt mich jetzt herstellen wie das Nummerngirl von einem Zauberer, der Krokodile auseinandersägt, aber das müssen Sie sich leider vorstellen. Das« – sie klopfte auf den Taubenschlag – »ist ab sofort das geheime Sicherungsarchiv der Wirtschafts- und Korruptionsstaatsanwaltschaft, das Mitglieder der Österreichischen Gesellschaft für Literatur mitverwenden können. Wir sind erst beim Brainstormen für diesen Trainingsparcours hier draufgekommen, dass so was eine gute Idee wäre. Löcher, haben wir immer vor uns hergesagt, Löcher, was machen wir mit den Löchern vom Canto 19? Schlaglöcher? Ohrmuscheln? Rekta? Und dann sind wir auf den Taubenschlag gekommen. Schauen Sie: Wenn sie alle ihre Handys in der Donau versenken, wenn sie in die Funkzentralen einbrechen lassen und Festplatten schreddern, wenn ihre Laptops grad, ich weiß nicht, eine Kreuzfahrt machen, und wenn sie jeden Tag ein anderes Burnerphone verwenden, hier«, sie klopfte aufs Holz, »wird Sie geholfen. Also uns. Hier werden alle jemals abgefangenen Chatnachrichten eingepackt und aufbewahrt, und zwar im Format Tinte-auf-Papier. Nichts ist so resistent wie Papier. Nichts. Selbst die Bitcoins dieser Erde werden schmelzen, aber Papier, das gilt. Hier zum Beispiel« – sie griff in die Archivwand, zog ein Zettelchen hervor und entrollte es – »›Ich liebe meinen Kanzler!‹ Mittlerweile hat das ja schon den Status eines Klassikers, der aus der Flut des Chatgeschwafels, des Chatgewoges heraussticht. Hier, meine Dame, mein Dame-Herr, finden wir eine wahre Saga, aber in Stakkato, ein Gestammel in Schrift, ein Privattheater, nur leider auf Staatskosten – also auf unsere.«

Sie drückte mir einen Packen Zettel in die Hand, als wären wir gerade in eine Bank eingebrochen und Komplizinnen, die einander die Scheine zuschieben in fetten Bündeln, weil jetzt alles gewonnen ist. Oder scheint. Das ganze Leben.

Manche der Zettel waren aus billigen Schulheften herausgerissen, schwach liniert, andere wohl überhaupt aus Matrizenrollern des vorigen Jahrhunderts entfernt; da und dort war eine Glückwunschkarte zweckentfremdet worden, wie sie zu Tausenden von den NGOs des Landes hin- und hergeschickt werden, zum Wohle der Kinder, der Flüchtlinge, der Christen, der Afrikaner und Hungernden. »Alles Gute zum Geburtstag!«, stand da vorgedruckt, und darunter in blassblauer Tintenschrift: »Kriegst eh alles, was du willst«. »Sehr geehrte Frau Jelinek«, entnahm ich einem Serienbrief, »die Legio Mariae setzt sich seit Jahrzehnten für die Armen dieser Welt ein. Helfen auch Sie …«, versehen mit der Nachricht: »Du Aufsichtsratssammler!«

»Aufsichtsratssammler«, murmelte Frau Jelinek, »das ist so schön, das hab ich schon eingebaut in meinen permanent werdenden Fließtext, das hab ich schon eingespeist, diese Kost, dieses Bröcklein, das man wieder rauskotzen möchte, oder nein, lieber kauen, immer kauen, drauf herumbeißen, dass das echte Gebiss klappert wie das falsche. Es gibt einen echten Biss ins Falsche. Und der tut weh. Auf-sichts-rats-sammler! Das ist ein Wort wie ein Mini-Drama, das dramurlt nur so daher, dieses Lemurengemurmel. Ja, ein Mini-Drama, das nur noch aufs Ausbauen wartet. Auf die Textwalze. Der Rest scheint uninteressant. Sprachlich. Aber: In einem jeden Wort steckt so viel Realität, in jedem kleinen Banalili steckt eine Lilie von Echtheit, die sich gewaschen hat, dass sie sich schüttelt. Ich will mich auch immer schütteln wie ein nasser Hund, wenn ich mir diese wölfischen Chats durchlese, und sie haben ja schon immer gechattet, wenn auch in anderen Medien. Meinereiner spricht lieber. Oder schweift. Oder funkelt und gurrt und dreht sich und schaut, sprechend. Aber da schaut ja niemand mehr beim Sprechen. Da wird nur gerechnet. Und Gerechtigkeit gibt's nicht mehr im Gerechnetsein, nur die Gerichtetheit und die Richtung. Wenn die stimmt, dann ist auch die Peinlichkeit peinfrei. Für die, die fußfrei in der ersten Reihe sitzen. Nur manchmal. Nur manchmal gerät einer mit einem Bein in ein Schlagloch, und bitte, da haben wir sie, die Löcher, aus denen die brennenden

Fersen ragen. Der junge Trompeter übrigens, der uns den Zapfenstreich geschenkt hat, der heißt Konstantin, Konstantin Kaiser. Applaus bitte! Applaus, das Brot der Künstler.«

Wir applaudierten dünn, der junge Herr Kaiser verneigte sich würdig. Im Gespräch verriet er uns noch, dass er seiner Trompete einen Namen gegeben habe: Silvester, nach seinem Opa. An dessen Grab habe er den Zapfenstreich zum ersten Mal gespielt.

Über den blonden Bürstenhaarschnitt des Nachwuchstalents hinwegschauend sah ich ein Häuflein Menschen, das mit Schaufeln Erde bewegte, draußen, wo die Betonschlangen zum Landen sich durch die Gegend wanden. Auf die Frage, wer denn das sei, meinte Frau Jelinek mit schiefem Grinsen: »Das sind ein paar Grüne, die versuchen, die dritte Piste zuzuschaufeln. Man kann ihnen nur viel Glück wünschen. Ohne Glück ist alles nix.«

CANTO 20: SEHERINNEN UND SEHER. ALLES IST VERKNOTET

»SO, UND JETZT MÜSSEN wir die Schriftstücke wieder ordentlich archivieren für die nächsten Generationen«, sprach dann Frau Jelinek, »wir wollen nicht, dass auch nur ein Futzel verloren geht. Während also rundherum – pardon the pun, I'm a pun machine – so einiges aus seinen Löchern kriecht (und es gibt tiefe Keller in Österreich), müssen wir wieder zurückstopfen in die Löcher. Alles. Aber Obacht! Jedes in sein Löchlein. Ganz korrekt. Irgendwo hier steckt auch das Privilegium maius. Um mit Agatha Christie zu sprechen: Es gibt nichts Neues unter der Sonne. Es ist zwar ein bissl verzweifelt, so einen Taubenschlag aufzustellen, weil: Ich sag nur WikiLeaks. Panama Papers. Luxemburg Leak. Snowden, um Gottes willen! Selbst wenn die NSA noch so sauber abrechnet: Es warad wegen der moralischen Korruptheit. Moralita interrupta! Und dann kann man im Prinzip schon die Moritaten anstimmen und die schöne Leich des Anstands beweinen. Quod erat moribundus. Und so weiter und so fort. Für all diese Archive des Grauens müssten wir einen Taubenturm bauen wie den Tower. Deswegen wird mit der Flughafenchefität schon besprochen, dass, wenn dann der Flugverkehr abnimmt in der totalen Klimakrise, wir den Tower zum Archiv machen dürfen. Da kommt dann alles krisensicher hinein. Krisensicher und ausgedruckt, wenn alle Netzwerke brechen, wenn uns die Cloud auf den Kopf fällt, dann kann man noch immer in den Tower gehen und nachschlagen.«

Ich räusperte mich und wisperte: »Was war jetzt schnell das Privilegium maius?«

»Ach, irgendwas von den Habsburgern, wo sie sich was gedraht haben. Und zusammengedrahtet ihr Reich, auf dessen Splittern wir heut noch herumkriechen. Das können wir ganz gut, das Kriechen, und wir Deppen glauben, es steht uns auch.«

Sprach's und drehte sich weg vom Taubenschlag.

»So. Also das war jetzt die schräge Schriftlichkeit, die wir archivieren. Wir kommen jetzt weiter zur schrägen Schriftlichkeit, die wir nicht archivieren, nur anschauen. Bitte mir nach. Gut, es sind nur ein paar Schritte.«

Immer noch waren wir auf der Besucherterrasse; der Herbsttag war tatsächlich dabei, voll und golden zu werden. Warm, ein bisschen zu warm. Natürlich. Ich hatte meinen Dante in der Jackentasche und meine letzten kleinen Schätze, Tampons, Bankomatkarte, Schlüssel, Müsliriegel, ich dampfte also vor mich hin, ging meine Ressourcen durch, dachte ein wenig an die Habsburger und dass Karl H. jetzt unser Kaiser wäre, theoretisch-monarchistisch, der mit dem geschmuggelten Diadem und »Who is Who« auf ORF 2, kurz: Ich erlaubte meinen Gedanken, sich ein bisschen vom Acker zu machen. Noch ein Kaffee vielleicht, irgendwo –

»Oida«, hörte ich Alex* sagen und kehrte zurück zum Acker beziehungsweise zum zerzausten Grün-Braun zwischen dem Beton. »Schau amol do durch«, hieß es, während mir ein Fernrohr in die Hand gedrückt wurde, und was erblickte ich? Ich erblickte, sich räkelnd auf einer sexy Liege im Grün-Braun-Ländchen mitten zwischen den Pisten, jene alterslose Dame, die Österreich jeden Sonntag per Radio die astrologischen Leviten liest. Sie schien uns bemerkt zu haben, schob den Fächerträger von sich, der muskulös hinter ihr stand und sie bewachelte, schrie »Juhu, Frau Jelinek!« und wedelte ihrerseits mit bereiften Armen.

»Tja, so ist das«, sagte die so Beschriene, »per astra ad aspera.

Es wird jetzt sehr irdisch. Wenn Sie sich entsinnen: In diesem Kapitel geht's um die Seherinnen und Seher. Warum sind die in der Hölle? Weil, so die theozentrische Logik, man die Zukunft Gott überlassen soll. Ich schau mir das halt an, wie immer, ich find ja die Menschheit hochinteressant, mir wär fad, wenn's keine Ausbüxereien aus der Vernunft gäbe, und da kommt mir die Frau Sternstunde gerade recht. Wobei ich mir gar nicht sicher bin, ob da nicht höchste Vernunft am Werk ist.«

Es baumelte das Ende eines Joghurtbechertelefons über dem Geländer, und aufs Gefuchtel von der Seherin hin nahm Frau Jelinek den Becher in die Hand. Die Schnur spannte sich gleich aufs Äußerste, so eifrig wurde daran gezogen.

»Frau Jelinek!«

Ich hörte die Schnur sogar vibrieren vor lauter Schnurren in dieser Stimme.

»Achtung, Frau Jelinek! Sie sind ja eine Waage. Sie wollen immer den Ausgleich bringen. Aber ich kann nur sagen: Vorsicht! Das ist ein steiniger Weg, immer das mit dem Ausgleich. Sie müssen Ihre Kräfte schonen! Sonst wird's nix mit der Fitness. Eine kleine Tiefphase diesbezüglich werden Sie aber bald wieder übertaucht haben. Schaun S' a bissl auf sich! Gehen S' wieder a bissl raus!«

»Ich renn eh herum da wie ein Steinbock, obwohl ich keiner bin«, knurrte Frau Jelinek leise, sagte aber, als sie den Telefonbecher an Alex* weiterreichte: »Bitte halten S' mir das so her, dass ich …«

»Auch im Beruf … Frau Jelinek? Frau Jelinek! Wir sind noch nicht fertig!«

Wir fuchtelten ermunternd mit den Armen in Richtung Insel, während Frau Jelinek nach einem Stift kramte; sie bedeutete Alex*, der* grinste und mit der Spannung der Schnur spielte, durch ein Winken, keine Faxen zu machen. Es klang ein bisschen nach Rockradio, dieses rauchige Timbre – »weil, Frau Jelinek«, hörten wir, »die Waagen, also dieses Jahr ist für die Waagen das Superjahr. Wenn's einen umgekehrten Super-GAU gibt, dann ist es dieses Jahr! Mit Ihren Planetenbrüdern, um nicht zu sagen, *Hawaran*, dem guten alten Saturn und Jupiter, gelingt Ihnen so einiges, das bisher einfach nicht zum Derklengen war. Alle Krise wird vorbei sein, sich erst zu Kriserln zusammenschrumpeln und dann hinüberwachsen in die Harmonie.«

»Ja, die Harmonie«, murmelte Frau Jelinek, während ihr Stift über das Heftpapier huschte (ich glaube, das hatte sie aus dem Taubenschlag geklaut), »die Harmojetzt, die Harmonimmer, die Harmonika, die packen wir aus, wenn der Lenz gekommen ist, wir fragen uns halt zunehmend, wo der bleibt, der Lenz, wir haben ihm ja schon vorgekocht, dem Lenz, für dann, wenn er endlich auftaucht, aber der Sessel bleibt leer.«

»Was? Welcher Sessel bleibt leer? Bei Ihnen gar keiner, Frau Jelinek. Gar keiner!«, krächzte es aus dem Bechertelefon, »und ich wollt Ihnen noch sagen, ich glaub, Sie interessieren sich auch für das Sternbild Jungfrau, gell? Weil ja der Tereisias vorkommt hier bei Ihrem Herrn Dante, nicht wahr. Tereisias, der alte Knacker, der einmal Frau war und dann Mann, wegen einem Zauber. Na, der hat ja einen ordentlichen Auftritt in Ihrer Geschichte. Der Zeus war ja so ein Hinterfotziger, der hat mit der Hera einen Streit angefangen – in einer ungeschickten Sternphase sicherlich, muss ich sagen, wirklich ein bissl patschert – also sie haben diskutiert, wer jetzt mehr spürt, also beim Sex, die Männer oder die Frauen. Vielleicht war der Zeus unzufrieden mit dem, was da auf der Couch neben ihm gesessen ist. Na, und dann haben sie den Tereisias geholt, weil der sollte das ja wissen. Als Schiedsrichter. Und die Hera – Jungfrau halt, was soll man sagen? –, die hat natürlich behauptet, die Frauen spüren weniger, und der Tereisias hat ihr widersprochen. Ganz blöd. Wissen Sie, das Sternbild Jungfrau sitzt in einer Virgo-Galaxie. Zweitausend Galaxien! Zweitausend! Da kommt man gar nicht dagegen an. Die Jungfrau ist ein Sturschädel. Die Göttin kommt sich selbst nicht aus. Und wie das halt so ist bei denen: Man soll ihnen nicht widersprechen, wurscht, ob sie jetzt Stubenkatzerln sind vom Sternzeichen her oder Löwen. Zack, hat sie ihn blind gemacht, den Tereisias. Aber ich«, kam es aus dem Becher, »ich bin viel, aber nicht blind. Und dass ich keine junge Frau mehr bin, ganz im Gegenteil, das find ich auch gar nicht übel.«

Frau Jelinek schrieb mit, ich sah, wie sie eifrig ihre Lippen aufeinanderpresste.

»Das Spannende«, murmelte sie dabei, »ist jetzt noch, dass der Herr Strache sich eine steirische Numerologin gehalten hat, aber diese Dame haben wir nicht aufgetrieben.«

»Der Strache«, tönte es aus dem Becher, »das ist ein Zwilling mit ganz viel Stier drin. Kann ich ja nix dafür, wenn sein Stier mit ihm durchgegangen ist. Weil sonst wär mit der Jungfrau an der Regierungsspitze schon eine Einigung möglich gewesen. Und die hätten viel durchgezogen. Na ja, den Sternen ist ja wurscht, was wir hier herunten treiben.«

Frau Jelinek ließ den Stift sinken und lächelte, als würde sie sich von einem gemütlichen Morgenjogging am plätschernden Gebirgsbach erholen. »Wunderbar, dankeschön!«, brüllte sie vergnügt ins Bechertelefon zurück. »Ich schick Ihnen jetzt den Herrn Badelt vorbei, gell?«

»Wieso denn den Herrn Badelt? Was soll ich mit dem Herrn Badelt? Soll ich ihm einen Cocktail mixen? Geh«, wir sahen, wie sie unten von ihrer Liege aus herumschnipste, »rührts halt eine Bloody Mary an. Nur eine. Mir nix. Nur ein Wasser. Also, Frau Jelinek?«

»Der Herr Badelt ist auch ein Orakel. Ehemals Wirtschaftsforschungsinstitut. Der schaut halt auf Prozente und Euro und Dollar«, sagte Frau Jelinek ins Bechofon, »Sie können sich sicher wunderbar austauschen.«

»Na, wenn er ein gescheiter Mann ist, dann wird das schon gehen. Die Prinzipien von der Astrologie lassen sich schon erklären, aber ein gewisses mathematisches Verständnis ...«

»Sicher. Ganz bestimmt.«

»Na gut. Danke fürs Vorbeischauen, es ist immer angenehm, ein bissl plaudern mit Ihnen. Das nächste Mal erzählen S' mir dann was von Ihrem neuen Buch, gell, weil ich hab nicht so viel Zeit zum Lesen. Ich verspann mich auch immer so. Dann muss ich mich massieren lassen, im Nacken. Mich verreißt's manchmal, da muss ich mir noch eine Creme erfinden für diesen Nacken, Steinbock bin ich, na, Sie wissen schon, Hörner auf und durch.«

Frau Jelinek winkte.

Als die Verbindung gekappt war, seufzte sie und sagte: »**So ist das mit den Seherinnen. Machen mit der Wahrheit ein Luftgeschäft und ihre Aktien steigen trotzdem.**[21] Apropos Aktien. Ich hab da was für Sie. Zum Anschauen. Zum Reisen ist sie nämlich schon zu alt, die Queen, aber sie hat mir ein kleines Handyvideo geschickt.«

Sie angelte ihr Handy aus der Jackentasche und klickte auf *Elizabeth II.* in *Kontakte.* Schon erschien die Queen auf dem Bildschirm, die uns royal ihren Handrücken entgegenschwenkte.

»Hello, Elfy«, kam es aus dem Apparat, »thank you for being able to contribute to this wonderful project of yours in these hard times.« Die Queen erzählte knapp, dass sie sich an viele harte Zeiten erinnere, zum Beispiel an den Krieg. Oder an Margaret Thatcher. Und daran, wie sie 2008, als schon alle Aktien mitsamt den schönen Neunzigerjahren und der wunderbaren Vergangenheit im Lokus verschwunden waren, im Kreise von Ökonomen eine Frage gestellt hatte, die sie jetzt gerne für uns wiederhole.

Und in ihrem trockenen Timbre kam die Stimme dieser Frau über die Bits und Bytes herüber, als säße sie neben uns: »I asked them, Elfy, this one thing: Why didn't anybody notice?«[22]

»Eine wunderbare Frage«, sagte Frau Jelinek, als sie ihr Handy wieder verstaut und das Fernglas über die Augen geklappt hatte. »Ah ja, der Herr Badelt ist schon angekommen. Ich bin schon gespannt, wie er sich schlagen wird. Ich hoffe, die Bloody Mary schmeckt ihm.«

CANTO 21: AN DER PECHGRUBE

»NA, AN BOND-FÜÜM werdn s' mit uns aa nimmer drahn«, stellte Alex* fest, als wir uns schnaufend von der Besucherterrasse abgeseilt hatten wie die drei Bären von Goldlöckchen. Auch der Hund hatte überlebt.

Vom ordinären Stiegensteigen war überhaupt keine Rede gewesen. Wir brauchten ein bisschen, um uns zu fangen, Frau Jelinek hatte, vornübergebeugt, die Hände noch auf den Knien und schnappte nach Luft, als Alex* nachfragte: »Wos homs n g'sogt, die Damen und Herren Ökonomisten?«

»Hm?«

»Na, zur Queen.«

»Ah so, ja«, sagte Frau Jelinek, »es ist ja immer so ein Spiel mit den Vorhersagen, *Panta rhei*, alles fließt, auch die Erwartungen, wie sich die Zinsen und die Preise so anstellen werden beim Gemeinschaftsturnen. Man analysiert halt im Flug und schaut aus der Luke dem Panther und dem Reh von oben zu, wie sie sich im Wirbel so anstellen. Und da wirbelt halt einiges, von Wasser bis Öl ist alles dabei. Diejenigen, die schauen und am Whisky nippen und was meinen, nennt man Prognostiker. So was wär ich auch gern geworden. Great expectations! Wir warten halt alle, manche drehen beim Warten die Daumen, manchen sind die Daumenschrauben schon angemessen worden in der Zwischenzeit, und dann erhebt der Drache sein Haupt oder der US-Präsident hat einen Schnupfen oder irgendein Deal hat schon wieder brechen müssen. Unsereiner holt weiterhin die Kaffeebohnen aus dem Supermarkt und nicht von der Plantage. Fertig. – Shit, jetzt hab ich mir ein Loch in die Hose gerissen, dabei war die Vintage. Na geh …«

»Grüß Sie, Frau Jelinek, sehr gut. Sehr gut. Grüß Sie, willkommen! Wunderbar gemacht bisher, wunderbar. Bitte kommen Sie mit, wir haben da was vorbereitet, und Kaffee gibt's auch. Den haben Sie sich redlich verdient.«

Da stand Manfred Müller von der Österreichischen Gesellschaft für Literatur vor uns, lächelte uns entgegen wie der Papa von Emil und den Detektiven, schüttelte uns die Hände und winkte uns weiter.

Ein Windchen war aufgekommen und rüttelte an unseren Jackenzipfeln, während wir auf den Pavillon zugingen, der auf einer der Pisten aufgestellt worden war. Ganz bestimmt hatten wir (wieder einmal) was von Superheroes, wie wir so dahinschritten, außer dass Frau Jelinek leise murrte, sie würde eigentlich gern in Ruhe einen Kaffee trinken und nicht schon wieder unter Leute kommen, aber wir waren wie eingeschrieben in diese Situation, und Herr Müller dirigierte uns freundlich und sanft zu der Tafelrunde, die uns unter dem leise knatternden, schwingenden Dach des Pavillons erwartete.

»Wie Sie wissen, kommen beim Dante jetzt endlich Teuferl ins Spiel«, erinnerte er uns. »Plötzlich blubbert das Pech, gehörnte Unwesen treiben sich herum und haben Sünder aufgespießt, hauptsächlich irgendwelche korrupten Politiker, die sie in ebendiesem Pech versenken.« Mit einem gewissen Genuss holte Herr Müller aus, als er auf die Tafelrunde deutete, die uns erwartete: »Hier bitte, darf ich vorstellen, unsere Teuferl vom Canto 21!«

Tatsächlich hatten sie fast alle Hörnchen auf. Anneliese Rohrer, die ihr Buch »Charakterfehler: Die Österreicher und ihre Politiker« vor sich auf dem Tisch liegen hatte, trug ihr Paar als Haarreif. Paul Lendvai hatte sich die Hörner mit Make-up aufgemalt. Einer, der seine aderndurchstrickten Hände auf den Kopf eines Gehstocks gelegt hatte, blieb zunächst hinter einer Perchtenmaske unsichtbar, aber – »Wollen S' nicht vielleicht für den Kaffee die Maske ablegen?«, fragte Herr Müller freundlich, und das tat Herr Busek dann auch.

Frau Rohrer putzte sich Kuchenbrösel von ihrer Anzughose. Ich fragte mich insgeheim (und verbarg meine Stielaugen hinter meiner Brille), wo dieser Kuchen war.

»Eigentlich fehlen uns Leute. Mehrere Leute. Es sind Teuferl auf der ganzen Welt, aber, was soll ich sagen – zum Beispiel Irina Slawina. Aus Russland. Die meisten haben das wahrscheinlich gar nicht mitgekriegt: Die hat sich voriges Jahr, im Oktober 2020, in Nischni Nowgorod selbst verbrannt.«

Anneliese Rohrer seufzte auf, als sie das hörte, und sagte, sie erinnere sich. Sie habe das sehr wohl mitgekriegt. Die Journalistin habe vor ihrem, wenn man so sagen wolle, Freitod gepostet, sie bitte darum, die Schuld an ihrem Tod der Russischen Föderation zu geben.

»Wir können uns überhaupt nicht vorstellen, was sich dort abspielt«, sagte Frau Rohrer. »Bei uns hier in Österreich kann es schon vorkommen, dass jemand, sagen wir, rund um den größten Glücksspielkonzern recherchiert, einen Korruptionsverdacht hat, und dann verlässt er das Büro und auf seiner Vespa hängt ein Grabkranz. Oder die Kollegin, der plötzlich die Sicherungen im Sicherungskasten fehlen, und der Elektriker fragt sie, ob sie Feinde hat.[23] Das kommt vor. Aber das ist, wenn auch ein Skandal, noch immer ein paar Grad wärmer als das, was Irina Slawina durchgemacht hat.«

»Wir hätten sie nämlich gern eingeladen, das Mail war schon draußen, wie wir begonnen haben, das Inferno hier zu konzipieren … eine starke Stimme.«

Ein Weilchen lang sagten wir gar nichts und saßen nur da.

Schließlich räusperte sich Herr Müller und fuhr fort: »Der Herr

Klenk vom *Falter* hätte auch noch zu uns stoßen sollen, aber der hat leider ganz dringend zu einer jüngst ausgehobenen Maskenpfuschfabrik fahren müssen.« Er schob sich seine Hörnchen ins Haar.

»Es ist doch bemerkenswert, wie resistent der Geschäftssinn gegenüber der Apokalypse ist«, bemerkte Frau Rohrer.

»Ein Keller in Ottakring, hat er gesagt. Lauter ältere türkische Damen an Nähmaschinen, hat er gesagt. Und einer von den Identitären ist der Chef. Ich kann nur wiedergeben, was er am Telefon erzählt hat. Kommt morgen schon im *Falter*. Online.«

Herr Busek wiederum meinte, dass der Unternehmergeist vielleicht seltsame Blüten treibe – gut, ein Rechter bleibe wohl ein Rechter –, aber unter Einhaltung gewisser Regelwerke sei Tatkraft zu begrüßen und nicht zu … »Ja, wenn's um die Kohle geht, dann geht man auch auf Tuchfühlung mit der billigen Arbeitskraft, und wenn sie noch so unarisch ist!«, warf Frau Rohrer ein.

»Ich freu mich auf zuhause«, sagte Herr Lendvai und seufzte.

Frau Jelinek rieb sich die Stirn.

»Also, meine Herrschaften, wir sind ja hier in der Hölle«, sagte Herr Müller, der um den Tisch zu gehen begann. »Übrigens, hier ist noch der Kuchen. Schaut ein bissl aus wie ein Stein, in dem ein Schwert steckt.« – »Schmeckt auch so«, murmelte Frau Rohrer. – »Na ja, die Ressourcen sind halt knapp. Aber dafür haben wir eine Mission. Immer schon gehabt. Wir sind hier die Teuferl, quasi in Umkehr der Verhältnisse, weil, seien wir uns ehrlich, die Teufel beim Dante sind eigentlich die Guten.« Er malte mit den Fingern Anführungszeichen in die Luft: »Die Guten, weil sie die Korrupten piesacken. Na, und da haben wir uns gedacht, setzen wir uns auch einmal in diesem Sinne zusammen. Ein Role-Play. Außerdem ein kleiner Urlaub für Sie von der Hölle, die da draußen brodelt. Es kann ja keine Zeitung mehr gedruckt werden, es ist ja alles zusammengebrochen, von Büchern ganz zu schweigen. Ich weiß nicht, wie's Ihnen geht, aber ich bin ziemlich fertig. So. Und jetzt sind wir immerhin zu neunt, weil, schauen Sie, ein paar junge Leute hab ich auch noch eingeladen« – er wurde ein bisschen lauter – »Frau Wieser! Herr Prinz! Bitte.«

Ich klatschte unwillkürlich in die Hände und gab einen juchzenden Laut von mir, als ich die beiden über den Asphalt in unsere Richtung kommen sah: Vanessa Wieser, meine Verlegerin, und Clemens Prinz, meinen Nachbarn, der gut zwanzig Jahre lang als Journalist in Budapest gearbeitet hat, für den *Pester Lloyd*, und für eine alternative Radiostation, inzwischen natürlich längst »zugedreht«, wie der Österreicher sagt. Seinen Ungarn-Blog »Pusztaranger« hatte er in »Pusztastranger« umbenannt und schließlich zu einer Online-Filiale des ebenfalls eingegangenen *Pester Merkur* gemacht; er zog auf einem Handwagen seinen Bienenstock hinter sich her, denn seitdem er Ungarn verlassen hatte – »I hob die Aggression in der Öffentlichkeit nimmer ausgholtn«, hat er mir erzählt –, waren Bienen in sein Leben eingekehrt.

Es wurden Hände gedrückt, es wurde gegrüßt, ich freute mich, ich freute mich auch immer noch, als wir unsere Teufel-Bodysuits bekamen und meiner an der Wampe zwickte.

»So, ich glaub, wir machen uns wieder auf den Weg, nicht?«, hieß es dann, als wir dastanden, in Reih und Glied und Hörnern. »Bitte, da entlang. Die OMV war so freundlich und hat uns ein schönes Ölloch gezaubert entlang der zweiten Piste. Die Raffinerie ist ja gleich nebenan, das war also gar nicht so schwer zu bewerkstelligen, vor allem hat der Herr Seele gemeint, zum Abschied als Vorstandsvorsitzender leistet er sich noch eine kunstaffine Geste. Keine Sorge, wir haben das dreifach abgedichtet, und versprochen, dass nachher das Flugzeug befüllt wird, mit dem die Frau Tiwald abheben kann.«

Plötzlich schauten mich alle an, und ich kam mir ein bisschen vor, als hätte ich einem kleinen Kind den Lolli gestohlen.

»Äh«, sagte ich, »aha. Also ich weiß nicht, ob …«

»Na sicher wollen Sie fliegen«, sagte Herr Busek und tätschelte meinen Oberarm, während er sich mit der anderen Hand an seinem Gehstock festhielt. »Sie sind ja noch jung. Fliegen Sie wohin, wo man noch normal leben kann. Schreiben Sie.«

»Oiso i hätt g'sogt, dass die Frau Kollegin ruhig im Auge des Orkans bleibm soi«, sagte Clemens, während seine Bienen ihn umschwirrten.

»Fliagn – ned fliagn«, sagte Vanessa, »Hauptsoch, es wird a g'scheits Buach gebm, wo wieder a Teil vo der Wirklichkeit drin is und wo wos passiert und ned nur Sie-spürte-das-und-er-spürte-jenes und am Schluss san olle –«

»Moment!«, rief Busek plötzlich aufgeregt und fuchtelte mit seinem Stock. »Der da vorn, der Arbeiter, der da am Rand von dem kleinen Ölfeld – der dort – das ist doch der –«

»Istenem, das ist der – !«, schrie Lendvai auf. »Schnell!«

Der ältere, dickere Herr, der einen Blaumann trug und einen gelben Helm auf dem Kopf, hatte ebendiesen gehoben und kurz in unsere Richtung geschaut. Dabei musste die klare Herbstsonne entschieden haben, seine Gesichtszüge unter dem Helm zu illuminieren, und tatsächlich, das war er: der Kaiser der Ungarn, der Möchtegernretter Europas, der Stacheldrahtzieher und Rassistenrambo, der Wahlkreisgeometer, der Don Corbanone von der Cosa Magyar, Goldschöpfer der EU, Fachmann für Kohle: Woher nehmen, wohin fließen lassen – da war er, und er haute ab.

»Der? Hier? Jetzt? Bitte! Bitte, den müssen wir –«

Lendvai fing an zu brüllen, Busek setzte sich in Bewegung, setzte Schritt um Schritt, tick-tack, machte der Gehstock, tick-tack, Rohrer rannte und warf mit Kugelschreibern, die sie aus ihrer

Brusttasche pflückte, Clemens stieg mit einem Fuß in seinen Handwagen und gab mit dem anderen Gas, während er seine Bienen auf den Fliehenden hetzte: »**Wer zerteilt mir mit seinen Flügeln den Himmel?**[24] Na, wer?«, hörte ich ihn brüllen, und ich fühlte mich rennen, ich fühlte Wind auf meinem Gesicht und Endorphine in meiner Blutbahn: Den fassen wir, dachte ich, den kriegen wir, den halten wir, alles wird anders.

Fliegende Zöpfe zogen an mir vorüber, auch Frau Jelinek rannte. Mir wurde richtig warm, ums Herz, in den Beinen, im Brustkorb, es fühlte sich an, als wüchsen mir selbst ein Paar Flügel.

»Haltet ihn!«, hörte ich Lendvais Stimme hinter mir, leiser werdend.

CANTO 22: UNTERWEGS MIT DEN TEUFERLN

ES KAM, WIE'S FAST immer kommt. Auf der Langstrecke ging uns die Luft aus, einem nach dem anderen. Es gibt fürwahr talentiertere Renner als mich, was höflich umschreibt, dass hinter mir nur noch Busek und Lendvai waren. Tick-tack. Schau an, dachte ich, während mir schon ein bisschen schlecht wurde, weil die Landschaft beim Laufen so wackelte: die Jelinek, die rennt. Und rennt. Und rennt.

Ich tat mir schwer, weil der Gestank zugenommen hatte. So eine Ölgrube, die riecht (ich hatte Seitenstechen) wie tausend Hunde, die vom Spaziergang im Regen nachhause kommen (ich schnappte nach Luft). Die riecht wie das Klo der Götter (ich blieb stehen). Wie Orte in mir, die ich nie zu Gesicht bekommen möchte.

»Des gibt's ned«, sagte Clemens resigniert, der langsam zurückgerollt kam. »Der is echt weg. Jetzt kann er si sogoa in Luft auflösn. Woahscheinlich hod er den David Copperfield bestochn. Oder den haalign Geist.«

Frau Jelinek sah ich weit weg von uns reglos am Rand der Ölgrube stehen und hineinschauen. Für einen Augenblick rann die Zeit an mir vorbei, als ich in ihre Richtung schaute, als ich sie da stehen sah, die Silhouette, der Mantel, die Zöpfe. Ich dachte: ein Gemälde, ich dachte: Mädchen mit dem perlenden Füller.

Dann rastete ich wieder in die Gegenwart ein, denn wir Teufel, die wir uns versammelt hatten, scharrten mit den Füßen. Lendvai hatte plötzlich ein Fahrrad unter sich, im Anhänger neben ihm saß Busek, dessen Augen funkelten: »Krise, des kommt von krino, beurteilen und entscheiden! Oiso! Das is ein Ankick, Dinge zu lösen«[25], rief er und reckte den Geh- wie einen Taktstock. »Oiso! Immer weiter! Leviten lesen! Wenn mir der mit der Bibel kommt, dann kriegt er ane übergebraten!«

»I waß ned, Herr Busek, ob Sie so glücklich san werdn, wemma do jetzt weitagehn«, sagte Clemens, und wenn mir die Sonne keinen Streich spielte, blitzten seine Augen in einer Weise, die man »schelmisch« nennen könnte.

»Na, des wird sich zeigen«, kam es mit rescher Zuversicht vom Beifahrerwagerl, und wir setzten uns in Bewegung.

Und da standen und saßen sie alle, lethargisch, den Blick in die Ferne gewandt. Der Bundeskanzler saß im Schneidersitz am Ölgrubenrand und ließ sich sein Haar ondulieren von einem neben ihm hockenden androgynen Wesen. Der Finanzminister watete in der viskosen Masse herum und hob traurig den Kopf, als wir vorbeizogen, die Schuhe standen am Rand der Grube, die Farbe seiner Söckchen konnte ich nicht erkennen. Frau Rohrer machte mit ihrem Handy ein Foto davon, wie der Minister ein Buch vor der Brust hielt und hineinstarrte: *Elfriede Jelinek, Die Kinder der Toten.* »Höö, da Herr Minister, wenigstens hom S' wos G'scheits zum Lesn mit!«, rief Vanessa. Halb im dunklen See, halb außerhalb des dunklen Sees lag ein Skateboard, dessen Rädchen stillstanden.

»Herr Minister«, rief Busek, den Lendvai langsam an der Szenerie vorbeiradelte, »ich halt eh noch immer zu Ihnen, weil die Aggression, die gehört sich nicht für a ordentliche Demokratie, die Ihnen da entgegenschlägt. Awa a bissl an Stil, a bissl an Geschmack, überhaupt eine Weltauffassung, da sollten Sie amal hinfinden!«

»Ich hasse meinen Kanzler«, sagte Clemens und schaute sich nicht um, auch nicht nach dem grinsenden Kerl, der auf trockenem Boden saß und aus bunten Legosteinen den Chryslerturm nachbaute, erstaunlich formnah, zumindest aus der Entfernung. Als wir näher kamen, fing er plötzlich an zu brüllen, dass wir nur ja nichts zu schreiben wagen sollten, er werde uns in Grund und Boden kla-

Da traf ihn ein Kugelschreiber aus Rohrers Hand an der Stirn, die er konsterniert rieb. War es: »Is eh scho wurscht, wird eh nix mehr gedruckt«, das ich hörte? Mag sein, wir zogen vorbei. Wir zogen vorbei am ersten Nationalratspräsidenten, der am Rand der Grube kniete und mit beiden Händen die Brühe schöpfte und schöpfte wie Narziss, der unbedingt sein Spiegelbild berühren möchte. »Der sucht nach der Wahrheit«, sagte Herr Müller lapidar. Wir zogen vorbei an einer Blondine, die Seepocken von der Unterseite eines ans Ufer gekippten Bootes meißelte, sie strengte sich richtig an: Wir konnten sehen, wie sie die Stirn runzelte, im Eifer hatte sich sogar ihre Zungenspitze zwischen die Zähne geschoben.

»Und wer san jetzt die?«, fragte Alex* und deutete auf eine Reihe kniender Anzugträger, die kaum voneinander zu unterscheiden waren. Nicht einmal ein dunkellila Sakko war dabei, und mit ein bisschen Wehmut – so schnell geht Nostalgie – dachte ich an das gestreifte von Robert Pfaller, der wie ein lebendes Seidenzuckerl ausgesehen hatte. War das wirklich erst gestern gewesen? Und: Hatten die Damen und Herren aus der Abflughalle es irgendwie zu den Gates geschafft? »Ah, das«, holte mich die Stimme von Herrn Müller zurück zur Ölgrube, »das sind die versammelten Organisationsentwickler und Unternehmensberater, die da ihre Tools und Pläne und SWAT-Analysen und Flow-Diagramme und Optimierungsansinnen und Verschlankungsansichten in der Ölsuppe laminieren.«

Da sprang eins der Männchen auf und schrie: »Bitte! Also von einem Menschen des Wortes hätten wir uns schon mehr Sprachsinn erwartet! Wir sind die versammelten Organisationsentwicklersterncheninnen und Unternehmensberatersterncheninnen! Wo kommen wir denn da hin, wenn die Geschlechtergerechtigkeit nicht mehr abgebildet wird! Wie sollen wir da noch in Ruhe unsere Verschlankungsvorschläge machen für die effiziente Welt!«

Bevor ich mich selber brüllen hörte – ich bin ein ruhiger Mensch, fast wie ein Koalabär auf zwei Beinen, aber manchmal muss ich auch –, schrie Vanessa: »Sorry, des is jetzt echt z'schboot. Wenn's in eichare Chats von die deppadn Weiber schreibts, dann kennts eich eichare Gendersternchen ois Sternschnuppen eindätowiern lossn! – Is jo woah«, murmelte sie, als wir weitergingen, »lauta Nebelkanonen. Lauta Dunstgranatn. Effizienz. Effizienz.«

Wir holten Frau Jelinek ein, die auf die Oberfläche der Ölgrube schaute. Ihr Stift steckte reglos in der rechten Hand. »**Ich würde Seiten dafür brauchen**, das zu beschreiben«, murmelte sie, »Seiten, **die mir dann im Leben gewiss fehlen werden, und zwar die schöneren Seiten.**«[26]

Sie seufzte – leise zwar, aber ich meinte, in dieses Seufzen hineinschauen zu können bis auf den Grund des tiefen Wassers, in dem das Königskind ertrunken war.

Neben uns die Öllache. Es gluckerte. Es blubberte. Die Masse bewegte sich, ein langsames, sattes Rülpsen.

»Das ist das Öl aus dem Amazonasgebiet«, flüsterte Frau Jelinek, »das ist das Öl von der Pipeline quer durch die Standing Rock Reservation, das ist das Gas vom Fracking in Texas, das Öl aus Sibirien, aus Qatar, von mir aus aus dem Weinviertel. Wenigstens ist im Weinviertel niemand verschwunden. Haben sie dort niemandem die Knochen zerschlagen. Wenigstens gibt's dort keine Guerilla. Wenigstens sind sie dort autochthon und nicht indigen … Wer redet von Leichen im Keller, wenn Leichen im Öl liegen?«

Sie drehte sich zu mir und lächelte, wie wahrscheinlich selbstvergessene Engel lächeln, die in sich nach Göttlichkeit suchen und nicht sicher sind, ob sie überhaupt existiert. »Wissen Sie, Frau Tiwald, man muss schreiben. Man muss einfach. Aber …«

Der Moment war vorüber, Clemens kam angerollt, die Hände am Griff des Leiterwagerls, fragte: »So, und wer san jetzt die duat?« und wies mit dem Kinn auf ein seltsames Arrangement, wo die Ölgrube auf ihrer Schmalseite in Land überging. Zwei Männer mühten sich offenbar, ein Flugzeug wieder flottzukriegen, das sich mit einem der hinteren Räder im Schlick verfangen hatte.

»Sie werden lachen«, sagte Frau Jelinek. Und schwieg, während wir näher stapften, Clemens und Lendvai anrollten und überhaupt der Rest des Teufelchentrupps nebeneinander anrückte. »Ah so«, sagte Busek, »das sind der Grasser und der Meischberger, die probieren, ob sie den alten Eurofighter wieder flottkriegen. Wird ein bissl schwer, so ohne Gerät.«

CANTO 23: BEI DEN HEUCHLERN

DA STANDEN WIR NUN mit unseren aufgemalten und aufgesetzten Hörnern. Busek ließ seine Perchtenmaske baumeln, die Finger in ihrem Maul.

Wind kam auf. Einer nach dem anderen zogen die Teufel ihre Jackenflügel näher zu sich und murmelten davon, dass der Tag doch so schön angefangen habe und wo denn jetzt dieser elende Wind herkomme – was man so murmelt, wenn man sieht, wie Grasser an einem Eurofighter herumfudelt und so tut, als sei niemand anderer da: »I glaub, i brauch an Magenschoner« zum Beispiel, »Wann kommt eigentlich das Urteil in zweiter Instanz?«, und »Das war der Dammbruch, der Grasser, zum Feschismus«, »Der hat den Staat Egosterreich ausgerufen« und »Alle müssen lebenslang lernen, nur nicht der Staat Österreich, das Seminar zur Transparenzkunde, das wird weiterhin laufend geschwänzt«.

Frau Jelinek murmelte, dass sie schön langsam wirklich wieder in ihr Arbeitszimmer wolle, diese Menschen alle, diese Flugzeuge alle, das sei – Herr Müller klatschte in die Hände: »Wir werden uns jetzt zurückziehen, wir Teuferl, weil aufgeschrieben werden muss. Es hat jetzt leider kein Showdown stattgefunden zwischen zweien von uns, so wie's der Dante eigentlich vorschreibt, wir Teuferl kriegen uns halt nicht in die Haare, wir haben in den letzten 700 Jahren schon was dazugelernt. So, meine Damen, meine Herren, wir haben im Pavillon auch eine Hühnersuppe für Sie aufgestellt, ich glaub, wir überlassen das Kernteam jetzt wieder dem eigentlichen Erleben und drehen um. Bitte sehr. Bitte weiter.«

Frau Rohrer klopfte mir auf die Schulter, die Herren winkten mir zu. »Schen aufpassn!«, mahnte Vanessa zum Abschied, und

Clemens fragte im Abgang, wo eigentlich die anderen blieben an der Ölgrube. Die Roten. Die Grünen. Die Blauen. Und überhaupt. International. Während das Grüppchen zurückging, hörte ich noch ein paar Namen, »Bolsonaro«, »Erdogan«, »Netanyahu«, »Ismael Haniye«, die Stimmen wurden schwächer, dann blies der Wind drüber.

Mir war nur noch nach Seufzen und Weinen. Außerdem wurde es »koit und immer köta«, wie STS so schön singt (es fällt einem ja andauernd etwas ein). Ich fühlte mich gar nicht abgebrüht, wie es der Song ausbuchstabiert. Ich fühlte mich bis auf die Knochen ausgekühlt. Warum schreibt eine? Eigentlich der Wahrheit wegen, der Linie, auf der sich Wörter und Wirklichkeit treffen und sich in Schnörkeln und Auf- und Abbewegungen entwickeln. Warum wählt eine? Weil sie so etwas wie Wahrheit hören möchte von denen, die in ihrem Namen die Geschicke des Landes gestalten. Wow, Pathosgefahr. Naiv? Wahrheit.

Frau Jelinek und Alex* schien es auch nicht besser zu gehen, sie waren blass um die Nase, Frau Jelinek war gerade dabei, sich einen gestreiften Schal um den Hals zu wickeln; sie schien zu überlegen, ob sie auch ihre Haartolle darunter verbergen sollte, entschied sich aber dagegen.

Mich hingegen lachte ein Ständer mit Mänteln an, der gemächlich in unsere Richtung rollte, als wäre er aus einem Pelzhaus ausgebüxt und froh, seine Verfolger abgehängt zu haben. Es waren dicke, solide Mäntel dabei, auch ganz pelzlose, wie ich gewissensfroh feststellte.

In Wahrheit bin ich nur tapfer und tough, wenn ich weiß, wo (und vor allem dass) ich am Abend auf eine Schlafstatt kriechen und mich zudecken kann, und bei Hitze, bei Kälte, bei Hunger überspringe ich die Reflexion darüber, dass ich nie gelernt habe, mich diesbezüglich zusammenzureißen. Und ich griff hin zu diesen Mänteln. Schließlich musste irgendwer mich schützen. Irgendwas. Gegen den Irrsinn.

Ich fühlte das um mein Handgelenk, was man wohl eine eiserne Faust nennt. Donnerwetter, so eine Schreibhand entwickelt beachtenswerte Kräfte, muss ich sagen; jetzt, jetzt ist ja alles schon vorbei, alles verheilt, alles gut, aber an dem besagten Tag musste ich mir heimlich ab und zu das Handgelenk rubbeln. Frau Jelinek hatte ganz schön fest zugegriffen.

»Sie werden da keinen Mantel nehmen, Frau Tiwald, sorry«, sagte sie beiläufig, als brächte sie mir das kleine Einmaleins bei, »das ist nicht unsere Abteilung. Nur einen Augenblick Geduld.«

Geduld. Geduld. Kälte.

Ich brummelte grantig was von einer Wäscheklammer, die man mir wenigstens gegen den Gestank der Ölgrube zugestehen könne. Frau Jelinek lachte nur, Alex* schwieg.

Und natürlich kam schon wieder was dahergerattert, ein Gefährt (ja, auch Sünder sind motorisiert), relativ klein – zumindest aus der Ferne –, flott und gut besetzt und mit Rockschößen, die aus den Fenstern des Vehikels herausflatterten, als wäre es beflaggt, ein Staatsvehikel, ein Land auf vier Rädern. Ein –

»Is des des Papamobil?«, fragte Alex* und prustete.

Mit quietschenden Rädern blieb das Ding stehen, und alte Männer taten das, was man unter anderen Umständen »heraushüpfen« nennen könnte. Nein, sie waren nicht alle weiß. Es vereinte sie nur der gut verpackte Penis. Ich habe eine gewisse Schwäche (dazu gleich mehr) für liturgische Rituale und deren materielle Begleiterscheinungen, beobachtete also mit einer Neugier, die mich im zunehmenden Eiswind durchaus wärmte, die Mini-Modenschau, die sich entfaltete: der Kardinal in Purpurrot und Käppchen, der Ajatollah mit schwarzem Turban behütet, der Rabbiner mit langem Bart und tellergroßem Hut; immer mehr Männer, übrigens allesamt berockt, kletterten aus dem kleinen Mobil, ein Priester, ein Imam, ein paar Mönche quer durch alle Religionen und Kuttenfarben. Und sie alle stürmten auf den Mantelständer zu, einander freundschaftlich schubsend, bequatschend, sie redeten aufeinander ein, vollführten Gesten, zeigten einer dem anderen einen Mantel, ihn lobpreisend, nur um den fadenscheinigeren loszuwerden und den dickeren abzukriegen. Es war ein fröhliches Schnattern, das zum Himmel stieg, aus dem ich Wortfetzen hörte: »… hat zur Frauenordination keine Vollmacht des Herrn«[27], »… Allahs Fluch über die Juden«[28], »… his killing is permissible«[29], »… the local Muslims are crude and savage … buy Buddhist, shop Buddhist!«[30]. Sie lachten, sie klopften einander auf die Schultern, reckten die Arme zum Himmel. Halfen einander in die Mäntel.

»Uh«, murmelte einer, »it's heavy, that coat.«

»Mashallah, it's sticky too!«

»May the power of endurance be with us!«

Es stellte sich heraus, dass ich gut getan hatte, auf Frau Jelineks Warnung zu hören, denn es war kein nettes Schauspiel, das sich entfaltete.

»Das ist kein Fell, das ist Blei«, jammerte der Kardinal, »aber don't worry, this is God's way to test us.«

Ein Murren hob an und ein Jammern, ein Klagen und Maulen, und ich sah, wie Pech hervorrann unter den Kutten und Kitteln, und diese Sauce in der Farbe der Erde kroch ihnen die Leiber entlang wie Schlangen. Mir wurde ein bisschen mulmig, als ich das sah, immerhin bin ich ein mitfühlender Mensch, und ich begann, von einem Bein aufs andere zu treten. Musste man die Herren nicht befreien von diesen schrecklichen, bleischweren Umhängen, die sie sich umgeworfen hatten? Wie sollte das weitergehen – wird man nicht zersetzt von so was? Gibt's nicht Gift in Kleidern? War die Österreichische Gesellschaft für Literatur jetzt wirklich zu handfesten Handlungen übergegangen, weit jenseits aller Schriftlichkeit, die eigentlich unsere ureigene Aufgabe ist, das wollten sie mir hier doch eintrichtern, oder? Moment mal: Was ist die Schrift? Ist sie ein Eigentum? Wer hat die Enteignung zuerst gefordert?[31]

Ich schaute mit ein bisschen Flehen im Blick in Richtung meiner Guide. Die grinste mich an: »Keine Bange, das ist nur ein bissl eine dickflüssigere Farbe, aber die jammern halt so gerne …«

»Warad eh gut, wenn die gaunze Religioserei obg'schofft wurdad«, hörte ich Alex* hinter mir sagen, und mein Herz mit allem, was es gelernt hat und was es so fühlt den ganzen Tag und die ganze Zeit, sank in die Knie, die sich auch schon ein paar Mal gebeugt hatten in meinem Leben, auch vor dem Allerheiligsten.

Denn ich musste ein Geständnis ablegen und drehte mich zu Frau Jelinek und zu Alex* und sagte: »Ich hab meine Knie auch schon gebeugt vor dem Allerheiligsten, denn ich muss euch jetzt auf der Stelle was sagen.« Ich atmete tief ein und aus, wie ich's in meinen Yogavideos gelernt hatte. »Ich weiß, dass ich mich damit in den Kreisen, in denen ich mich so bewege, und unter meinen Facebook-Posting-Freunden vielleicht ins Out schieß, weil man bei manchen Leuten als Vollidiotin gilt, wenn man gesteht, dass man an etwas außerhalb dessen glaubt, von dem die Naturwissenschaft sagt, dass es sicher nicht stimmen kann. Aber so ist das jetzt nun einmal mit mir, hier in diesem kleinen Hause Tiwald. Hier stehe ich, ich kann nicht anders. Ich glaube an Gott, den Allmächtigen, die Schöpferin des Himmels und der Erde. Und an Jesus Christus, wurscht, ob das jetzt der eingeborene Sohn ist, aber ich glaube an die Tatsache seiner Existenz, seiner gewesenen von mir aus. Ich glaube an den exemplarischen, schrecklichen Tod. Und an ein Dahinter: etwas hinter der Angst. Hinter dem, nach dem Kreuz. Es wäre mir sogar ein bisschen egal, ob er jetzt auferstanden ist mit leerem Grab und allem Drum und Dran. Ich bin mir nicht sicher, ob ich an ein Leben nach dem Tod und die Auferstehung der Toten glauben kann, weil ich nicht einmal dann schwanken würde, eingefasst in die unsichtbare Schnur, die mich an den Himmel bindet, blau, wie er sich über uns ausspannt, und groß, wie er sich über uns alle spannt, wenn irgendwo in Jerusalem ein zweifelsohne als ehemals Jesus gewesen seiendes Skelett identifiziert würde. Weil es ein Mehr gibt als das. Weil es eine Liebe gibt, die dich umfegt, auffängt und hält. Ja, das glaube ich. Weil es das umfassende Gute gibt. Man muss es halt nur mitbauen und mitmachen und aushalten im Auge des Sturms an Idiotie, der über die Welt tost. Weil was heißt Idiotie? Idios, der Eigene. Jeder ist sich selbst der Eigene, und voilà, Idiotie. Die einen sind sich selbst die Nächsten. Die anderen geben ihr Eigenstes an der Tür des Gebetshauses ab, welcher Richtung auch immer. Die einen brechen die Klammer auf, die um sie gespannt wurde von Jahrhunderten Männerreligion. Die anderen legen sich die Klammern freiwillig an und galoppieren los, um dieselbe Klammer auch anderen umzuschmieden. Und dann glaub ich noch an –«

Es tat einen Knall, dass wir wohl alle miteinander glaubten, die Erde reiße auseinander und mache sich zum Schlund. Man spürte, dass man aus Blut war, wenn es so krachte; man hüpfte auf, bekam vorgeführt, dass die Kontrolle über das Selbst auch eine Fantasyserie auf Netflix sein konnte, die trendy Fiktion der aktuellen Saison. Ich kreischte, Alex* kreischte, die Kleriker kreischten, ich sah den Kardinal um den Hals des Rabbi fallen und den Buddhisten auf den Rücken des Ajatollah springen, ich sah Brocken aus Beton, die durch die Luft flogen wie Reiskörner bei einer Hochzeit, die Erde spie. Die Zeit blieb stehen. Alles schrie.

»**Lärm wie ein Wink Gottes**«[32], sagte Frau Jelinek trocken, als sie auf ein paar Knöpfe einer Konsole gedrückt hatte, die plötzlich vor ihr stand (ich hatte nichts bemerkt, das kommt davon, wenn man so viel quatscht), und die Bleimäntelmänner verstummt innehielten. Rauch blieb, wabernd, und umfasste uns wie ein Geist.

Ich fasste mir ans Gesicht, weil ich erst jetzt spürte, dass ich weinte. Dass mir die Tränen schon übers Kinn gerollt waren, Bächlein das harte Gesichtsgebirg entlang, das ich der Welt entgegenhalte. »Ich weiß ja auch nix«, flüsterte ich, »und ich bin vielleicht ein naives Kipferl, aber ich liebe die alten Rituale so, ich bin mit den alten Religionsritualen aufgewachsen, das war mein erstes Theater, die Kirche, die Osternacht, die Feuerweihe, die Wasserweihe, die Umzüge, die Umhänge, die Prozessionen, die geweihten Palmzweige, überhaupt das Weihen, das Segnen, die Verbindung, das Einlassen, das Sich-Einlassen auf einen geistigen Zustand, auf etwas, das größer ist als ich und das Land und der nächste Augenblick und die Aneinanderreihung nächster Augenblicke, die noch auf uns zustürmen in diesem Leben.«

Frau Jelinek starrte auf das eingefrorene Sittenbild vor uns. »Das Problem, Frau Tiwald«, sagte sie, »und das wissen Sie genauso wie ich, fängt an, wenn die Religion Anspruch auf die Weltlichkeit erhebt.«

»Ich weiß.«

»Und ihre Vertreter agieren wie eine Betongießerpartie.«

»Ich weiß.«

»Die sind ein bisschen wie diese bemitleidenswerten wie lächerlichen Frauen, die sich und ihre Zeit an den Auserwählten heften, bedingungslos, und sich ihn so fest zur Brust nehmen, dass es kracht in den Nähten und Sehnen. Da wie dort sind der Zweifel und die Frage so beliebt wie die Stiefmutter bei den Gebrüdern Grimm. Was wiederum für diejenigen zur Bedrohung wird, die an bestimmten Tagen in einem Straßencafé oder auf einem Konzert sind oder auf einem Weihnachtsmarkt, Leute, die schon so geübt sind im Fragen und Zweifeln, dass sie ab und zu einfach einen Kaffee trinken wollen und dabei kurze Röcke tragen und im Weg herumsitzen denen, **die aus allen Fragen fliehen wollen und, wenn keiner auf sie hört, aber auch sonst, auslöschen den, der sich nicht verführen lässt.**[33] So, und jetzt wickel ich mir diesen Schal über die Haare, ist ja auch schon wurscht. Die Herren da sollte sowieso nicht interessieren, wie ich ausschau.«

Sprach's und wickelte.

»Und die do?«, fragte Alex* und deutete auf die bemäntelten Herren, die dastanden wie lauter Gipskopien von Statuen in irgendwelchen athenischen Museenkellern.

»Na«, sagte Frau Jelinek, »denen schadet's nicht, wenn sie noch ein bissl herumstehen. Die Mäntel werden sich schon lösen. Da drüben, der passt schon auf auf sie.«

Sie deutete über das Flugfeld zu den Gates, wo wie enthauptete Riesenregenwürmer die Röhren staken, durch die in normalen Zeiten Passagiere ein Flugzeug betreten. Sie waren leer, nur in einer saß einsam ein alter Herr. Seine Beine baumelten über den Röhrenrand, er trug Weiß, nur Weiß, schon wieder eine Kutte, »der Papst«, sagte Frau Jelinek beiläufig und drehte sich weg. Aus der Ferne kam mir, und ich glaube nicht, dass ich mich täuschte, vor, dass auch er weinte. Seine Schultern bebten, sein Oberkörper schüttelte sich. Auf seinem Schoß lag ein rot gestreifter, schlaffer Rettungsring, den er beständig knetete.

CANTO 24: AUFERSTANDEN. IN DER SCHLANGENGRUBE

DAS, WAS MADAME LE PEN um den Hals trug, sah auch aus wie ein Rettungsring, war allerdings nicht schlaff und auch nicht rot gestreift. Sondern erstens tarnfarben. Und zweitens lebendig, weil's eine Python war. Oder eine Kobra. Das konnte ich aus der Ferne nicht erkennen, ich habe auch wenig Ahnung von Schlangen; ich sah nur, wie Madame unter den Füßen des Papstes wandelte, den Asphalt entlang, an einer Zigarette zog und sich umwölkte. Und als wär's nicht genug der Show, schlangenumkränzt auf einem Flugfeld entlangzuschreiten (auf High Heels, bien sûr), kam noch Musik auf wie ein Winterwind, säuselnd erst, die Worte nicht unterscheidbar, aber die Melodie kannte ich, da kitzelte was erst im Ohr, dann im Hirn, schlich sich ein, schmiegte sich, schwoll an –

»Falls Sie sich fragen, das ist der Fendrich. Ein Medley aus seinen zwei größten Hits, man kommt nicht gleich drauf, wahrscheinlich, weil er sie nicht mehr ganz auseinanderhalten kann. Oder mag«, sagte Frau Jelinek und zitierte: »*I kenn die Leit, die Dummheit, die zum Himmel schreit, und den Chauffeur aus Nigeria, den kenn i aa …*«

Und sie hob an zu singen, zu Fendrichs zarten Gitarrenklängen:

»Da drüben sitzt er, die Saiten zupft er,
der Wind zerzaust sein Haar;
es ist all's ein bissl g'schissn, denn Populisten
g'fallt *I'm from Austria.*
Dabei sind's doch kritische Texte, nicht eingerexte
Null-Acht-Stangenwar'.

Er hat wohl Geld wie Hausstaubmilben,
und es vergilben manche Lieder gach.
Doch eins davon, das gilt für immer,
ob geschrien oder gewimmert,
und es quillt von unsren Lippen
diese kleine Melodie …«

Und Alex* und ich fielen ein wie zwei Bärenkinder in den Honig:

Tango Corrupti! Wenn einer draufkommt und entpuppt di …

Mir kam vor, dass sogar der Hund schunkelte. »Hach, schee«, sagte Alex* und grinste, als wir nach dem Wort *Bahamas* die Münder geschlossen hatten.

Madame Le Pen, die so getan hatte, als existierten wir nicht, stakste noch raschelnd durch einen Rubelhaufen und verschwand um die Ecke. Herr Fendrich rief von oben, dass er jetzt lieber reingehe, er müsse auf sein beginnendes Rheuma achten.

»Na gut«, sagte Frau Jelinek, »mir wär auch schon ein bisserl kühl, aber wir kommen jetzt eh dorthin, wo alles zu Asche zerfällt und wieder aufersteht.«

»Das heißt, es gibt dort ein bissl ein Feuer?«, fragte ich hoffnungsvoll.

»Ach, Frau Tiwald, Frau Tiwald, ich weiß nicht mehr genau, in welchem Kapitel der Vergil zum Dante sagt: Wer sich immer gleich auf Daunenkissen ausruht, der wird im Leben so viel hinterlassen wie Feuer Rauch und Wasser Schaum. Also ich persönlich hab ja nichts gegen Schaum, aber …«

Feuer. Erst jetzt fiel mir siedend heiß ein, dass es in der Hölle, durch die Dante geht, bei fortschreitendem Abstieg, entgegen unser aller Kopfbilder, kalt wird. Koit und köter. Bis die Sünder alle im Eis festgefroren sind, und ihnen ihre gefrierenden Tränen die Lider versiegeln.

Gut, aber so weit waren wir ja noch nicht, wir stapften da nur so entlang, ich winkte dem Papst zum Abschied. Die Kleriker standen herum und zupften sich maulend Mantelfetzen vom Körper; der Mullah beklagte sich darüber, dass er die falsche Tinte nie wieder von den Fingern kriegen würde. Frau Jelinek zuckte nur mit den Achseln und schaffte es, die Augen nicht zu verdrehen; mit der ihr eigenen Autorität reichte ein knapper Satz, um die versammelte Herrschaft zum Mitkommen zu bewegen: »Kommen S' mit, meine Herren, sonst wird's verheerend.«

Es waren nur ein paar Meter bis zu einem glosenden Aschehaufen. Wir waren die Seltsamkeiten schon so gewohnt, dass uns gar nicht auffiel, dass hier etwas dampfte und schmauchte; ganz unten, wo ein paar Kohlestückchen glühten, mag es sogar ein bisschen wärmer gewesen sein. Alex* meinte, es sei eigentlich egal, wenn man im Leben nur Rauch hinterlasse (ich antwortete sanft: »Du hast den dritten Geschlechtseintrag erkämpft vor Gericht, das ist ja wohl nicht Rauch«), und hockte sich hin.

Der Aschehaufen ließ aparte Rauchfahnen wehen: eine alte Dame, stellte ich mir vor, also eine weißhaarige Dame, die weiß, dass die Zeit zu Ende geht, aber innen leuchtet – ich dachte an meine wunderbare Oma – die ist auch so. So ähnlich.

»San des üwahaupt Kohlen?«, murmelte Alex* und stupste mit dem Finger in den Aschehaufen.

»Naa«, sagte Frau Jelinek. »Das ist lauter Verbranntes. Verkohltes, also irgendwie ja, wieder. Was haben wir denn da …«

Jetzt zog sie auch noch ein kleines Stäbchen aus der Jackentasche, das sich wie eine Stricknadel ausnahm, sich aber als Teleskopstange entpuppte.

»Hm. Also, da hätten wir einmal ein Fetzchen von einer verbrannten Israel-Flagge.«

Natürlich kam Unruhe in die kleine Klerikerherde, ich hörte ein Maulen, mal von links, mal von rechts.

»Ha! Nichts bringt mich so zum Lachen wie sich alterierende Männer. Haha! Na gut. Weitergestochert. Das hier …« – sie entfernte hockend ein Stück Karton aus der Asche und hielt es mit gespreizten Fingern hoch – »sehen Sie das ›es‹ da aufgedruckt? Man kann's noch erkennen. Das war ein Exemplar von Salman Rushdies ›Satanic Verses‹.«

Hinter uns heulte jemand auf. Frau Jelinek fuhr herum und führte einen gezielten Stoß mit dem Stäbchen aus, den der solcherart betroffene Herr wiederum nur mit einem Aufheulen kommentierte.

Frau Jelinek schien die weitere klerikale Geräuschentwicklung egal zu sein, sie drehte sich zu mir und sagte: »Das ist natürlich nicht das einzige Buch, das da drinnen schmaucht. Sie können sich das sicher lebhaft vorstellen, Ihre Generation hat das ja sogar in der Schule gelernt. Ich übergebe dem Feuer die Schriften von Sigmund Freud! Von Erich Kästner! Von Remarque! Oder die Mädchentagebücher aus der Mühl-Kommune. Aus dieser besonderen Asche hat der Herr Mühl seinerzeit Kunstwerke gemacht, sogenannte Aschebilder. – Na, was ist, meine Herren? Wollen Sie auch noch schnell was dem Feuer überantworten? Ein schneller Wurf aus dem Handgelenk genügt. Na?«

Die Herren sahen eingeschüchtert aus, muss ich sagen, auch wenn sie tapfer versuchten, das unter Masken von Indignation zu verstecken. Keiner rührte sich.

»Clever sind sie geworden, die Herren«, murmelte Frau Jelinek, »die wissen genau, dass, was ins Feuer geschmissen wird, wiederkommt. Wie auch Irina Slawina. Und Mohamed Bouazizi.«

Sie warf mir einen Blick zu.

»Ist … ist da auch Asche von denen drin?«

Sie hatte einen Silberblick aufgesetzt, übergezogen, silbrig wie ein Visier aus gefrorenen Tränen.

CANTO 25: BEIM KÖRPERWECHSELN

DA KAM SCHON WIEDER la Le Pen vorbeigestöckelt wie Opernstatisterie, noch immer umgarnt von der Schlange.

»Auf geht sie, ab geht sie, Abtritt, hinaus zum Volk, aber nur zu einem. Das sie auch treten würde, auch wenn das Volk das nicht ahnen will, das sein Kreuzchen hinträgt und macht bei ihrem Namen. Sie kennen ja Ihre Bibel, Frau Tiwald, Markus, Kapitel 16, *in meinem Namen werden sie Dämonen austreiben, sie werden Schlangen anfassen, es wird ihnen nicht schaden.* – Na ja. Noch ist ja nicht aller Tage Abend«, sagte Frau Jelinek spöttisch, »und Volk volkt hier auch nicht grad viel herum.« Sprach's, richtete sich auf, putzte sich Asche von den Knien, riss mir mein Notizbuch aus der Hand, den Ersatzkuli auch, den ich in meiner Jackentasche gefunden hatte, und warf beides in die Glut.

Mir entflog ein »He!«, weil ich mich sogar im Moment überraschten Ärgers so weit im Griff hatte, nicht »Sind Sie wahnsinnig?« zu schreien (man schreit eine Jelinek nicht an, und überhaupt bin ich ein sehr höflicher Mensch); ich stellte einen Fuß in die Asche, beugte mich vor – mein Gott, der Wurfarm von der Jelinek! –, aber sie zog mich am Schlafittchen wieder zu sich.

»Sie lassen das da jetzt schön verglosen«, sagte sie, »man muss immer andere Bücher schreiben als die, über die nachzudenken man angefangen hat, als die, die man begonnen hat, man muss hineinhupfen in die Bücher und die Metamorphose mitmachen, tut mir leid, Sie müssen das alles dann am Schreibtisch erledigen.«

Wenn ich wieder zuhause bin … dachte ich, und es riss mich hin und her: Ich hatte ja an Rom gedacht, im Innersten meines Herzens hatte ich mich nach Rom gesehnt, seit ich diesen irren

Weg angetreten hatte, träumte ich eigentlich von ihr, der città eterna. Gab es dort irgendwo einen Schreibtisch für mich? In irgendeinem billigen Hotel, in dem ich wenigstens eine Pressspanplattentür hinter mir zumachen konnte? Oder war dort auch schon die Hölle los? Ich starrte ins Glühen, das sich in mein Notizbuch fraß.

»Alles ist in Wahrheit anders«, sagte da eine körperlose Stimme hinter mir, gefolgt von einem »Sorry«, das wieder nach einem Hier klang und nach echt. »I'm trying to –«

Ich hatte mich umgedreht und sah einer langhaarigen, gelockten Frau dabei zu, wie sie an einem kleinen Diktafon herumdrückte.

»Ich versuche zu –«, sagte das Diktafon.

Irgendwie kam mir die Dame bekannt vor, aber mein müdes Hirn wollte mir nicht verraten, mit wem ich es zu tun hatte. »Shit«, murmelte sie und schüttelte wütend das Ding, als es auch noch brav »Scheiße« schnarrte.

Frau Jelinek murmelte auch ein bisschen, und zwar, dass sie schon allein deshalb ganz froh über den Nobelpreis sei, weil sie sich dann nie habe fragen müssen, ob sie auf J.K. Rowling neidisch sein müsse.

»Ah, damn it«, sagte also Frau Rowling, »I can't seem to find the witch switch.«

Ich dachte kurz, ich hätte mich verhört, aber dann beruhigte ich mich wieder mit meiner für jeden seit jeher offensichtlichen Harry-Potter-Dysphorie, fürs Fantum diesbezüglich bin ich zu früh geboren, ich kenne mich nicht aus, aber ich akzeptierte gelassen, dass Frau Rowling einen witch switch suchte.

Schließlich ließ sie es bleiben, stampfte auf und drückte auf den Normalo-Knopf, der uns in einem Tonfall, als ginge es um die Beschreibung einer Liftfahrt in den dreiundzwanzigsten Stock,

Folgendes mitteilte: »Ich muss ausprobieren, wie das ist, jemand anderer zu sein, nachdem man mir permanent vorwirft, ich sei transphob. Am liebsten wäre ich eine Hexe, mit Überwesen kenne ich mich aus. Außerdem kann ich mir gut vorstellen, dass Hexen mit Lust und Freude an der Sache menstruieren und kein Problem damit haben, Frauen genannt zu werden. Ich hingegen bekomme es nicht in meinen Kopf hinein, dass ein Mann, also eine Person mit Penis, sagen kann, er fühle sich als Frau, und dann in eine Toilette stürmt, die uns Frauen gehört. Oder in einen Umkleideraum, der uns Frauen gehört. Uns Frauen, Sie hören mich schon richtig. Falls irgendein Zweifel daran besteht, was ich sagen möchte, dann notieren Sie bitte, dass ich auf meinem Grabstein, der ganzen nachkommenden Welt zu Fleiß, das Pronomen ›SIE‹ eingraviert haben möchte, sonst gar nichts. Oh, SIE ist mehrdeutig im Deutschen. Verdammt. Also bitte nehmen Sie das englische weibliche Pronomen. Danke.«

»Die arme Frau Rowling«, sagte Frau Jelinek, »die hat sich da, fürchte ich, ein bisschen festgebissen. Sie kriegt halt auch immer wieder einen Scheißesturm ab, Todesdrohung inklusive, über die Nichtfrauenfrage. Ich persönlich hätte ja nichts gegen so einen praktischen Penis zum Ausfahren, aber die ganze Zeit damit herumrennen, nein, danke, lauter empfindlichste Gewebekugelungen dranhaben an einem, thanks, but no thanks, aber das nur in Klammer. Wie hier überhaupt herumgeklammert wird, dass es eine Sigmundfreud ist. Die Sätze *Eine Transfrau ist eine Transfrau*, Exempel eins, und *Eine Transfrau ist eine Frau*, Exempel zwei, das sind ja Laborsätze, über denen global ganze Satzteppiche gesponnen werden, um dann hin- und herzufliegen; und die Satzhämmer schlagen dann zu. Man muss sich die Stoßkraft von einem einzigen Buchstaben vorstellen, nämlich dem K: Eine Transfrau ist eine Frau oder keine Frau.«

Alex* murmelte was von einer Zigarette, die jetzt ganz dringend geraucht werden müsse, und begann herumzufingern.

»Ich frag mich ja überhaupt«, fuhr Frau Jelinek fort, »wo in dieser Frage das Sein versteckt ist. Ist es in den Brüsten? Ist es im Hirn? Oder im Lidschatten? Warum ist überhaupt das Sein ein Sein und nicht vielmehr ein Gummiball? Oder eine Moosflechte? Fragen über Fragen. Geh, Alex*, geben S' mir auch eine Zigarette? – Danke. Mein Vertrauen in den Sprechakt ist viel zu klein, um solche Bestimmungen zu äußern. Und ich finde, wenn wir schon so schön beisammen sind: Es gehört jedem Mann eine Frau aufgenäht und jeder Frau ein Mann und jedem Mann noch ein Mann, und überhaupt sollte jeder Mensch ein Berg sein, damit er überhaupt die ganze Sprache durchdringen kann, und die Welt, die uns überschwappt, aber bitte, mich hat ja niemand gefragt bei der Schöpfung.«

Der Diktierstab von Frau Rowling begann eine Geschichte zu erzählen von einer gewissen Karen White, die für in ihrem vergangenen Mannsein begangene Vergewaltigungen in einem Frauengefängnis gelandet war und sich dort in übergriffiger Weise gegenüber anderen Frauen verhalten habe. »And *The Guardian*«, schrie Frau Rowling dann über das Stakkato der Automatenstimme, »wrote that she had an erect penis sticking out of her pants! For God's sake! Please!«

»Für Gottes Sake. Bitte«, sagte der Automat ungerührt.

Alex* hustete und fuhr sich mit der Hand über die Lippen.

»Und dann«, schepperte der Automat, »hat Keira Bell ihren Prozess gewonnen, nachdem sie vom Mädchen zum Jungen gemacht wurde und jetzt wieder als Frau lebt. Jetzt ist sie 23. Man habe ihr nach drei Stunden Beratung bereits Pubertätsblocker verschrieben. Sie war noch keine achtzehn Jahre alt.«

»Mrs. Rowling. May I? Thanks.« Alex* entnahm Frau Rowlings

Fingern das Diktafon und sprach hinein: »Bitt schön, i tät nur ned wolln, dass in den Geschlechtsorganen vo die Leit herumg'stierlt wird. Des wär scho super. Bitte lossts mi sunst in Ruah mit eichara Mann-Frau-G'schicht. Des is nämlich eigentlich fad. Danke.«

Der Apparat kam mit dieser Ansage gut zurecht; ich hörte etwas wie »wool that in the genitals heirloom stirfry great. Mister Loos me sun spirit oak man-woman-history. It's a fad. Thank you.«

»Ich glaub, ich muss der Frau Rowling, dieser ehrbaren Haut, noch einen Hexenhut stricken, ich fürcht, den witch switch wird sie lange suchen«, murmelte Frau Jelinek, »dabei, hab ich gelesen, waren die spitzen Hüte das Outfit von Bierbrauerinnen, und einen Besen haben sie gehabt für die Gerste, und eine Katze haben sie gehabt gegen die –« – als, ich schwöre aufs Tagebuch meiner Jugend, ein Transformer vom Horizont hergestapft kam. Ein richtiger.

»Ich zünd jetzt gach eine Kerze an«, sagte Frau Jelinek, während die Erde erbebte. »Ich bin nicht gut ausgestattet« – das Ding kam näher, und wenn sich die Erde aufgetan hätte, ich hätte mich nicht gewundert. Ich wunderte mich vielmehr darüber, warum die Jelinek jetzt mit einer Kerze hantieren wollte, hallo, da kam ein Transformer auf uns zugedonnert! »Also erstens: Mehrere ermordete Sexarbeiterinnen in Südamerika. Dann ein junger Rapper namens Novaa in Lynchburg, was für ein Name, Virginia. Allerdings auch ein Mr. Kyselka in New Mexico, erstochen von einer Transfrau namens Beverly Bonito, er wollte, heißt es, ihren Ausweis sehen. Ich zünde für alle unsere Geschlechter eine Kerze an, für alle dazwischen und für alle, die imstande sind, der Starre zu entschlüpfen. Und die, die dazu nicht imstande sind. So ein Kerzerl. So klein, so heiß. Für alle, die nicht prügeln wollen, und für alle, die nicht anders können. Für alle Spielarten von Intersexualität. Fast viertausend. Und …« – sie begann, in ihrer Tasche zu fischen – »eine Extrakerze für Nikki Kuhnberg, 17, Schülerin aus Vancouver, die beim falschen Mann ins Auto gestiegen ist. Und einen Penis in der Hose hatte. Man hat ihren Schädel im Wald gefunden. Das Zungenbein war in den restlichen Haaren verfangen und den Extensions.«

Sie ging in die Knie, zwei Kerzen waren in ihrer Hand, kleine, dünne mit Geburtstagstortensteckern, sie fand eine Naht im Asphalt, bohrte die Kerzen hinein und zündete sie an.

Die Erde wackelte ein bisschen, als der Transformer – »schwerfällig« ist so ein schönes Wort – auf uns zukam, wie im Kino, mit Schenkeln wie Autos und einem Oberkörper wie die Ersatzteile in der NASA-Kommandozentrale. Er wirbelte Frau Rowling hoch und nahm sie mit, und sie weinte in seinen metallenen Oberarm vor lauter Glück, weil er ihr versprach, dass alles gut werde. Alles. Einfach alles.

CANTO 26: ODYSSEUS

WIR SAHEN DEN UMRISS des Rowling'schen Kopfes kleiner werden, auf den der Transformer tatsächlich behutsam einen spitzen Hut gesetzt hatte; wie Punkt und Rufzeichen sah das aus nebeneinander, der Transformerkopf neben dem Hexenhutkopf.

»Amen«, sagte Alex* und ließ die ausgerauchte Zigarette fallen, und wie aufs Stichwort standen plötzlich die Würdenträger ungegendert neben uns.

»We don't need no witches«, sagte einer von ihnen mit seiner Teflon-Würde; die zerflossenen, zerflockten Mantelreste flatterten an ihm, als hätten sich ganze Kolibrischwärme in den Mann verliebt und seien an ihm in die Falle gegangen. »Also this is no place for ladies«, fuhr er fort und schaute ernst von mir zu Frau Jelinek und dann, zusammengekniffenen Auges, zu Alex*, »which is why we will rescue you now.« Cue-you war etwas schwierig auszusprechen, aber wir verstanden ihn schon.

Frau Jelinek gab mir einen kleinen Schubs mit dem Ellbogen, die Schreibhände hatte sie zum besseren Schutz vor der Kälte auch in ihre Manteltaschen gesteckt: »Wir fahren da jetzt mit, sonst müssen wir viel zu weit gehen, und wir sind schon viel zu fertig eigentlich.«

Wir tuckerten also alle im Papamobil entlang auf der Piste und bogen dann ab, rechts und links flatterten Gewänder, Mäntel, Roben heraus, ein paar der Herren hatten sich an einer Papamobilstrebe festgeklammert und reckten jeweils den halben Popo vom Gefährt.

Plötzlich bogen wir ab und näherten uns einer dunklen Halle, in die ein Törchen führte, in der Relation so groß wie der Apfelkern gegenüber dem Apfel. »Das ist das Gate 240, das kaum jemand kennt«, sagte Frau Jelinek, während wir näher kamen, »weil man hier die Leute durchschleust, die abgeschoben werden, und niemand soll mitkriegen, wenn jemand schreit und weint und sich zu Boden wirft und um sich schlägt«, die Flügel flogen auf, wir glitten hinein, die Roben, die Tunikas der Männer wölbten sich wie Segel, erfasst von einem Windstoß. Hinter uns knallte das Tor ins Schloss, und Dunkelheit umfing uns.

Der Wind, der uns hereingetrieben hatte, legte sich und offenbarte einen Geruch, der sich vehement durch die Aschepartikel bohrte, die noch in unseren Nasenlöchern liegen mochten. Wenn man je unterwegs ist dort, wo größere Tiere sterben, dann kennt man das: den abgestandenen, pfeffrig-dichten Gestank der Verwesung.

»Bi-smi llahi r-rahmani r-rahim«, hörte ich in meinem linken Ohr, leise, leise, und heiser. »Ad auctorem tuum, qui te de limo terrae formavit, revertaris« in meinem rechten Ohr, und: »Die fühlenden Wesen sind zahllos, wir geloben, sie zu befreien«, das kroch in meinen Bauchnabel, und durch meinen Mund schlüpften Worte für mich, die schmeckten nach der Todesstunde, und ich glaube, ich hörte, wie jemand leise sagte: »… will ich, gestützt auf dieses Todeserlebnis, nur Liebe, Mitleid und die Geisteshaltung der Erleuchtung in mir erwecken …«

»Es faalt, wenn's g'faalt is«, flüsterte Alex* mir, unübersetzbar, ins Ohr, und erst dann nahm ich wahr, dass wir durch einen Teppich aus Stimmen fuhren, langsam, ein Wispern wie gewebt, ich hörte Worte, die ich nicht verstand, ich meinte, einen Satzfetzen zu hören, »… **wir sind längst schmerzbefreundet**«[34], aber war sicher, mich verhört zu haben, mein Ohr war auf Irrwege geraten und bildete sich was ein, melodiete sich was ein, ich versuchte die Worte einer Sprache zuzuordnen, aber das Gewirr wurde dichter, es klang, als wolle ein Meer hier am Ufer, sich brechend, entkommen

der Herkunft, endlich, und hätte ein Gongschlag dies Rauschen durchschlagen,

wie's hörbar gewesen sein mag an der Spitze des Turmes von Babel,

ich hätt mich gefühlt wie zu Füßen Homers, des alten Erzählers,

vor zweitausendachthundert Jahren war alles schon glasklar wie Kloßbrüh,

was das Kriegeführ'n, Feindschaft und Freundschaft unter den Völkern –

»Frau Tiwald, ich weiß, es ist reizvoll, weil's wuchtig dahingeht, aber könnten Sie bitte aufhören, in Hexametern an Homer zu denken, bitte, danke? **Nein, auf den werden wir nicht zurückkommen.**«[35]

Ich hatte schon wieder Frau Jelineks Ellbogen in den Rippen. Sie war vom Papamobil gesprungen, leichtbeinig wie Hera mit ihren goldenen Sandalen, wie Homer sie beschreibt. Oder von mir aus wie Wonder Woman, wie das Ehepaar Marston sie beschreibt.

Aus dem trüben Licht tauchten Schemen auf, junge Mädchen und Burschen, alte Frauen, ein Kopftuch verknotet unterm Kinn, alte Männer, in deren Gesicht ihr Leben Furchen gezogen hatte, Kinder, die apathisch an den Händen ihrer Eltern hingen, Mütter, Väter; junge Männer, die sich in heftigen Bewegungen von uns abwandten, während wir durch diese Menschenversammlung hindurchschritten.

Die Menge teilte sich, und dort, wo wir hinkamen, stand der Omofuma-Stein, groß, dunkel, in breiter Schraffur, der sonst bei Tages- und bei Nachtlicht am Fuße der Mariahilfer Straße darauf wartet, dass sich jemand an Marcus Omofuma erinnert, dem 1999 beim Abschiebeflug der Mund so verklebt wurde, dass er im

Hyperventilieren entweder erstickte – oder, in Panik, sein Herz versagte.

»Wir haben den Omofuma-Stein hergeholt«, sagte Frau Jelinek, und sah selbst aus wie eine Statue, »weil wir gerade diesem Toten die Ruhe nicht nehmen wollten. Und weil außerdem mir ein Begräbniszug mit gerade diesem Toten zu theatralisch vorgekommen war, ja, mir kann auch was zu theatralisch vorkommen, angesichts der geschmolzenen, fischabgenagten Gesichter, die wir nie sehen werden, weil sie nämlich auf den Mittelmeergrund gesunken sind, weil sie abgeschreckt werden sollten, weil sie anhand ihres toten Exempels der Abschreckung dienen sollen, noch immer sollen sie dienen, im Tod noch. Also kein Omofuma-Begräbniszug. Der Herr Omofuma ist mir zu teuer für den billigen Effekt. Ich hab übrigens der Frau Rowling das Diktafon geklaut«, sagte sie dann, ohne weiteren Übergang, und drückte mir das silberne Stäblein in die Hand, »vielleicht hören Sie sich einfach ein paar Geschichten an.«

Ein junger Mann sprang auf. Das Diktafon rief: »Die bringen mich um dort. Wenn ich heimkomme, bringen die mich um! Die finden mich! Die glauben, ich bin ein Verräter!«

Ein zweiter erhob sich über die Masse der Körper. Das Diktafon rief: »Ich soll nach Afghanistan – ich war noch nie in Afghanistan, ich kenne niemanden dort, keine Menschenseele!«

Ein Mädchen, etwa zwölf mag sie gewesen sein, vielleicht dreizehn, stand auf, kam näher, nahm mir das Diktafon aus der Hand und sagte: »Ja, es stimmt, meine Mama hat mehrere Anträge auf Asyl gestellt. Die sind alle abgelehnt worden. Aber ich will sagen: Ich geh hier in die Schule. Ich bin hier geboren. Wir nehmen Österreich als Heimat wahr.« Die Polizei sei letzte Nacht aufgetaucht, habe sie und ihre Familie in ein Auto gesetzt und hierher gebracht. Sie fuhr fort, in einem Deutsch übrigens, in dem auch eine FP-Expertenkommission keine Akzentspur hätte erschnuppern können, und erzählte über die letzte Nacht, in der es geschneit hatte, in der Freundinnen gekommen waren, um gegen die Abschiebung einzustehen: »Es waren alle Gefühle auf einmal, Trauer und Wut auch irgendwie, auf irgendeine Weise. Und Angst.«[36]

Es meldeten sich noch einige andere, Männer, Frauen, manche nahmen das Diktafon, etliche erzählten auf Deutsch. Einer erzählte, dass er demnächst seine Lehre als Hotelfachmann hätte abschließen sollen. Einer berichtete, er sei österreichischer Vizemeister im Boxen, Bantamklasse. Ein anderer erzählte von einem Handel mit Gewürzen, den er hochgezogen habe. Und einer sprang auf, hechtete auf mich, riss mir das Diktafon aus der Hand und ließ es schreien, dass es schepperte: »Ihr seid alle ungläubige Scheißer. Ihr seid Ungläubige über Ungläubigen. Auf euren nackten Scheißbeinen stolziert ihr jeden Sommer durch die Stadt wie durch ein Bordell. Fickt euch, ihr Schlampen. Ich bin stolz darauf, dass ihr Bastarde mich rauswerft von hier, aus diesem Hurenhaus Österreich! **Zieh dich warm an, die Funken werden fliegen!**[37] Ihr werdet meine –«

»Enough is enough«, sagte Frau Jelinek, pflückte dem jungen Erregten das Diktafon aus der Hand, wehrte einen Schlag mit einer geübten Bewegung ab und lotste uns weiter.

»So. Puh, immer müssen die Frauenkörper herhalten, wenn was schiefgelaufen ist, das geht mir derartig auf den Zeiger, dass der Zeiger aus dem Takt gerät und ich gleich dazu.«

»Was passiert jetzt mit diesen Leuten?«, fragte ich und drehte mich noch einmal um. Ich sah die Kleriker durch die Menschenmenge waten, da sich hinunterbeugen, dort einem Kind über den Kopf streichen. Ein paar standen am Rand und schauten konzentriert in die dunkle Luft.

»Na ja. Die sitzen hier einmal. Und warten auf einen Flug. Sie sind abgeholt worden, die Polizei hat ihre Bringschuld getan und steht jetzt da wie bestellt. Semper paratus. Aber abgeholt sind die anderen. Semper Pariah! Nur: Flug wird es so schnell keinen geben, weder nach London noch nach Kabul. Und Wien? Na bitte schön, Sie sind ja selbst durch Wien gegangen, da will ja keiner hin. Wien ist kein sicheres Fluchtland mehr. Mit der ganzen Apokalypse sind wir mittlerweile auf Platz 3666 im Ranking der lebenswertesten Städte angelangt. Ich darf Peter Hammerschlag zitieren: Wien wär für Katz. Allerdings hab ich gehört, dass es vielleicht nach Innsbruck gehen könnte, alle, in Propellerflugzeugen. Das soll noch möglich sein. Dann Flucht in die Berge und Zuflucht dort. Bisch ka Tiroler, kannsch ana werdn. Soll ja ganz schön sein. Und konservative Werte haben s' dort auch.«

»Und wos stinkt do jetzt so?«, fragte Alex*, »des riacht wia im Stoi vom Tod seim Pferd.«

»Ja«, sagte Frau Jelinek leise, »so in etwa. Auf welchen schönen Satz wartet man in allen Wartezimmern dieser Erde? Bitte kommen Sie weiter.«

CANTO 27: DIE FALSCHEN RATGEBER

DER GESTANK WURDE SCHÄRFER, während wir in den hinteren Teil der Halle vorstießen. Ich wurde unruhig, fühlte, wie mein Herz Alarm schlug und mein Magen sich mit der Frage meldete, ob ich noch ganz bei Trost sei. Aus einer Jackentasche holte ich meinen verknuddelten Mund-Nasen-Schutz.

Es wurde finster in der hintersten Ecke.

»Da«, sagte Frau Jelinek und knipste eine Taschenlampe an. Der Lichtkegel zeigte erst auf den Boden, dann ließ sie ihn wandern. Füße in Turnschuhen; da kauerte jemand, aber da kauerte nicht nur jemand, da stapelten sich –

»Tschuldigung«, sagte Alex*, hechtete zur Seite und kotzte.

– sich Beine. Arme. Auch Köpfe, die Augen eingefroren im Moment des Todes, die Haut fahl und ledrig geworden, an den Schnittstellen hingen –

Wankend gesellte ich mich zu Alex*, hielt mich fest und reiherte auch.

»Geht's wieder?«, hörte ich Frau Jelineks Stimme, etwas gedämpft, und eine Wasserflasche schob sich in unser Gesichtsfeld. Ich sah sie an: Auch sie hatte sich eine Atemmaske übergezogen, eine ordentliche FFP2, und auf dem Kopf trug sie eine riesige Strickhaube, unter die sie ihr Haar gesteckt hatte. Nicht einmal ein Zopfspitzchen ragte heraus. »Tut mir leid, hab ich vergessen«, sagte sie und langte wieder in ihre Zauber-Manteltaschen, holte zwei weitere Hauben heraus und stülpte sie uns über die Köpfe. Ihre war weiß, klinisch, unsere waren rot, rot wie Blut. »A lebende Flagge samma jetzt«, murmelte Alex* und rückte sich die Haube zurecht.

»Ich kann nicht sagen, ich hätte das alles nicht gewollt«, hörte ich eine raue, aber junge Stimme von dort kommen, wo wir die Leichenteile gesehen hatten, Kopf pro Kopf, bis wir nicht mehr konnten. »Ich war ja dort. Und ja, ja, es gibt dieses Video, in dem man mich sieht, lächelnd, mit sechzehn, und da sage ich: Ich will euch dazu einladen, auch die kufar zu schlachten im Land der kufar.«[38]

Der Schein von Frau Jelineks Taschenlampe wanderte von den Turnschuhen hinauf zu den Knien, den Händen, die darauf lagen, zu einem Gesicht: ein Bart, gestutzt, ein silbriger Blick.

»Ich bin als Einziger zurückgekehrt von vierzig. Wir waren die deutsche Einheit in Raqqa. Es gibt ein Foto von uns, da recken wir unsere Maschinengewehre und den Zeigefinger. Ihr wisst ja, wie das ist, oder? Die Finger. Was wärt ihr denn ohne Finger? Seht ihr, wir waren auch nichts ohne Finger. Wir also auch den Finger gereckt, es gibt einen Gott. Es gibt ein Gewehr, und es ist in meiner Hand. Alle anderen waren dreckige Hunde. Der Hund, das ist ja so eine Sache, der ist ja haram, verboten, also musste ich meinen Hund auch weggeben, als es ernst wurde. Als die Brüder sagten, Bruder, du, dein Hund, der ist haram. Der ist unrein. Der ist unrein wie, ich weiß nicht. Wie Schweine. Wie Aas. Frauenhaar. Blut. Frauenschenkel. Frauenoberschenkel. Na, und dann hab ich meinen Hund weggegeben. Also. Ja, das hat mir schon wehgetan. Ich war in einer betreuten WG, ich war ja ein Heimkind. Ich war. Ich war verloren. Und jetzt? Ich sag, Österreich ist meine Heimat. Ja. Diese Ruhe. Dieses Wissen, ich sterbe nicht heute, nicht morgen. Es fallen keine Bomben.«

Er ließ seine Stirn auf seine Hände sinken.

»**Das Problem ist wie üblich, dass uns niemand liebt**«[39], sagte Frau Jelinek leise. »Und die Väter. Cherchez le père, sucht den Vater, sucht ihn in der Staubwolke, in den zufälligen Begegnungen, dem Blick auf eine Augenpartie beim Gegenüber in der Straßenbahn. Sucht sein Gesetz, das er euch nie recht gemacht hat. Immer hat er sich beim Anrichten vertan und beim Anstellen. Wie er sich anstellt, so liegt man. Dann liegt man falsch und hat Druckstellen auf dem Rücken. Oder auf dem Oberarm. Und man schleicht sich davon vor diesen Druckstellen und Leerstellen und leert sich aus, anderswo, weil doch der Held in einem selbst stecken muss, wenn er beim Vater schon herausgefallen ist. Ja, und dieser junge Mann hier, der hat sein Glück beim Islamischen Staat gesucht, das hat ihn das Licht eines Auges gekostet, die Milz, einen Teil seiner Leber. Die muss ein schwarzer Vogel angepickt haben. Der Mythos wiederholt sich.«

»Ach«, kam da ein Knurren von weiter hinten, eine andere Stimme, »ich glaube, Frau Jelinek, verzeihen Sie, muss ich Frau Nobelpreisträgerin sagen? Ich glaube, Frau Nóbelpreis, wenn Sie jetzt auf mich anspielen, dann muss ich Sie verklagen. Denn das wär Rufschädigung, näh. Aber wissen Sie was? Ich vergebe Ihnen. Ich vergebe Ihnen, al hamdu l'illah. Sie wissen eben nicht, was es heißt, für seine Religion zu sterben. Sie wissen noch nicht einmal, wie es ist, für seine Religion zu leben. Wahrlich, meine Opferriten und mein Gebet und mein Leben und mein Tod sind für Allah, den Herren der Welt!«[40]

Es ist schwarz auf weiß schwer wiederzugeben, wie die Stimme von Herrn Vogel mit zunehmender Rede erst ein Tremolo annahm, immer höher wurde und sich schließlich zu überschlagen anfing, wie sich seine Rede steigerte, ein Crescendo, vorgetragen vom Möchtegern-Mozart des Monotheismus.

»Wo sind jetzt eigentlich die Kleriker hinverschwunden?«, fragte ich, während Herr Vogel sich weiter ereiferte; ich musste ein bisschen lauter werden, um seine Schreierei zu übersprechen.

»Die Kleriker? Na, da hinten irgendwo. Hier nach hinten verirrt sich selten einer mit.«

»Die Ungläubigen werden besiegt werden!«, kreischte Vogel.

»Mein Gott«, sagte der Bursche, der sich das linke Auge rieb, das blinde.

»Ja!«, kreischte der Vogel, »Dein Gott! Dein Gott!« Er wirbelte herum, und ich bitte um Verzeihung, wenn ich jetzt schreiben muss, dass der Vogel wie eine Krähe aussah, das ist eine billige Metapher, aber sie –

»Frau Tiwald«, sagte er plötzlich, und sein langer Bart war wie ein roter Teppich, ausgerollt für seine Worte, »ich weiß nicht, was Sie diesem Mann anlasten wollen, der nichts weiter wollte, als seine Brüder und Schwestern zu verteidigen. Sie selbst wissen doch, was es bedeutet, hier im Westen, wo Milch und Honig fließen und Flitterkram leuchtet, ein Moslem zu sein. Sie wissen doch, Sie sind Lehrerin, oder?, wie es Ihren Schülern geht. Deren Müttern das Kopftuch vom Kopf gerissen wird.« Stimmt. Das wusste ich. »Die selbst, als Kinder, im öffentlichen Raum den wüstesten Beschimpfungen die Stirn bieten müssen. Finden Sie das etwa richtig?« – Aber nein, Herr Vogel! – »Ist das gerecht?«

»Nein«, flüsterte ich.

»Und das alles, weil einer Gott zu lieben vermag? Seien Sie ehrlich, Frau Tiwald. Sie selbst haben Ihre sonntäglichen Kirchgänge eingestellt, ich sehe es an Ihrer Nasenspitze! Und warum? Weil Sie lieber Ihre Sonntagmorgen genießen. Und insgeheim: Weil Sie sich schämen dafür, sagen zu wollen: Ich möchte aber in die Kirche gehen! Dabei ist Gott –«

»So, Schluss jetzt mit dem Vogel«, sagte Frau Jelinek, packte mich am Arm und zerrte mich weg, »es ist höchste Zeit, dass wir wieder an die frische Luft kommen.«

CANTO 28: BEI DEN KIRCHENSPALTERN

ODER WAR ES NICHT das Flugfeld?

Es mag an der Bassline von zarter Blasmusik gelegen haben, dass sich die Szenerie auf den ersten Blick so echt anließ. So angreifbar. Und heimelig, so wie die Kulisse meiner heimeligen Kindheit in meinem Kopf auch heute noch aussieht. Klar, dachte ich, nachdem ich mir die Schuppen von den Augen gerieben hatte: Die Musik klang nach weit weg und nach Näherkommen, baldigem Näherkommen zwischen den Gebäuden durch, die hier standen. Gleich würde die Kapelle hier sein.

Hier waren Häuschen, direkt aus den Fünfzigern hergebeamt, mit steilen Dächlein und überdachten Stufen, wolliger Rauch stieg aus den Schornsteinen, und in den Gärten wuchsen bunte Sachen; hier gab's ein Ringelspiel, das sich drehte und Kinder im Kreis herumführte; hier stand sogar eine dieser neuen Billa-Filialen mit der schicken Holzverkleidung, wie sie jetzt zwecks optimierten Parkerlebnisses überall auf der grünen Wiese sprießen. Und: Man ahnte die Spitze eines Kirchturms. In anderen Worten: Hier war alles in Ordnung. Alles.

»Gleich«, sagte Frau Jelinek und schaute freundlich (man soll aber den Tag nie vor der Frau Jelinek loben).

Blütenblätter kamen hergeweht, zart, wie von einer Fronleichnamsprozession, wenn die Kinder mit einer Freude, die wehtut, vor der Monstranz hergehen, Gott in einer Scheibe, und ihr Blumen streuen. Aber es war Herbst, deswegen sprechen wir hier von Friedhofschrysanthemen, deren Blütenblätter wie kleine Lanzen durch die Luft glitten.

Staub kam auf. Die Musik wurde lauter, Tuba da, Trompeten

dort, ein Querflötenzittern, es klang, als müsste die Truppe ihren Song erst suchen – *Näher, mein Gott, zu dir? Koa Hiatamadl mog i ned?* Aber nein, aber nein, es rann mir wie Sand aus den Ohren, als ich erkannte: *It's the Final Countdown.*

Und da waren sie schon, die Spieler der Parade, verborgen unter ihren Hahnenfederhüten, eingehüllt in ihre braunen Jacken, in ihre Lederhosen, da marschierte er, der Stolz der Heimat, Stutzen, rotes Gilet, Krawattenknoten, und siehe, da tat sich die Formation auf, *We're leaving together*, und da schritt einer durch, und das braune Meer teilte sich, und ich glaubte: So, jetzt endlich spinn ich wirklich.

Es donnerte.

Er hob zwei Finger, und ich schwöre beim Röhrenfernseher und den Seventies-Revival-Glockenhosen meiner Studentinnenjahre: Er war wieder da. Gegelt. Gebräunt. **Aufgeräumt, eingepackt und der Erde weggenommen.**[41] Der Mund mitsamt Oberlippenwelle und geradegeräumten Schneidezähnen war **nicht grotesk-clownhaft, sondern wirklich schön, aber etwas unheimlich, lächelnd,**[42] die Wangen grübchendurchschnitten, und als er uns anlächelte, anstrahlte, dieser Wiedergänger, fiel es mir auf: die Augen beim Lachen viel zu, pardon, geschlitzt für einen Europäer.

Natürlich hatten wir ihn gehasst, den Jörg, erst unlängst hatte ich einen Dokumentarfilm wieder und wieder angehalten, um in der schilderschwenkenden Anti-Haider-Menge seinerzeit am Stephansplatz bekannte Gesichter zu finden. Aber fesch. Fesch war er. So tot. So schön! Ein Schönian.

»Jetzt hat er sich schon wieder zurückgeloopt wie eine Dichtkunst«, flüsterte Frau Jelinek in mein linkes Ohr, und ich wusste überhaupt nicht, was ich von all dem hier zu halten hatte. Levitieren. Ja, levitieren, das hätte den Umständen entsprochen, **aus** meinem **Kommt-Zeit-kommt-Rat-Kontinuum herausfallen,**[43] die

Füße lösen sich von der Erde, man entschwebt in Richtung Himmel.

»Wobei **der Himmel ja kein Kühlschrank ist und daher Fleisch nicht hineingelassen werden kann**,[44] nicht vergessen, Frau Tiwald«, murmelte Frau Jelinek in mein linkes Ohr, und schön langsam, ja was, schön langsam, Frau Tiwald, die in den Nachrichten genau gesehen hatte, wie der VW Phaeton zerschellt bei Lambichl herumgestanden war, wie also das Auto des Sonnengottsohnes, der auch mal den Himmel erhellen wollte, wie im Mythos vom Himmel gefallen war, die hatte das gesehen, die Frau Tiwald, und jetzt, wo Frau Jelinek auch deutlich Gedanken lesen konnte, war es fast geschehen um sie.

»Servus!«, sprach er, der Gebräunte, und ich war zu höflich, zu gefesselt, um die Totenhand auszuschlagen. Da hatte ich sie schon zwischen meinen Fingern.

»Ich bin gekommen, um die Hungrigen einzukleiden, um die Gefangenen zu füttern, den leidenden Pensionisten räum ich eigenhändig die Küche auf der Saualpe aus; ich kleide die Heimat aus mit lauter Hundertern, ich befreie eigenhändig die an ihrem Leben Erkrankten, ich Retter der Lebern, ich Lanzenbrecher der Privilegienritter, ich Wildtierdompteur aus dem Bärental, ich Freund der Entrechteten, bis zum Gaddafi und zum Saddam hat sich meine Liebe zu den Entrechteten erstreckt. Und bis in den Klagenfurter Stadtkrämer hinein, die schöne Bar, ja, ich mache aus den finstersten Ecken ein Gott-sei-bei-uns-Winkerl. Ich bringe euch ein besseres Licht als alles Lichtermeer, das nur banale Kerzerl hat! Ich bin die hellste Kerze auf dieser Torte Österreich gewesen, immer und ewig. Ich bringe euch eine schönere deutsche Sprache als die Frau Jelinek, bei der sich ja niemand mehr auskennt! Drum lasst uns fröhlich sein. Drum lasst uns in der schönen deutschen Sprache hiermit erklären, dass alles ein Schas ist.

Es ist alles ein Schas, was passiert in diesem schönen Land, wohl wert, dass sich ein Fürst sein unterwinde, ha!, weil Grillparzer, das hab ich auch gelernt, und es ist eh klar, wer hier der Fürst ist. Oder? Es ist alles ein Schas, was nicht ich ist, deswegen müssen wir hier, am Flughafen Schwechat, wo sich die Flieger in die Lüfte erheben, wieder Wolkenschlösser bauen und ein neues Knittelfeld erschaffen, meine Freunde! Ein Knittelfeld, das diesem Land zeigen wird, was der Anstand ist und die Gerechtigkeit! Ein Knittelfeld, in dem wir alle sogenannten Parteifreunde begraben werden, die sich nicht halten an unsere ewigen Schriften! Die Verräter! Zeigt mir das Bierfass!«

Und siehe, es wuchsen den Gesichtern Münder aus Frankfurter Würstchen, und Wolfsohren hoben die Hüte von den Köpfen, und Bier sprudelte aus den Nasenlöchern. Den einen Häusern wuchsen Fenster, bei den anderen schlugen die Läden zu, und sie versanken in den Mauern auf Nimmerwiederöffnen. Und es wandten sich die Tubaspieler mit verzerrten Schreien, denen ich das Wort »Steuerreform« herauszulesen meinte, gegen die Trompeter, die »Regierungsarbeit« tröteten, und er, er war er, er zündete sich eine Pfeife an, schwenkte sie wie einen Taktstab, lachte und lachte, während Köpfe in Tubaköpfen versanken, während der Kirchturm wackelte und sich Trompetenblech um Hälser wand. Braune Jacken flogen durch die Luft, und hochschießende Maibäume, die in den Himmel wuchsen, führten Hüte mit sich und, ich sah es genau: einen Porsche.

Frau Jelinek seufzte noch und sagte: »**Dieser Mann wird später, wie seine Gedanken, die nicht lang genug sitzen bleiben, dass man sie überhaupt zu Ende denken könnte, vielleicht durch Zufall, vielleicht durch Planung, dem Gefängnis entgehen,**[45] oder hoppla, er ist ihm entgangen. Jetzt müssen wir aber schauen, dass wir weiterkommen, weil – …« Es krachte in den

Wurzeln der Maibäume, und: »Schnell!«, brüllte Frau Jelinek, packte Alex* mit der einen, mich mit der anderen Hand, denn, tja, das müssen Sie mir jetzt einfach glauben, ein Spalt tat sich auf in der Erde, »unerbittlich raste er auf uns zu«, sagt man, glaube ich, er, wie heißt es?, »drohte uns zu verschlingen«. Der Frau Jelinek wäre sicher noch anderes, Besseres eingefallen zu so viel Natur, die sich plötzlich auf dem Flugfeld breitmachte, niemand schreibt über Seen und Berge präziser und treffender als die Frau Jelinek, sie packt ganz Österreich in einen einzigen Berg. Als erstes versank der Pseudo-Billa in der Spalte, Holz, Parkplätze und alles, dann sah man die ersten Häuser Kopf voran, Geranienkübel voraus, sich in die Erde stürzen. »Jetzt!«, brüllte sie, unsere Wonder Woman, und stieß uns zu drei Fahrrädern hin. »Schnappen! Draufspringen! Treten!«, und das taten wir, während donnernd hinter uns Knittelfeld 2 in der Erde verschwand.

Wir radelten davon, hinter uns muss sich der Hades geöffnet haben, ich weiß es nicht, ich habe nicht zurückgeschaut.

CANTO 29: BEI DEN FÄLSCHERN UND FALSCHEN VERSPRECHERN

»Moment, meine Damen, warum die Eile?«, sprach einer und hüpfte uns vor die Räder, wir fielen beinah um vor lauter Bremsmanöver.

Frau Jelinek seufzte. »Das auch noch«, hörte ich sie murmeln, und an mich gewandt: »Es ist wie in der Geisterbahn. Immer hupft irgendwo noch ein Kasperl hervor.«

»Ja«, sagte der Anzugträger, »und ich wollte Sie noch über eine fabelhafte Möglichkeit informieren, Ihr Geld für sich arbeiten zu lassen, bevor Sie sich im Ausland einen neuen Lebensmittelpunkt begründen. Und zwar. Indem Sie den Staat Österreich für sich arbeiten lassen. Sie wissen nicht, was ich meine? It's a great opportunity. Sie, Frau Jelinek, Sie haben doch sicher das Bedürfnis, Ihr vieles Kapital gewinnbringend anzulegen, und sagen Sie nicht, Sie investieren in Mode. Natürlich hat ein, sagen wir, Vintagekleid von Chanel auch seinen Wert. Und erst die Handtaschen! Aber wir bewegen uns da in einem begrenzten Rahmen, und wie wir wissen, suchen wir nach unbegrenzten Möglichkeiten, wir sind nun einmal so, wir Menschen, wir sind lebende Expander. Und ich hätte da genau das Richtige. Es wird schwieriger, das stimmt, die Kontrollen werden engmaschiger, es kracht zwischen den Scheinen – aber: Wir, wir sind als Einzige zurückgekehrt. Wir sind die Einheit. Also wir Finanzler. Und wir recken für Sie die Finger, den Zeigefinger als Tippfinger, denn – ich sag Ihnen was – es gibt einen Gott, einen echten. Fast. Und der sitzt in meinem Bildschirm. Oder von mir aus in Ihrem Handy. Sie haben so was doch, oder?

Gell? Na, sehen Sie. Alles so easy, es wird Ihnen die Spucke wegbleiben.«

»Guter Mann«, sagte Frau Jelinek und umfasste die Lenker ihres Fahrrads, »kommen Sie zum Punkt. Immer schön brav sein und erklären. Und tun S' uns nicht für Depperln halten, immerhin hab ich ein hundertneununddreißigseitiges Theaterstück über die Machenschaften von Ihresgleichen geschrieben.«

»Ah, ja. Ähm. Also, so wie ich Sie kenn, sind Sie ja, ich weiß nicht, wie ich's höflich sagen soll, Sie sind ja quasi alle miteinander Nestbeschmutzer*innen, richtig? Und haben S' das Sternderl gehört, wie ich's gesagt hab? Ich hab genau das Richtige für Sie. Nämlich wie Sie dem Staat Österreich so richtig in die Eier treten können. Weil. Wir legen die Käufe und Verkäufe ganz dicht rund um den Tag, an dem Dividenden ausgezahlt werden und die liebe gute Kapitalertragssteuer fällig wird. Na, und die kann man sich rückerstatten lassen … nämlich vor dem Stichtag und nachher. Hom S' mi?« – »Homs, is des ned a zerbombte Stodt?«, brummte Alex*. – »Ah, nein, der, äh, Herr beliebt zu scherzerln, lieb. Also ich weiß, wie Sie zu Ihrer doppelten Steuergutschrift kommerten, das Know-how liegt quasi in meiner Hand. Wie ein Gewehr. Wie a Schweinekeule. Wie a Frauenschenkel. Wissen Sie was? Ich schätze Österreich, Österreich ist meine Heimat. Diese Ruhe! Und das Wissen, das ich habe, das können Sie zu Barem machen. Ich verspreche: Es fallen keine Bomben. Ganz im –«

»Ich hab diese Wappler so satt«, knurrte Frau Jelinek.

»Tschuldigung«, meldete sich Alex*, »mir is des eigentlich ziemlich wurscht, Ihnare Kohle. I hob eigentlich an Durscht.«

Ich übrigens auch, mir hing nur die Zunge zu weit aus dem Mund, um irgendein Wort hervorzubringen.

»Moment«, sagte lächelnd der Anzugträger, »trinken kann man später, und wenn man Glück hat, dann Sekt mit Goldflitter.«

Meine Aufmerksamkeit schweifte ab, muss ich gestehen, erstens trinke ich Sekt gern pur, und zweitens bewegten sich zwei dunkel gewandete Gestalten, deutlich ergrauteren Haares als der junge Mann vor uns, in Sichtweite die Flugbahn entlang. Ich wechselte das Standbein und lehnte mich über den Fahrradlenker nach vorn, um sie genauer zu sehen.

»Hm«, machte Frau Jelinek, »ich sag Ihnen jetzt was. Ein Geheimnis. Was ganz Wertvolles. So, wie ich Sie kenn, ist das ganz bestimmt von Relevanz für Ihre Händel.«

»Ah ja?« Der Anzugheini leckte sich über die Lippen und schaute, wie ich mir Zwölfjährige vorstelle, wenn sie auf ihrem Handy Candy Crush zocken. Ich schaute an ihm vorbei nach hinten und stellte einen Fuß auf ein Pedal, ich weiß nicht, ob ich es schaffen würde, sie –

»Ich wundere mich, dass Sie das nicht wissen«, sagte Frau Jelinek in einer ganz ruhigen Tonlage, obwohl sie mich an der Jackenkapuze gepackt hatte. »Haben Sie das nicht gehört? Frau Tiwald, bleiben Sie kurz da. Dass eine große Lotterie ansteht?«

»Eine Lotterie?«

»Sie haben ja gesehen, wie's draußen ausschaut. Leute baumeln von den Straßenleuchten. Autos brennen. Vor den Check-ins liegen die Leute übereinander, weil alle noch in irgendeinen Flieger wollen. Nur geht halt kein Flieger. Also hat die verbliebene Regierung beschlossen, dass ein großes – wie heißt das in der Musik? – Re-Shuffle ansteht. Operation Neuanfang heißt das, hab ich gehört. Es wird also ausgelost.«

Sie machte eine Pause, die man nur als dramatisch bezeichnen konnte. Ich schaute. Wand mich. Ich trommelte auf die Lenkstange.

»Die Namen werden neu ausgelost. Jeder Name kommt in einen Topf, also einen digitalen, und wird neu vergeben.«

Der Banker schwankte ein bisschen, lachte künstlich und meinte, na, er hoffe nur, dass er dann nicht Mustafa heißen müsse.

»Sie werden lachen«, sagte Frau Jelinek, und ein dünnes Lächeln tat sich auf in ihrem Gesicht wie ein Blümchen, vielleicht ein Sonnentau, »es geht noch weiter.«

»Noch weiter?«

Ich schwöre, ich sah die beiden, die da gingen, winken. Ich öffnete die Hand zum Gruß, als hätte ich noch ein paar Tage Leben zu vergeben und könnte sie ihnen durch die Luft zuschicken.

»Aber ja. Mitverlost mit den Namen werden die Sozialversicherungsnummer, die Adresse und die Kontonummer. Samt Konto natürlich. Mietverträge, Grundbucheinträge, alles das. Schön, nicht?«

Auf diese Nachricht hin drehte ich mich doch kurz um, verstört, obwohl ich doch meine zwei Großväter so gern aus der Nähe sehen würde, sie so gern sprechen würde, aber ich drehte mich eben um: Noch nie habe ich einen Menschen so blass, so grün und blau werden sehen wie diesen jungen Mann. Alex* prustete los.

Und ich, ich schüttelte den Kopf, wirr, schaute zurück, aber da waren meine zwei Großväter wieder verschwunden, als wären sie nie hier gewesen. Mein Herz setzte für einen Schlag aus, und ich glaube, dass nur in einem meiner Ohren ankam, was der junge Banker schnappte: »Das ist nicht Ihr … das ist nicht Ihr Ernst.«

»Ernst? Was für ein Ernst? Ich kenn nur den Ernst Strasser, aber das auch nur flüchtig.«

»Das ist ja … das ist ja ungesetzlich. Ungesetzlich! Das verstößt gegen die Prinzipien des Rechtsstaats!«, schnappte der junge Banker.

»Ja, gell, lieb, so ein Rechtsstaat, wenn man ihn einmal braucht. **Was denn? Na, was jetzt? Sind Sie auf den Mund gefallen oder was?**« Ich setzte mich auf den Boden und legte mein Gesicht auf die Knie. Das Fahrrad fiel um und niemandem auf.

Der junge Mann torkelte bereits, bekam aber noch etwas heraus, das sich nach »Sicherheit« anhörte, aber da war Frau Jelinek gnadenlos. Es fehlte nur noch die österreichische Flagge, dann hätte sie wie die französische Marianne durch die Landschaft schreiten können, sie hätte ausgesehen wie in Öl gemalt, wie eine Siegerin. »**Was brauchen Sie**«, fuhr sie fort, »**eine Sicherheit dafür, was brauchen Sie für eine Sicherheit, etwa für sich selbst? Das haben wir Ihnen nicht versprochen, wir haben Ihnen keine Selbstsicherheit versprochen!**«[46]

»Sie …« – der Banker keuchte nur noch – »Sie haben ja keine Ahnung von der Wirtsch…«

Er brachte das Wort nicht zu Ende, da schleppte sich plötzlich eine Gruppe junger Leute heran, Männer hauptsächlich, öd gekleidet, aber durch das Kriechen auf allen vieren hatten die Anzughosen doch da und dort einen Riss abbekommen.

»I glaub, jetzt brauch i dann wirklich wos zum Dringa«, sagte Alex*, knöpfte eine Trinkflasche vom Rad, machte große Schlucke und reichte sie mir herüber. Ich fühlte mich auch verdammt durstig, ganz plötzlich, ich weiß auch nicht warum, es mag an diesen Gestalten gelegen haben, die näher krochen, sie reckten ihre Hände, als wollten sie nach dieser Plastikflasche vom Fahrrad greifen, sie streckten ihre Zungen heraus, die geschwollen waren, manche schon grau geworden, dunkel. Sie krächzten.

»Na, die haben Durst«, sagte Frau Jelinek und strich ihre Zöpfe hinter die Schultern. Der Banker krachte um und blieb liegen, während die Anzugträger, seine Freunde, sich langsam über ihn wegbewegten. »Die haben Goldsplitter in der Kehle stecken, die haben sie sich in ihren Champagner getan. Na ja. Da wird das Trinken dann schwierig. Da kann man dann irgendwann nicht mehr.«

»Aber … aber …«

»Tun S' nicht abern, Frau Tiwald. Vielleicht labern, ja, das tun wir ja ab und zu in unserer Zunft, besser als die da. Die Kriecher. Obwohl denen wohl mehr Leute glauben als uns. Na, sei's drum. Ich hab da noch was eingesteckt ...«

Aus ihren Wundertaschen holte sie Wasserflaschen, drehte die Stöpsel auf, stellte sie ab. »Alex*, vielleicht noch Ihre Fahrradflasche. Und Sie, Frau Tiwald, schauen Sie mal in Ihre Jackentasche...«

Tatsächlich fand ich zwei Wasserflaschen, ich weiß nicht, wie die hineingeraten waren, aber bitte, meine Jackentaschen ähneln tatsächlich oft Kängurubeuteln.

»Da lassen«, sagte Frau Jelinek kurz, schwang sich auf das Rad und winkte uns, ihr zu folgen.

CANTO 30: NOCH IMMER BEI FÄLSCHERN. DER GRIECHE SINON, DER DAS TROJANISCHE PFERD ERSANN

IN MIR WAR EINE Trauer, die sich anfühlte, als hätte mir gerade jemand überzeugend erklärt, dass es im Paradies aussehen wird wie in der Shopping City Süd. Aber ich wollte nicht zurückbleiben, sollte nicht zurückbleiben, ich bin ja Unternehmerenkelin und Unternehmertochter, auch wenn Jeff Bezos, hörte er das, vor lauter Lachen an einem Bissen Fried Chicken ersticken würde. Der eine Großvater hatte nämlich eine Baustoffhandlung mitten in einem Provinzort, als Ortskerne noch lebten (alles das ist ausgestorben, abgezogen, ausgezogen und zu Einkaufszentren verzerrt); ich habe ihn nicht gekannt, aber etwas von ihm ist wohl da, wenn mein Vater im Zuge einer Anstrengung oder einer Leistung stolz zu mir sagt: eine echte Tiwald. Ich kann dann nicht einfach zurückbleiben. Man kann nicht. Man ist fleißig, ehrlich, betriebsam. Also auf. Auf.

Ganz artig setzte ich mich auf das Rad, platzierte meinen Hintern auf dem schmalen Sitz, was war das denn wieder für ein Rad, waren beim Haider im Dorf wirklich nur schnittige Rennräder mit diesen unmöglichen Satteln herumgestanden, in der Größe von aufgeblasenen Dildos, auf denen man sich die Pobacken wundschlägt? Antwort: ja. Und noch wehmütiger wurde mir, weil ich mich an das Fahrrad meines anderen Großvaters erinnerte, von dem ich das Geschichtenerzählen habe; es hatte einen breiten, ordentlichen Damensattel. Immer.

»Du bist a bissl dramhapert«, sagte Alex*, laut und umgedreht, ein bisschen Fahrtwind im Haar, das sich zerzuselt über die Stirn legte.

Und ich, ich schrie plötzlich auf, als gebe es hundert Winde zu überschreien: »Des woan meine Großväter, aan hob i goa ned kennt. Daun hob i mi umdraht. Daun woan s' weg. Wia die Eurühdike.«

Frau Jelinek hob die Hand, ganz wie eine Lehrerin, der die Schüler nachfahren. Wir rasten über das Feld, natürlich zum nächsten Menschenhaufen hin, ich hatte schon ein bisschen die Nase voll von den Menschenhaufen, ich dachte daran, dass ich eigentlich schon einem Flieger hätte entsteigen können, seit ich gestern hier aufgetaucht war. Dass theoretisch alles gut sein könnte. An irgendeinem Strand oder so.

Es war laut, dort, wo wir die Fahrräder fallen ließen, aber ich hörte noch, wie Frau Jelinek mir leise ins Ohr sagte: »**Nur unter Stöhnen lernen die Menschen.**«[47] Ich atmete aus aufgeblasenen Wangen aus und sah sie an. Sie hatte die Arme verschränkt und schaute nur kurz zu mir, dann wieder auf die verrückte Szene, ohne eine Miene zu verziehen. Ich hoffe, sie hat die Dankbarkeit für ihren Satz aus meinem Blick herauslesen können: Immer, wenn du glaubst, es geht nicht mehr, kommt ein Satz von der Jelinek daher.

Dann rissen die neuen Töne an meiner Aufmerksamkeit, und als ich mich ein wenig reckte, um die Situation erfassen zu können, gingen ein paar Menschen ein paar Schritte zur Seite, sodass ich tatsächlich –

Ich hätte es gleich bemerken können, ja, natürlich hätte ich gleich bemerken können, was hier Sache war, aber man schaut ja nicht gleich genau, und ich war müde. Ein paar Typen waren hier zugange, die lange Haare hatten und Ponytails und über ihren Scheiteln wölbten sich Kopfhörer, sie schwenkten ihre Tonangeln, mit denen sie aufnahmen, was der Mensch vorn am Rostrum sprach, am Stehtisch, ich hätte aber gleich bemerken können, dass –

Gleich. Hier erst Colin Powell, der den hölzernen Rand seines Rednerpultes knetete, während er sagte: »Wir haben Beschreibungen aus erster Hand. Wir haben Beschreibungen von Fabriken, in denen biologische Waffen hergestellt werden, auf Rädern. Und auf Schienen. Die Trucks und die Waggons, sie können leicht bewegt werden. Und die Inspektoren. Ja, die Inspektoren, denen werden die Trucks mitsamt ihren biologischen Waffenfabriken unter der Nase weggezogen. And the inspectors can look all they want and they will find nothing. Nothing.«[48]

Es gewitterte. Blitzlicht.

Kameras fuhren ebenso auf Schienen auf und ab wie irgendwann einmal im Irak, vor langer, langer Zeit, als das Wünschen noch geholfen hat, die einsamen, kleinen Fabriken mit ihrer Massenproduktion biologischer Waffen.

»Ja, der arme Herr Powell«, sagte Frau Jelinek, »der muss bis ans Ende seiner Tage ins eigene Hirnkasterl-Kino schauen und sich selbst dabei sehen, wie er vor der UNO-Generalversammlung steht und erzählt, dass er ja auch nicht genau sagen kann, wie man ein Satellitenfoto liest. Und dass er nicht Nein gesagt hat. Dass er zu allem nicht Nein gesagt hat, zum Bush junior nicht, zum Cheney Dick nicht, ah, da drüben ist er ja, sehen Sie?«

Dick Cheney, der stand drüben bei einem weißen Sarg und schaute natürlich nicht her. Der Sarg war bemalt mit den Stars und Stripes der US-Flagge, Cheney hatte einen Farbeimer in der Hand und malte quasi die Stars, er umpinselte mit Meerblau die Stellen, die weiß blieben und die Stars ergaben. »Na, natürlich kommt der jetzt nicht her. Der muss dem Rumsfeld seinen Sarg erst anmalen«, murrte Frau Jelinek, »na gut. **Dick kann ja nicht überall sein. Es genügt zu sein, wo er ist. Nicht ein einziges Mal**

braucht er uns darzutun, weder Wort noch Werk, wo Führer sein ihm möglich ist.[49] Wahrscheinlich hat das arme, kleine Bushilein gar nicht gewusst, wie ihm geschieht mit dem ganzen Irak. Gott sei Dank hat Mr. Dick Halliburton Cheney ihm alles klipp und klapp auseinandergesetzt, auf die Box, zu die Box, hoch mit den Helikoptern und den Bombern und der B-52, die in der Air Force übrigens der Crowd Pleaser[50] genannt wird. Na, und dann gilt: What goes up must come down, alles, was Bombe ist, fliegt. Runter. Aus.«

Es riefen Leute durcheinander, die gerne gehabt hätten, dass Colin Powell ihnen in die Linse schaut, es wurden Mikrofone geschwenkt wie anderswo BHs auf einem Konzert. Tatsächlich rief eine Frauenstimme mit deutlich russischem Akzent: »Mista Pauwel! Will ju sign my Shört? I lav ju!«

»*Russia Today*«, sagte Frau Jelinek, und der Anflug eines Grinsens machte sich im linken Mundwinkel bemerkbar, »die sind auch gekommen, ganz, ganz hartnäckige Fans, die rücken auch alles gern ins, äh, rechte Licht, mein Gott, war das jetzt wieder ein billiger Gag. Ganz und gar unangemessen gegenüber den Geldbergen, die gekreißt haben, damit der Powell irgendwelche Satellitenfotos zeigen kann und irgendwelche Soldaten einmarschieren in die Wüste. **Tausendpanzrig jagt ein jedes Volk vorwärts, dem Führer hinterher, ein jedes seinem Führer, hoffentlich verwechseln sie die nicht.**[51] Da, schaun S', dieser gruselige QAnon-Typ mit den Stierhörndln und dem nackten Oberkörper, der ist aus dem Capitol ausgebrochen und küsst dem Powell sogar die Füße, aber ich glaub, der hat nicht gut zugehört, weil der Trump sagt, er war gegen den Krieg im Irak. Und dafür, das Öl mitzunehmen beim Abzug der USA.«

»Frow Yellineck«, sagte da eine schnarrende Stimme, und als wir aufsahen, schauten wir direkt dem Herrn Cheney in die

Augen, der den gehörnten Irren von sich wegtrat. »Please stop the dissemination of stupid rumors and tell the world it was a great thing we got rid of Saddam.«

»Die sind alle per Du mit den Diktatoren«, sagte Frau Jelinek zu mir, ohne auch nur eine Braue zu heben, »alle sagen s' Saddam.«

Niemand hatte damit gerechnet, was jetzt passierte, dass nämlich Cheney ausholte und mit seiner Faust Richtung Frau Jelineks Bauch abzielte, aber sie, und sie stieg in meiner Achtung noch höher, fing die Faust ab, als habe sie seit Jahren nichts anderes gemacht als irgendwelche Jiu-Jitsu-Kurse. Gut, es war ein alter (weißer) Mann, der sie schlagen wollte; er jaulte auf, wollte noch eine Unflätigkeit loslassen, aber sie schnitt ihn ab: »Goodbye, Mr. Cheney. Gehen S' den Herrn Rumsfeld einbalsamieren. Der wird noch viel aushalten müssen im Jenseits, eventuell.«

Sie seufzte und wickelte sich tiefer in ihren Mantel, während Cheney zu Rumsfelds Sarg zurückstiefelte.

Ich hätte gleich bemerken können, dass es unter allen, die hier auf dem Boden kauerten und auf ihren winzigen Laptops irgendwas schnitten und in ihre Mikros hineinsprachen, niemanden gab, der drei Beine hatte, sondern dass hier Beine herumlagen. Einzelne Beine, die niemandem mehr gehörten, manche mumifziert, aus anderen sickerte Blut.

CANTO 31: NIMROD BRABBELT. TURM VON BABEL

»ICH KANN NICHT MEHR«, sagte ich und stöhnte auf und ließ mich auf den Boden fallen, gleich neben das Fahrrad, das ich unter Jelineks Anleitung am Schwechater Knittelfeld geklaut hatte.

»Kommen S', Frau Tiwald«, kam von Frau Jelinek zurück. Ich hätte es wissen sollen: **Sie nimmt andre in Flugzeugen und Autos mit, sogar auf Fahrrädern.**[52] »Sie werden gleich sehen, dass eh keiner mehr kann. Und dann sind Sie bald durch. Und ich hab dann auch wieder meine Ruh. Zumindest eine Nacht lang. Bis zur nächsten Rettungsfahrt, er hat ja kein Ende, der Weltuntergang.«

Nachdem es keinen Sinn hat, in Jelineks Gegenwart zu stöhnen – und nachdem Alex* zwar mit bitterer Miene, aber ungerührt dastand, ohne auch nur mit einem Ohr zu wackeln, ganz im Gegenteil zu seinem* Dackel –, stöhnte ich eben nicht mehr.

Wind kam auf, wieder einmal, und verwehte Töne und Menschen, hart und sanft zugleich, und es schien, als drehte sich die Welt darin einmal im Kreis. Ich schützte mit eingeschlagenem Ellbogen meine Augen vor einer Wolke Sand, die uns angriff wie eine ägyptische Plage, geflügelte Insekten, aber siehe: Sie wehte vorbei. Als ich wieder aufschaute, sah ich hinter dem dünnen Saum aus Bäumen, der das Flugfeld vom Ackerland trennt, die Spitzen (mich wunderte nichts mehr) von wohlbekannter Architektur, allesamt zur Erbauung der Menschheit erdacht und hierhergeweht wie neue Berge zu Schwechat: Der Eiffelturm ragte in den niederösterreichischen Himmel, der Turm von Pisa neigte sich uns zu, natürlich, was denn sonst, und das London Eye machte sich auch noch wichtig. Na gut, dachte ich, die niederösterreichischen Ortskerne sind wahrscheinlich so ausgehöhlt wie alle anderen in Österreich, Platz genug für allerlei Attraktionen, und wann, wenn nicht jetzt. »All the world's a stage«, kommentierte Frau Jelinek neben mir und lachte wie, so stelle ich mir das vor, die Cancan-Girls von Paris gelacht haben, als Toulouse-Lautrec noch im Publikum gesessen ist. »Das sind keine Bauten, das sind eigentlich Riesen«, sagte sie noch, Frau Jelinek, und ich wunderte mich nicht, wahrscheinlich war ich schon dehydriert und kannte mich deswegen nicht mehr aus. »Hier das Riesenrad, dort der Chrysler Tower, mit Dank an René Benko, hergebeamt aus New York, na, ist das nicht fein?«, fuhr sie fort und wedelte mit einem Knirps, auch der hervorgeangelt aus ihren tiefen Manteltaschen: »Bitte folgen Sie mir.«

Die Räder ließen wir, wo sie waren, sollten sie froh vor sich hin rosten und irgendwelche Neophyten sich um sie ranken nächstes Frühjahr, wenn alle Menschen weg sein würden. Wir dackelten Frau Jelinek und ihrem Knirps nach und gelangten wieder zu einem der Metallwürmer, die aus den Gates hervorkommen und an denen im normalen Leben Flugzeuge andocken. »Die heißen übrigens Fluggastbrücken. Fluggastbrücken! Ich liebe die deutsche Sprache!«, sagte Frau Jelinek, während wir über eine Leiter nach oben kletterten.

»Gehen wir jetzt wieder rein?«, fragte ich ungläubig. Wenn ich richtig gezählt hatte, mussten wir uns schon in der Nähe des Endes dieses Buches befinden; ich hatte damit gerechnet, dass sich langsam irgendwo ein funktionstüchtiger Flieger zeigen müsste. Irgendwann musste doch Schluss sein! Hinein war die falsche Richtung, hinein, das hieß am Ende noch: wirklich Loch im Boden, wirklich steckt Luzifer in der Erde – oder wie? Wer war denn noch übrig für diese Rolle? Oder … Sie wissen ja, was sich in

Hirnwindungen abspielen kann: Gab es ihn am Ende wirklich, den gefallenen, einstmals schönsten Engel, der drei Köpfe hat und an Brutus, Judas und Cassius kaut (laut Dante)?

Uns blieb nichts anderes übrig, als Frau Jelinek hinterherzuklettern, hinein in die Schnauze der Röhre, die wir durchschritten, wir Fluggäste unseres Lebens, als ging's durch einen Tunnel zum Licht. Aber da war nur ein mattes Leuchten, das durch die Glastür zum Gate funzelte.

»Haben Sie gewusst, dass sich der Hauptsitz von Google in einem Örtchen namens *Mountain View* befindet?«, fragte Frau Jelinek, als sie die Tür zum Gate aufriss. »Da, das ist Anthony«, fuhr sie fort und deutete auf einen Jüngling, nicht blass, nicht dunkel, nicht dünn, nicht dick, irgendwas zwischen Bart und Nichtbart warf Schatten auf sein Gesicht, aber wahrscheinlich wäre selbst Lady Gaga im Fleischkleid nicht aufgefallen – zwischen all dem Papier. Den Stapeln, den Bergketten: Peak Paper, einer nach dem anderen; ich schaute auf und ab, den Gang entlang an Gate an Gate an Gate vorbei. Alles voller Stapel, die den Herbstabend ausschlossen, alles verdunkelten. Ich finde bestimmt die Worte nicht, um das hier zu beschreiben, sie haben sich davongemacht, sowieso, die Worte, sie hatten sich, als ich hinschaute, schon versteckt zwischen den Billionen ihrer Geschwister, mit denen die Seiten, die sich hier auftürmten und aneinanderreihten, bedeckt waren. Anthony druckte.

Ich bemerkte erst gar nicht, dass es da einen Drucker gab, der mehr und mehr davon ausspuckte, mehr Papier, mehr Zellulose, mehr Strohfasern und Hadern, Holz und Gras und Flachs in Mikrogröße. Faser um Faser, die keine Faxen machten, weil kein Mensch mehr faxt, höchstens feixt, ja, Papier ist geduldig. Sehr. Und da lag es.

Der Drucker spuckte und brach und spie, und dieser Anthony

sah aus wie die Hauptfigur der ganzen Welt. Auch wenn er kein Wort sagte; wahrscheinlich waren sie auch ihm davongelaufen.

»Muss die Nationalbibliothek evakuiert werden?«, fragte ich, einigermaßen entsetzt, weil ich meine verbliebene Lebenszeit zernichtet sah im weißen Schimmer dieser Wörterdämmerung. Frau Jelinek schaute mich an und grinste. Schon wieder. Irgendwann braucht der Duden einen neuen Eintrag: jelineken, starkes Verb. Sie jelinickte. Sie jelinackte.

»Aber Frau Tiwald! Die Nationalbibliothek! Die ist gesperrt und mit eisernen Vorhängen versehen. Da fährt die Eisenbahn drüber und alle Panzer Eurasiens. Neinnein. Das hier ist das Internet.«

Ich schwieg. Ganz kurz.

»Wie jetzt, das Internet?«

»Na, Sie können sich ja vorstellen, wie das ist. Für uns kleine Trotterl hier unten auf Erden ist die Cloud ein Gottvatersurrogat. **Da liegt ein Stück vom Himmel drein**,[53] quasi. Wir legen die Köpfe in den Nacken und wähnen über uns das, äh, Wissen, sorry, wenn ich jetzt schon lachen muss, wie es über uns schwirrt und uns einhüllt. Dabei ist's so simpel, dass die Schwarten krachen. Eine Milchbubirechnung! Weil die Cloud nix anderes ist als Computerfarmen. Massenrechnerhaltung. Immer vergessen wir die Materie! Das wird früher, eher früher als später, also ganz genau gesagt morgen in die Luft und die Binsen gehen, ganz einfach, weil: Haben Sie schon gesehen, dass was gewartet wird in der Apokalypse? Dass man auf irgendwas wartet? Nö. Man rennt. Weit weg. Also rettet der liebe Anthony hier, was zu retten ist. Der druckt das Internet aus. Was heut noch geht, das geht. Yes, Anthony?«

Anthony lächelte mit einem Anflug von Irrsinn in den Augen und streckte schwach die Daumen hoch, nachdem er die Hände durchs Papier geschlagen hatte, in dem er saß.

»I glaub, i spinn«, sprach Alex* bündig das aus, was ich auch dachte, und ließ sich auf einen zufälligen Papierstapel fallen, der allerdings mit »Au!« reagierte. »Macht nix«, sagte Frau Jelinek und ließ die Finger knacken, »das ist nur der Jeff Bezos. Ein bissl weiter dort drüben ist der Google-Gründer, der Larry – wissen Sie, wie der mit Nachnamen heißt? Ha! – Page! Mit Strohröhrl zum Atmen, wir sind ja keine Bestien. Na, was sagen Sie? Hölle genug? Irgendwo dort drüben hat der Anthony meinen ›Neid‹ auch ausgedruckt. Dort, wo der grüne Zettel steckt.« Sie wedelte in Richtung Westen, glaube ich. »Na, ist ja wurscht. Es fließt eh dauernd durch mich durch. Mister Page!«, brüllte sie plötzlich. »Mister Page! Did you include Miss Tiwald in your Google? Hm? Did you?«

Wir hörten nur ein Grunzen, mehr nicht. »Na, irgendwo hier drinnen werden Sie auch stehen, denk ich, so, wie jetzt der Eiffelturm in Fischamend«, sagte Frau Jelinek und drehte sich mit ausgestreckten Armen einmal um die eigene Achse. Papier flog auf wie ausgehungerte Friedenstäubchen.

CANTO 32: DIE MÖRDER VON VERWANDTEN. HAARE VOM KOPF

DER DRUCKER, ZENTRUM DER Erde: Aus ihm sprangen Artikel, Blogs, Facebookherzchen, Forumkommentare, Musikerseiten, Firmenwunderseiten, Fanpages, die Encyclopaedia Britannica mit allen Fußnoten, sämtliche Werke, die Google jemals eingescannt hat (aber nur teilweise), Bibliothekskataloge aus den USA, aus Simbabwe, Paraguay und Portugal, dem Rest der Welt dazu, alle Satellitenbilder, alle. Alle. Werke. E-Mails. Gewirks. Gestricks. Lyriktheorie. Wir waren eingesponnen in Sprache und Rechnung, den Horror dessen, dass nichts vergeht; ich sah unsere Lebensschiffe davonschwimmen.

Da kam die Bitte, schon etwas erstickt, aus Anthonys Mundwerk:

»Frow Yellineck, you and your little crowd should get movin', and fast!«

Während die Wälle aus Pappe und Paperwork wuchsen, sich türmten,

Ausgänge ausfielen, blind vor Papiertigern, Schlangen und Urwald,

Gates nicht mehr Gates waren, Raum unaufhaltbar mit Mauern sich füllte,

rannten wir los, um der Walze des Wucherns vom Schippchen zu springen.

Hinter uns bäumte das Internet, sichtbar geworden, sich auf in Vermeerung,

Gischtwolken spritzend aus Zellstofflawinen, ein Untier auf Ecstasy;
Fetzen, zerrieben von unseren Sohlen, flogen vorbei an
unseren Köpfen, während wir Fersengeld gaben und rettend die
letzte noch offene Gangway erreichten, die Lichtbrücke, raus hier.
»Gott, jetzt schiebt sie Hexameter auch noch«, murmelte Jelinek,
während wir kätzchengleich kletterten, festeren Boden erreichend,
völlig papierlos, asphaltglatt, ja, aalglatt fast, eisüberzogen.
Herbst war, so gründlich, jeglicher Frühling schien fern wie Reisen ins
Weltall wohl jedem Normalo erscheinen, es sei denn, sein Name ist
Branson. Doch so hießen weder Elfriede noch Alex* noch ich.
Uns fröstelte gründlich. Eis war gefallen aufs Flugfeld von Schwechat.
Anderswo krallt solcher Frost sich die Toten als Holz für sein Feuer.
Krachend brach Stückwerk vom Eis unter unseren eiligen Schritten,
hin zu – wohin? »Da müssma jetzt durch!«, schnarrte die Jelinek,
ganz nach Erwarten. Ich hoffte, gesteh ich, dass überhaupt irgendein
Ziel hier noch lauerte, irgendwo. Meinte nicht Heidegger:
Sein, muss das sein, ist nicht vielmehr Nichts hier, wohin auch der Blick sich
wendet? Zum Lachen war keinem zumute. Im Gegenteil.

»Mörder«,

knurrte Elfriede, »ich pause sie ab aus der Wirklichkeit, hätt aber

lieber, natürlich, dass Opfer, vor allem die weiblichen, leben

könnten wie unsereins, weiter und weiter, wenn auch die Seelen

schiach sind bisweilen, zerfressen von allerhand Psychoscheiß,

Brüsseler Spitzen nicht unähnlich. Tode jedoch, die durch Männer

eintreten Tore und Türen von Frauen, verkörperte Körper, verflixte, verfickte, verletzte, verzogene, ihre, sind Ausdruck vom

Endsieg des Habens, das alles mit Blut überzieht, worauf es

Wollust zu haben im Recht sich glaubt. Grauslich zur sechshundertsechsten Po-

tenz. Sprühkotzen könnt ich, doch schreiben gelingt mir noch besser,

Fasern zieh'n, einzeln, aus all dem Jovialmaterial, das die Männer

ausmacht; nicht alle, doch die Gequälten, die Sprache nicht kennen,

außer das Vokabular von Macht und Gewalt, und nicht äußern

können die Sehnsucht, die jeder in sich hat: **behütet zu werden. Das**

Äußerste.«[54] Das war's, was Jelinek sagte, während wir über

Bahnen von Eis und Beton unsren Weg gingen, vorwärts, wohin auch

immer. »Hexameter«, brummte Elfriede und wischte sich über den Mund,

»grauslich, wie ein Gefängnis, ich hoffe, Sie stell'n das bald ab, Frau

Tiwald. Sprache ist frei, so frei, dass sie flieht vor uns meistens.«

Ich hörte hin und weg, denn

Kugeln begannen zu wachsen vor uns aus dem Eis wie verwun-
schen,
schlugen die Kruste durch, zeigten, es stockte mein Atem,
Zähne.
Haar, das steif war vor Eis. Nasen. Und Münder. Aufgesperrt.
»Mörder«, sagte Frau Jelinek. –
Waffen der Männer im Eis ragten hervor. Münder. Pistolen.
Ihre
Schnittsetzer, Schrittlöscher. Klingen. »Verklungen die Frauen,
erschossen,
zerhackt. Eine
hat ihre eigenen Gedärme auf dem Gehsteig liegen sehen, nach
vierzehn Stichen
in den Bauch. Ibolya C. Zweitausendsiebzehn in Wien, Linien-
gasse.
Hat überlebt. Blutwäsche dreimal pro Woche. Künstlicher
Darmausgang.[55]
Stellen Sie endlich diese depperten Hexameter ab!«
»Des is der Bierwirt«, hörte ich hinter mir. Alex* war niederge-
kniet neben einem der Köpfe. »Der hot des Bierlokal ghobt, wo
irgendwer – hod er behauptet – der Maurer, der grünen Polit-
frau
Nochrichtn g'schrieben hot, wo's da die Schuach ausziagt.
Grauslich. Zitieren
tua i s' hiats ned, des san diese Worte ned wert. Sie hot's ver-
öffentlicht, Recht hot's g'hobt. G'folln lossn muass si des kaaner.
Und er hot's
klogt wegen Nochred. Na jo. Holt a Ungustl. Heimkinder wor'n s'
aa, er und sei Bruada, nur is des koa Ausred, waal wenn jeder
obdruckt, wo d' Kindheit a Quol woa, daun kenna ma Öster-
reich zuasperrn.

Obknollt hot er sei Exfrau, die iagendwaun gaungan is. Bumm-
zua
woara dabei. Und jetzt sitzta. Im Eis do. Und sie, sie sitzt
nirgendwo mehr. – A poa Trottel hom gmaant, die Maurer is
schuld an dem ollen, ›ich hätte‹, hod aana auf Twitter verbrei-
tet,
›ein schlechtes Gefühl von‹, i sog's eich, wie's woa, ›einer Mit-
schuld, einer ge-
wissen‹, des Hascherl, des oame, hätt nämlich den Druck ned
vatrogn.
Jessas, die Medien! Daun noch die Öffentlichkeit! Und so wei-
ter.
Kaun ma wos lernan draus? Jo: bist a Frau, holt die Pappm.
Sunst krocht's holt.«
Schweigend gingen wir weiter. Und weitere Köpfe staken
blond oder schwarzhaarig raus aus dem Boden und schwiegen
wie wir.
»Der Ältere«, sagte Frau Jelinek, »dort, wo ein nackerter
Schwanz wie
poledancebereit noch hervorsticht, heißt Janisch, Kurt. Gen-
darm. Ein
Hausgeist, ein Schwindler, ein Mörder. Traurig, das einsame
Glied, das
gern Teil einer Kette gewesen wäre, einer Heimatkette, einer Lebenskette, aber das ist sich nicht ausgegangen, haben wollte er und haben. Ein Gierschlund hat keinen Boden. Und weil nie genug war, hat er zugedrückt, die Kehle eines jungen Mädchens, hat er es eingerollt, das Mädchen, in eine Plastikplane, und versenkt im See, hat er die ältere Frau, die sich nicht genug war, hinters Licht geführt, wo's stockfinster ist,
dunkler als in einem Rektum. Mitglied der Heimatpartei, die

leider – wir wissen's – zur Heimat nicht taugt. Ein Herz, das geizt mit sich,

ist keins.«

Ich spürte, wie meine Kiefer in der Kälte zu zittern begannen, meine Zähne zu klappern, mein Körper zu beben, aber ich sagte nichts. Zog an meinen Jackenflügeln. In meinem Kopf galoppierte noch mehr Sprache umher, losgelassen, Bilder stiegen auf, hinter denen die Wörter herrasten, Punkte schwirrten, Doppelpunkte, Fragezeichen, ich würde, dachte ich, platzen gleich, wenn ich nicht bald einen Stift, ein Papier –

»Achtung!«, brüllte Alex*, warf sich gegen mich und drängte mich schlitternd ab, »Schweine!«, und tatsächlich, das Stakkato in meinem Kopf hatte sich auf das Eis übertragen, die Geräusche kippten aus meinem Inneren in die äußere Welt, und ich erkannte, aber erst, als ich ausgerutscht und zu liegen gekommen war, die Massen an Schweinen, die panisch grunzend an uns vorüberrannten, in Richtung eines offenen Hangartors; gequält sahen sie aus, zerkratzt, manche bluteten; sie rannten, als würde der Leibhaftige sie verfolgen.

»Da werden die Schweine aus der Gegend zusammengetrieben«, erklärte Frau Jelinek, während sie mir beim Aufstehen half. »Die werden dann rationiert, hab ich gehört. Lebensmittelmarken, hab ich gehört.«

Mittlerweile hatte sie eine Wollmütze aufgesetzt, ein dickes Teil, diesmal in Regenbogenfarben, das sie tief in die Stirn gezogen hatte.

»Schaun S' noch schnell da rüber, bevor's weitergeht«, sagte sie und deutete auf zwei Männer, die sich auf dem Eis balgten. »Die wollten zuerst zwar nicht mitmachen, aber dann haben sie gemeint, es ist vielleicht eh nicht schlecht, in einem Roman vorzukommen. Damit sie nicht vergessen werden.«

Ich schaute genauer: Der ältere Mann biss den jüngeren in den Nacken, zog an der Haut und, wenn ich mich nicht täuschte, riss sogar Fetzchen davon ab, der jüngere jaulte und weinte, und ich meinte das Wort »Loyalität« auszumachen. Der kleine Hund von Alex* jaulte mit. Ich setzte die Brille ab und wieder auf und rubbelte den Nebel weg davon. Es waren Strache und Gudenus.

CANTO 33: GRAF UGOLINO UND DER HUNGERTURM

»I«, HÖRTE ICH STRACHE rufen, »beiß dir die Halsschlagader durch!« Es machte Knirsch, Sprotzel und Spuck. »I hob dir g'sogt, sie hot« – er klaubte ein paar der Gudenus'schen Nackenhaare von der Zunge – »dreckige Zechennägel!«

»Ich hab a Passkopie g'sehn von ihr«, wimmerte Gudenus, »ich schwör dir, ich …«

»Ach, das alte Lied von Ibiza, zu dem wir so ausgelassen getanzt haben«, sagte Frau Jelinek leise.

»Wir müssen doch zammhalten!«, hörte ich Gudenus noch rufen, als es schon wieder donnerte. »Was denn«, dachte ich, »kommen die Schweine jetzt zurückgelaufen, brechen die aus, leisten die Widerstand –«

Aber nein. Nein.

»San des Silos?«, fragte Alex* skeptisch. Durch die Eiseskälte kamen weiße Giganten angefahren, dampfend wie riesige Reiskocher auf dem Siedepunkt, in einem schaurigen Ballett von der Zukunft des Theaters. Erst dachte ich, dass sie sich von allein bewegten, ferngesteuert vielleicht, gar von höheren Mächten – aber dann bewegten sich erschöpfte Figuren dahinter hervor, die offenbar hatten schieben müssen.

»Kryotanks sind das«, sagte Frau Jelinek nüchtern.

»Kryotanks?«, fragte ich verdattert. Mir schwante was. Es fühlte sich nicht gut an.

»Da lassen sich Leut einfrieren«, erläuterte Frau Jelinek, »quasi in der Minute, nachdem man ihren Tod erklärt hat. Es muss alles schnell gehen, zackzackzack quasi, sonst stellt sich der blöde Körper quer und fängt an – stellen Sie sich vor – sich zu zersetzen.

Setzt sich also auseinander, die Zellen zwischen allen Stühlen, und alles zerknackt und zerbirst in allen unseren Miniaturen, Sie wissen schon, der DNA-Dreh, aus dem wir nun einmal bestehen. Aber dann stehen wir nicht, dann liegen wir, weil wir gefallen sind. Und zerfallen. Und da sei Gott – oder der Doktor – vor, also wird gepumpt, gekühlt, das Blut gepimpt mit allerhand Flüssigkeiten, die niemand von uns im lebenden Zustand je freiwillig trinken würde, und dann, halten Sie sich fest, solange Sie können, wird vitrifiziert. Also verglast. Wie Brahms so hübsch gesagt hat im Requiem: Denn alles Fleisch, es ist wie Gras, äh, Glas.«

In mir machte sich ein schrecklicher, ein vermaledeiter, vermaledeiender Verdacht breit – solange er noch konnte.

»Frau Jelinek«, wisperte ich und schluckte. »Muss … muss …« – ich konnte nicht weiterreden. Meine Kehle hatte sich schon in eine Krähenkehle verwandelt, aber die Flügel, die Flügel, die ich dringend brauchte, wollten nicht wachs-

»Sie müssen gar nix. Außer Sterben«, sagte sie knapp über die Schulter und schwieg.

Ein Weilchen.

»Haha, jetzt hab ich Sie erschreckt, gell? Neinnein, keine Bange, es ist noch nicht so weit. Also wahrscheinlich nicht. Man weiß ja nie. Aber die dort. Die wollen ganz dringend zu den Tanks. Sind ja bis heute drei Viertel der Eingefrorenen – Überraschung! –: Männer. Und ein paar Katzen und Hunderl gibt's auch. Und eine Schildkröte. Und ein Chinchilla.«[56]

Über das Eis kamen sie angekrochen, und sie sahen nicht schön aus. Im originalen Dante-Inferno ist es ja Mohammed, der Prophet, dessen Brustkorb gespalten ist, dessen Gedärme die Erde streifen im Canto von den Kirchenspaltern; hier konnte ich niemanden erkennen, der nach Mohammed aussah, dafür andere, die Leuten wie Jeff Bezos (vielleicht war er aus den Papierbergen hervorgekrabbelt), Mark Zuckerberg, Elon Musk und, oh je, dem Herrn Mateschitz verdammt ähnlich sahen. Der Herr Mateschitz hatte offenbar zwei harte Tage hinter sich gehabt. Wenn er es wirklich war. »BlackRock«, sagte Frau Jelinek und deutete auf einen zerzuselten Herrn. »Ikea«, sagte sie und wies auf den nächsten. »Zalando«, »Apple« und so weiter, »... die Wööd steht auf kaan Foll mehr lang.«

»Wer sind denn die dort?«, murmelte ich und zeigte mit dem Kinn – ich hatte die Arme fest um mich gewickelt – auf eine Dreiergruppe, eine Dame, nun nicht mehr ganz so damenhaft, mit grauem, wenn auch blutverschmiertem Bob, die Hornbrille schief auf der Nase, und zwei graue, sehr graue Männer.

»Ach, die dort? Mir kommt vor, die sehen aus wie die Geschwister Dalton, äh, Walton, mein ich. Von Walmart. Finden Sie nicht?«

Unter Ächzen und Kreischen und nicht besonders flott bewegte sich die Gruppe auf die Tanks zu – wobei »Gruppe« das falsche Wort ist, sie wirkten alle mitsammen nicht so, als wollten sie zusammengehören. Es war vielmehr ein blutiges Wettkriechen, das sich vor unseren Augen abspielte. Tanks gab es nämlich nur drei. Tycoons gab es mehrere.

»Wird das überhaupt was mit dem Auftauen, also, mit dem Weiterleben?«, fragte ich skeptisch; sie sahen alle ziemlich ramponiert aus, aber gut, vielleicht war ja in einer mehrtägigen Operation in irgendeiner Zukunft ...

»Das ist vollkommen unerheblich«, kam von Frau Jelinek zurück.

Wind kam auf.

Wieder einmal.

Aber es war ein spezifischer Wind, ein Wind, der mir bekannt vorkam. Ein kleiner. Einer, der knattert. Weil das, was ihn erzeugt, auch knattert.

In dieser Hölle aus Eis begann ein kleines Blümchen in mir zu keimen.

»Ho fame«, hörte ich da hinter mir eine Stimme sagen – ich habe Hunger. Wir hatten uns durch Menschenmengen gekämpft, waren durch ein Schlammmeer gefahren worden von einer Toten – oder ihrem Hologramm –, und Heidis Make-over entgangen; wir waren in die Luft gegangen und hatten die österreichische Politschickeria an einem Teich aus Öl passiert, wir waren aufs Eis rausgeschlittert. Und hatten den Ausdruck des Internets …

Als ich mich fragte, wie weit Anthony eigentlich war und ob es überhaupt physisch möglich wäre, so viel Papier zu erzeugen, segelte ein Zettel durch die Luft und landete zu meinen Füßen. Ich hob ihn auf. »Pasta Puttanesca« stand darauf, und es war ein äußerst appetitlicher Teller Spaghetti darunter abgebildet, samt Rezept, auf Italienisch.

»Ho fame«, wiederholte die Stimme in meinem Rücken, schon mit mehr Nachdruck. Richtig: Ich hatte gewaltigen Hunger, fiel mir auf.

»Ich glaube, Sie sollten sich umdrehen«, sagte Frau Jelinek durch die Spalte zwischen Schal und Mütze.

Und das tat ich.

Nein, ich fiel nicht in Ohnmacht. Hinter mir stand ein Skelett, ein Klappergerüst, der Überrest eines Menschen, aufrecht, in einen roten Mantel eingeschlagen und, last but not least, mit einem Lorbeerkranz auf der Haube auf dem Schädel.

Es sprach.

»Darf ich vorstellen: Dante. Dante Alighieri. Mit freundlicher Erlaubnis der Stadt Ravenna«, sagte Frau Jelinek. »Gratuliere, Sie haben's fast geschafft.«

Dante.

Tot seit siebenhundert Jahren.

Lebendig in jedem Wort der ›Divina Commedia‹.

Vorsichtig trat ich zwei, drei Schritte näher. Stank er? Er stank nicht, es war zu kalt für alles. Sollte ich vor ihm in die Knie gehen? Nein, ich sollte nicht vor ihm auf die Knie gehen. Durfte ich wohl seinen Umhang berühren?

»Signor Alighieri«, hauchte ich, »non posso esprimere …«

»Ho fame!«, brüllte das Skelett und hob seine Arme, dass der Umhang sich aufbauschte wie … ich weiß nicht. Wie ein roter Umhang.

»Datemi spaghetti!«, und er beutelte seine Knochenfäuste.

Ein bisschen verwirrt hob ich das Blatt vom Boden auf. Meinte er, dass er sich das Bild näher anschauen wolle? Wollte er … was bestellen? Und, Frage aller Fragen: Wie hatte er vor, seine Spaghetti zu verdauen, falls wir in irgendeiner Flughafenküche noch welche auftreiben sollten?

Schüchtern machte ich wieder zwei, drei Schritte näher, das Blatt in der Hand, und fingerte gleichzeitig meinen letzten Stift aus meiner Jackentasche.

»Signor Alighieri«, hauchte ich, »c'è un … un immagine di spaghetti … prego … è un grande onore … volete forse …« – Einer, der über 700 Jahre alt war, wusste vielleicht nicht, was ein Autogramm war. Oder?

»Per favore, potrebbe … äh … signare? Un sottoscritto? Qui?«

Ich schwöre, ich weiß nicht, wie es passiert ist, es ist mir unendlich peinlich, aber es ist, wie's ist, er beugte sich vor, die Augenhöhlen näher zu seinen geliebten Spaghetti, was musste er für einen Löwenhunger haben!, er beugte sich vor, ich schaute erwartungsvoll, ich schaute auf seine Knochenfinger, die er ausstreckte, ich hielt ihm den Stift näher, er griff, ich hielt, ich deutete.

Ich habe ihn aufgespießt.

Er zerfiel.

Ich. Ich habe Dantes Knochen auf dem Gewissen.

CANTO 34: FINE

»NA, DA HABEN WIR den Salat«, sagte Frau Jelinek ungerührt, »brava.«

Vor uns, genauer: vor mir, lag ein Häuflein Asche.

Fine. Das war's.

Ich stand da wie, wie sagt man … vom Donner gerührt, gefrorene Sprache, vom Donner geschüttelt vielleicht, aber gerührt vom Donner? Donner hat mich noch nie gerührt. Vielleicht erschreckt, ja. Oder bewegt. Oder gefreut, weil Gewitter –

»Oida«, rief Alex*, »der isst jetzan kaane Spaghetti mehr!«, und rüttelte mich am Arm.

»Es tut mir so leid«, brachte ich nur hervor, und mein österreichisches Herz dachte kurz daran, dass mir jetzt gleich die Polizei Handschellen umschnallen, dass ich vor Gericht kommen, dass ich in eine Zelle wandern würde. O Gott. War das Mord? Oder Sachbeschädigung?

Frau Jelinek gähnte.

»Falls Sie Blaulichtfantasien haben, lassen Sie die – wie heißt's bei Dante? … *Lasst die Hoffnung fahren!* Alles ganz normal hier. Alles wie immer. Der Dante ist jetzt halt Asche, na, mein Gott, ersparen wir uns das technische Trallala. Soll ich Ihnen was sagen? Das ungarische Wort für Molch ist *göte*. Mit langem ö. So schaut's aus.«

Kontrapunktisch zu allem, was sie sagte und was hier passiert war, zeigte sich, von allem, was sich zeigen konnte, ausgerechnet die Sonne: Sie legte einen fast unanständig warmen Lichtstrahl auf die Szenerie.

»Also, Kopf hoch, vor allem: Kopf an. Schaun S', da kommt jetzt

Ihr Ticket ins Hinaus. Mein Gott. Hinaus aus Österreich. Ich beneid Sie so. Aber ich will eh nicht mehr fliegen. Außer im Heißluftballon.«

Ausnahmsweise kam nichts auf uns zu, das dazu geeignet war, Schrecken in mir zu entfachen. Schnurrend wie ein überdimensioniertes Kätzchen, blank poliert und vertrauenerweckend gut in Schuss kam eine Propellermaschine auf uns zugerollt. Die Tür klappte auf, das Treppchen entblätterte sich, und eine Dame mit wallend schwarzem Haar unter ihrer Pilotenhaube kam darauf heruntergeschritten.

»Hollywood«, flüsterte Alex*. »Grace Kelly. Rita Hayworth. Liz Taylor in jüngeren Jahren.«

Ich konnte das Gesicht der Dame nicht zuordnen, sie kam mir nicht einmal vage bekannt vor. Einzig dies ließ sich sagen: Österreicherin war das keine. Und tatsächlich grüßte sie mit einem umwerfend-rauchigen: »Ciao«.

»Biddesehr«, sagte Frau Jelinek, »das ist Beatrice.«

Wir schwiegen ein kleines Weilchen. Ich starrte die Dame an.

»Beatrice. Wie jetzt, Beatrice?«, fragte ich schließlich, ein bisschen hilflos, wen sollte ich jetzt fragen, Frau Jelinek oder die, die sie zu sein ich nicht glaubte zu –

»Na, Sie wissen schon. Dantes Beatrice«, sagte Frau Jelinek, »seine Lebensliebe, diejenige, die er in die ›Göttliche Komödie‹ hineingeschrieben hat von vorne bis hinten. Die, die mit vierundzwanzig gestorben ist.«

»Ecco«, sagte Beatrice und warf ihre Mähne über die Schulter; sie lächelte, die Zähne natürlich perlig, Zahnpastawerbung, die Haut, die Augen, alles, incredibile. Vor allem für jemanden, der einmal tot gewesen ist.

»Kryo?«, fragte ich; sie zuckte mit den Schultern und meinte nur: »Commedia.«

»So, Frau Tiwald«, sagte Frau Jelinek, »es ist jetzt an der Zeit, dass wir uns voneinander verabschieden. Ich geh wieder retour, es gibt ja noch ein paar andere Berufsschreiber und -innen, die wir mit dem Stipendium bedacht haben. Und die von ihrem, na ja, Glück auch noch nix wissen. Ich sage Grazie und Merci, vor allem dafür, dass ich keine Wiederbelebungsmaßnahmen setzen musste, Sie haben das sehr brav gemacht alles. Na, das kann ja noch was werden mit Ihnen, sag ich jetzt einmal. Beatrice, la signora Tiwald. Ciao.«

»Ich steig da jetzt ein?«

»Sie steigen da jetzt ein.«

»Andiamo a Firenze!«, sagte aufmunternd und Leben versprühend die siebenhundertfünfzigjährige Beatrice, oder ihre Wiedergeburt, oder eine Schauspielerin, ich habe bis heute keine Ahnung.

»Keine Angst. Sie sind nicht die Erste«, sagte Frau Jelinek und bekräftigte sehr seriös: »Die Beatrice kann tatsächlich fliegen, wir haben begeisterte Nachrichten bekommen von allerhand Leuten, die bereits in Florenz angekommen sind. Die Raphaela Edelbauer rudert schon auf dem Arno hin und her, und der Clemens Setz schreibt, wie ich höre, einen Roman auf Alttoskanisch. Irgendwas über Wurzeln und Geigen. Also, ich geh jetzt, ich mag diese Abschiede nicht. Einsteigen und arrivederci und guten Flug.«

Beatrice sah mich an. Ich sah Beatrice an.

»Un momento«, sagte ich und drehte mich zu Frau Jelinek um.

»Was?«, fragte sie, leise seufzend, ich musste ihr schon mächtig auf die Nerven gehen.

»Also, ich fühle mich sehr geehrt und alles. Ich bin sehr dankbar. Aber ich flieg nicht mit. Ich bleib hier.«

»Wieso? Ich hab gedacht, Sie haben keine Flugangst? Sie können der Beatrice ruhig vertrauen. Das klappt sicher.«

»Ich bleib hier.«

»Ich hab gedacht, Sie sind auch so eine, die immer Sehnsucht nach Italien hat. Sprache und Pasta und so.«

»Eh.«

»Na bitte, dann ist ja alles geklärt. Österreich geht die Donau runter, Sie sollten schauen, dass Sie wegkommen. Alex* ist dann beim nächsten Flug dabei.«

»Seids mir nicht böse«, sagte ich, »Alex*, Frau Jelinek. Hund. Danke für alles. Wirklich. Vielen, vielen Dank für alles. Ich hab's mir anders überlegt.«

Ich klappte meinen Jackenkragen hoch und schlug den Weg zurück übers Flugfeld ein; es würde eventuell vielleicht ein bisschen schwierig werden, aber ich dachte, dass eigentlich jemand dem Rainer Witkowski eine Wurstsemmel kaufen sollte. Oder einen Hotdog.

Ich würde dieser Jemand sein.

ANHANG – INFERNO, BREVISSIMO

Um das Lesevergnügen des vorliegenden Romans zu steigern, hilft es, Dantes Inferno im Ungefähren zu kennen. Hier der kapitelmäßige Überblick.

CANTO 1

Dante, der Ich-Erzähler, hat sich in einem düsteren Wald verirrt und wird auch noch von drei wilden Tieren bedroht, einem Löwen, einer Wölfin und einem, wenn man es philologisch ganz genau nehmen will, *Pardel* (manchmal als Panther, manchmal als Gepard übersetzt). Da taucht ein Schatten auf, der ihm zuwinkt: Es ist Vergil, der römische Dichter, tot seit über tausend Jahren.

CANTO 2

Vergil erzählt, dass Dantes tote Geliebte, Beatrice, ihn geschickt hat. Leider gibt es nur einen Weg aus dem Schlamassel heraus, und der führt durch die Hölle (und, daran anschließend, in das Fegefeuer).

CANTO 3

Dante und Vergil passieren den Hölleneingang, der sogar durch ein Schild gekennzeichnet ist: »Tor zur Hölle. Eingang. Lass alle Hoffnung fahren, wenn du hier eintrittst.« Hier werden die Gesichter der Sünder – es sind die »Lauwarmen«, weder heiß noch kalt – von Wespen zerstochen. Überall wird gejammert und gestöhnt. Der erste Fährmann tritt auf, Charon.

CANTO 4

Hier ist die Hölle noch grün, genauer gesagt die Vorhölle. Auf der grünen Wiese im Innenhof eines Schlosses tummeln sich all jene, die das Pech hatten, vor Christus auf der Erde gewesen zu sein (und ergo unerlöst), von Dantes Idol Homer über Caesar bis zu Nicht-Christen wie Saladin, dem Eroberer Jerusalems.

CANTO 5

Der ewige Wind der Hölle peitscht jene durch die Luft, die eine Sexsünde begangen haben. Dante gelingt es, mit Francesca aus Rimini zu sprechen; ihr Geliebter, Paolo, ist bei ihr, sagt aber nichts. Beide wurden von Francescas Mann erstochen, nachdem er sie in flagranti beim Liebesspiel ertappt hatte. Francesca schildert eindrücklich, wie sie sich in Paolo verliebt hat. Dante fällt aus Mitleid in Ohnmacht.

CANTO 6

Nach einer kleinen Begegnung mit Cerberus, dem Höllenhund, kommen Vergil und Dante in den ewigen Regen, der die Säufer plagt. Hier treffen sie auf Ciacco, der in Florenz ein bekannter Spaßmacher war. Dante fragt ihn nach der Zukunft der Stadt, die zu seinen Lebzeiten in zwei politische Lager gespalten war, was wiederholt zu blutigen Kämpfen führte; Ciacco hat leider nichts Gutes vorauszusagen.

CANTO 7

Pluto, eine Wolfsfigur, ist der nächste Schwellenwächter; danach kann Dante die Verschwender und die Geizhälse beobachten, die schwere Lasten im Kreis wälzen müssen, einander an dessen Scheitelpunkten begegnen und unflätigst beschimpfen. Vergil erklärt Dante, dass die Göttin Fortuna dazu abgestellt ist,

Geld und Ruhm ständig am Zirkulieren zu halten. Im Fluss Styx, zu dem die beiden nun gelangen, liefern sich die Zornigen eine Schlammschlacht.

CANTO 8

Vergil und Dante setzen im Boot des Fährmanns Phlegyas über den Styx, beinahe werden sie von einem gewissen Filippo Ardenti geentert, der aber seinerseits von anderen zornigen Schlammschlägern angefallen und gebissen wird. Das Boot landet vor den Mauern der Stadt Dis, die den Kern der Hölle umgibt; an den Zinnen stehen Furien, die verhindern wollen, dass die beiden Höllenwanderer passieren können. Vergil ist verstört.

CANTO 9

Die Furien drohen damit, Medusa zu holen; Vergil warnt Dante davor, hinzuschauen, weil er sonst versteinert würde und die Reise somit beendet wäre. Da taucht ein nicht näher definierter Himmelsbote auf, der den Furien die Leviten liest – die Tore öffnen sich. Der sich bietende Anblick ist schaurig: Am inneren Rand der Stadtmauer liegt ein Gräberfeld, die Särge glühen. Hier werden die Ketzer geröstet.

CANTO 10

Aus einem glühenden Sarg richtet sich Farinata auf, ein Anführer der gegnerischen Florentiner Partei. Auch der Vater eines Freundes von Dante meldet sich und ist verzweifelt darüber, seinen Sohn nicht an Dantes Seite zu sehen. Farinata erklärt Dante, dass die Toten zwar in die ferne Zukunft sehen können, je näher das Ereignis aber kommt, desto verschwommener wird ihre Sicht.

CANTO 11

Vergil und Dante müssen hinter dem Grabstein von Papst Anastasius in Deckung gehen, weil es aus dem nächsten Tal gewaltig stinkt. Vergil nutzt die Gelegenheit und erklärt Dante im Detail, wie die Hölle organisiert ist und welcher Art Sünder in welcher Abteilung landet. Am Schluss merkt er, dass er ziemlich lang geredet hat, und weist auf das Sternzeichen der Fische hin, das sich am Firmament erhellt hat.

CANTO 12

Der Minotauros ist der nächste Schwellenwächter und zuckt aus, als er die beiden Wanderer sieht. Vergil und Dante können wegrennen und kommen zu einer Ebene, auf der Kentauren hin- und herreiten und einen kochenden Blutfluss bewachen. Darin werden Diktatoren ausgekocht, Alexander der Große zum Beispiel oder Attila, »Geißel Gottes«.

CANTO 13

Nun kommen Vergil und Dante in einen Wald voll knorriger Bäume und Sträucher. Vergil ermuntert Dante, einem Strauch ein Zweiglein abzubrechen, woraufhin dieser Strauch zu bluten und zu weinen beginnt: Die Seelen der Selbstmörder werden in diesem Wald zu einem Gewächs. Die besagte Seele war Ratgeber des Stauferkaisers Friedrich und hat aus Gründen der Ehre Selbstmord begangen: Die neidigen Hofschranzen hatten versucht, ihn beim Kaiser schlechtzumachen.

CANTO 14

An den Wald schließt eine Sandwüste an, auf die es beständig Feuer regnet. Hier ist etwa Kapaneus gefangen, der Riese, der prahlte, die Mauer von Theben ohne Hilfe der Götter einreißen zu können. Ein Bächlein aus heißem Blut fließt hier, es sind die Tränen des »alten Mannes von Kreta«, einer allegorischen Figur aus Metall – Gold, Silber, Kupfer, Eisen; nur der rechte Fuß ist tönern. Zur Bedeutung dieser Figur existieren mannigfache Interpretationen.

CANTO 15

Weiter unter dem Feuerregen; auf einem steinernen Damm begegnet Dante seinem toten Lehrer, Brunetto Latini (hier sind jene Sünder unterwegs, deren »Nervenstränge von der Sünde ausgeleiert« sind). Beide sind gerührt; Brunetto sagt Dante eine große dichterische Zukunft voraus, aber auch schwierige Zeiten.

CANTO 16

Drei Schatten lösen sich aus der Gruppe und laufen im Kreis um Dante. Es sind drei Kämpfer für seine, Dantes, politische Seite im Machtkampf um Florenz. Als sie wegrennen, nimmt Dante das Geräusch eines Wasserfalls wahr. Vergil bittet Dante um seinen Gürtel, den er in den Abgrund wirft. Dante fragt sich bang, was Vergil da genau vorhat – und tatsächlich taucht ein grauenhaftes, geflügeltes Vieh aus dem Abgrund auf.

CANTO 17

Auf dem Rücken dieses Viehs, das Geryon heißt und eine Mischung aus Mensch und Reptil samt Fell ist, segeln Vergil und Dante (dem das Herz bis zum Hals schlägt), weiter hinab und sehen im Sinkflug weitere Foltern, mehr Gefolterte.

CANTO 18

Geryon setzt die beiden Wanderer in einem ummauerten Gelände ab, den sogenannten »bösen Gräben« (*malebolge* auf Italienisch). Dämonen peitschen hier auf Sünder ein, die Frauen verschachert haben, zum Beispiel auf Venedico Caccianemico, der seine Schwester an einen Marchese verkauft hat. Es ist der Ort der Zuhälter und jener, die ihre Liebe vorgetäuscht haben, also auch der Arschkriecher. Sie schwimmen übrigens in Scheiße. Die mythische Hure Thaïs ist ebenfalls hier zu finden, schließlich hat auch sie ihre Liebe vorgetäuscht.

CANTO 19

Aus Löchern im Gestein ragen Füße, deren Sohlen brennen. Hier stecken die Ämterkäufer kopfüber fest; sie werden tiefer hinabgestoßen, wenn der nächste Sünder kommt. Im konkreten Fall spricht Dante mit Papst Nikolaus III., der weiter hinabfallen wird, wenn der amtierende Papst, Bonifaz VIII., stirbt.

CANTO 20

Die Wahrsager*innen müssen ihre Höllenstrafe verknotet absitzen: Ihre Gesichter sind nach hinten verdreht, sie schauen rückwärts, weil sie so weit nach vorne schauen wollten. Wenn sie weinen, fallen ihre Tränen in die Arschspalte.

CANTO 21

Die beiden Höllenwanderer gelangen zu einer blubbernden Pechgrube und beobachten, wie ein Teufel einen Sünder darin versenkt, und zwar einen korrupten Politiker aus Lucca. Vergil flüstert Dante zu, sich zu verstecken, während er selbst mit dem Oberteufel verhandelt. Tatsächlich sichert dieser Oberteufel, Malacoda, freies Geleit zu »bis zur Brücke, die heil über den Abgrund geht«, Dante kann sein Versteck verlassen. Ein Begleittrupp wird zusammengestellt, jedes Teufelchen hat seinen eigenen Namen, von Hundskratz bis Veitstanz. Signal zum Aufbruch ist ein Furz.

CANTO 22

Der Teufelstrupp soll kontrollieren, dass keine Sünder aus dem Pech krabbeln. Es sind lauter Korrupte, die hier sitzen; einer verspricht, per Pfiff noch weitere zu holen, damit Dante mit ihnen sprechen, sie interviewen kann. Die Teufel, sagt der Sünder, sollen aber bitte doch beiseitetreten. Das tun sie auch – und der Sünder taucht ab. Vor lauter Ärger liefern sich zwei Teufel über dem Teer einen Kampf und stürzen ab; Dante und Vergil machen sich davon.

CANTO 23

Die beiden entkommen den Teufeln nur knapp durch eine Rutschpartie über die Brücke, die natürlich keineswegs »heil über den Abgrund geht«, sondern zerbrochen ist. Unten angekommen, begegnen Vergil und Dante mit schweren Bleimänteln gekleideten, priesterartigen Gestalten; es sind die Heuchler, die sich mit ihrer schweren Montur nur langsam fortbewegen können. Auch Kaiaphas ist hier angenagelt, der Hohepriester, der von Pilatus die Hinrichtung von Jesus verlangt hat.

CANTO 24

Vergil klettert, Dante fest an sich gedrückt, weiter abwärts. Hier sieht Dante lauter Knäuel von Schlangen, und Nackte, deren Hände von Schlangen gefesselt sind, rennen herum. Durch Schlangenbisse werden sie zu Staub, auferstehen aber wieder.

CANTO 25

Reptilien beißen die Sünder – und die werden zu Reptilien, während sich die Reptilien in Menschen verwandeln. Es sind Diebe, die Diebstahl am Volk verübten oder Erbschaftsschwindel betrieben. Die Metamorphose ist eine Parodie der Wandlung, wie sie zum katholischen Messritual gehört.

CANTO 26

Im nächsten Tal sitzen die Sünder in Flammen eingewickelt, in jeder einer. Eine Flamme ist zweigeteilt: Hier büßen Odysseus und sein Kampfgenosse Diomedes, die mit ihrem Pferd die Stadt Troja austricksten, ihren Betrug. Vergil bittet Odysseus, von seinem Tod zu erzählen. Odysseus berichtet, er sei nicht nach Ithaka heimgekehrt, sondern habe seine Schiffsmannschaft dazu animiert, über die damals bekannte Grenze der Welt, die Meeresenge von Gibraltar, zu reisen; im Ozean ist das Schiff gesunken.

CANTO 27

Eine andere Flamme nähert sich und will wissen, ob in der Romagna Krieg oder Frieden herrscht. Es ist Guido da Montefeltro, der eigentlich seine Kriegssünden durch Rückzug in ein Kloster büßen wollte; Papst Bonifaz VIII. hat ihn aber mit dem Versprechen, ihm grosso modo seine noch zu begehenden Sünden zu vergeben, dazu verleitet, ihm als Ratgeber zu dienen – mit dem einzigen Ziel, noch mehr Macht an sich zu raffen. Montefeltro war daher ziemlich schockiert, als bei seinem Tod Teufel auftauchten, um ihn mitzunehmen.

CANTO 28

Alle Toten aller Kriege auf der Apenninhalbinsel wären nichts im Vergleich zum Horror in diesem Tal: Hier sind die Kirchenspalter unterwegs, darunter Mohammed und Ali, mit gespaltenem Brustkorb, aus dem die Gedärme hängen. Gaius Curio, der Caesar überredete, den Rubikon zu überschreiten und die Republik anzugreifen, kann überhaupt nicht mehr sprechen; seine Zunge, seine Kehle sind gespalten.

CANTO 29

Die beiden kommen zu den Fälschern, krank, stinkend, schorfbedeckt und ewig am Verdursten. Ein Alchemist erzählt Dante, er habe einem Günstling des Bischofs im Spaß versprochen, ihm das Fliegen beizubringen; als das nicht geklappt hat, ließ der Bischof den Alchemisten verbrennen. Hier sitzen auch all jene jungen Leute, die ihren Reichtum sinnlos verprasst haben, vor allem die »jeunesse dorée« von Siena.

CANTO 30

Bei den Fälschern wird die Geschichte von Gianni Schicchi erzählt, der sich als der – sterbende – Onkel eines Freundes ausgab, um ein falsches Testament im Sinne des Freundes zu unterschreiben. Auch Geldfälscher sitzen hier, verformt von Wassersucht, fiebernd und durstig; die Frau des Pharaos Potiphar ist hier, die vorgab, Joseph habe sie vergewaltigt, und auch der Grieche Sinon, der die Idee des Pferdes von Troja hatte, sitzt neben einem Fälscher namens Meister Adam, mit dem er auch in eine Art Slow-Motion-Faustkampf gerät. Dante ist fasziniert von den rohen Reden, die die beiden schwingen, Vergil rügt ihn ob dieser schamlosen Sensationsgier.

CANTO 31

Im nächsten Tal meint Dante, Türme zu sehen, es sind aber Riesen. Unter anderem steckt Nimrod hier fest und brabbelt unverständliches Zeug; er hatte einst die Idee zum Turmbau von Babel. Ein anderer wollte gegen die Götter kämpfen und ist mit Eisenketten gefesselt. Antaeus, der von Herkules besiegt wurde, wird von Vergil um weitere Beförderung abwärts gebeten: Der Riese packt die beiden und setzt sie eine Etage weiter unten ab.

CANTO 32

Nun sind Vergil und Dante am Ufer des Höllenflusses Cocytus gelandet. Es wird kalt und immer kälter; hier sitzen die Mörder von Verwandten fest, überfroren, nur ihre Gesichter stehen aus dem Eis heraus, sie klappern mit den Zähnen. Dante ist ungehalten, will die Mörder erpressen: »Sag mir, wer du bist, oder ich reiß' dir die Haare aus!« Ein gewisser Bocca erzählt, wer hier sitzt, und nennt bestimmte Geschichten von Verrätern, die ihre eigenen Leute an die Feinde ausgeliefert haben. Dante bemerkt jemanden, der sich am Hinterkopf eines anderen festgebissen hat.

CANTO 33

Der Beißer ist Graf Ugolino, der Gebissene ein Erzbischof, der Ugolino und dessen Söhne im Zuge eines Machtkampfs zum Tod durch Verhungern verurteilte. Ugolino erzählt die Geschichte seines Todes: Zuerst starben seine Söhne, nach einigen Tagen höchster Agonie habe der Hunger bewiesen, wie stark er sei. – Ein Sünder, der Dante bittet, ihm das gefrorene Glas von den Augen zu wischen, ist auf Erden noch gar nicht tot; er hat den eigenen Sohn und Neffen ermordet. Sein Körper lebt auf der Erde, ist aber von einem Dämon besetzt. Dante spürt Wind: Vergil erklärt kryptisch, er, Dante, werde gleich sehen, woher er weht.

CANTO 34

Am Schluss wird es richtig kalt in der Hölle. Dante und Vergil gehen über einen zugefrorenen Fluss: Manche Köpfe ragen noch heraus, andere Sünder sind nur noch als Schemen unter dem Eis sichtbar. Dante spürt Wind. Was aus der Ferne aussieht wie eine Windmühle, entpuppt sich als – Luzifer. Drei Gesichter sitzen auf seinem Kopf, mit drei Flügelpaaren flattert er, an drei Sündern kaut er: an Judas, dem Verräter von Jesus, und an Brutus und

Cassius, den Rädelsführern des Attentats an Caesar. Über Luzifers Rücken klettern Dante und Vergil nach oben und passieren dabei den Erdmittelpunkt: Luzifer ist nämlich kopfüber abgestürzt, an seinen Beinen entlang erreichen die beiden Höllenwanderer die Südhalbkugel. In der »Göttlichen Komödie« geht es hier weiter zum Läuterungsberg, dem Fegefeuer. Dieser Roman allerdings, der ist aus.

Die Figur »Frau Jelinek« zitiert in diesem Roman aus Werken, die Elfriede Jelinek geschrieben hat. Folgende Ausgaben hat die echte Frau Tiwald dafür verwendet:

Erschienen bei Rowohlt, Reinbek bei Hamburg:
Bambiland (2004)
Die Ausgesperrten (2004)
Die Kinder der Toten (1995)
Die Klavierspielerin (1996)
Drei Theaterstücke (Die Kontrakte des Kaufmanns / Rechnitz (Der Würgeengel) / Über Tiere, 2017)
Ein Sportstück (2004)
Gier (2004)
Theaterstücke (Die Schutzbefohlenen / Wut / Unseres, 2018)
Theaterstücke (Was geschah, nachdem Nora ihren Mann verlassen hatte oder Stützen der Gesellschaften / Clara S. musikalische Tragödie / Burgtheater / Krankheit oder Moderne Frauen, 2010)
Winterreise (2011)

Erschienen bei Berlin Verlag:
Das Lebewohl (2009)
Der Tod und das Mädchen I–V (2003)
Die Figur Alex* Jürgen basiert auf einer tatsächlich lebenden Person dieses Namens. Alex hat mir 2015 im Rahmen eines Interviews detailliert erklärt, was eine Vagina nach Vegetti ist, und 2018 die Möglichkeit des Geschlechtseintrags »inter« für intergeschlechtliche Personen in Österreich vor Gericht erstritten.

Fußnoten

1 Die Ausgesperrten, S. 7
2 aus dem Klappentext von »Den Himmel zum Sprechen bringen: Elemente der Theopoesie«, Peter Sloterdijk, Suhrkamp, 2020
3 Die Kinder der Toten, S. 7
4 Die Ausgesperrten, S. 250
5 Die Welt hätte übrigens nie vom Auftragungsort des Kampfstoffs erfahren, wenn Nawalny nicht selbst einen seiner – sagen wir: mutmaßlichen, bleiben wir brav – Killer angerufen und einen auf Sicherheitsoberheinihelfer gemacht hätte: Bittebitte, ich muss ein Papier vorbereiten, was ist denn da schief gegangen bei der Mission in Tomsk? Und der bibbernde, kranke (Corona) Fast-Killer erzählte brummend und langsam und krank von der Unterhose. Man kann sich das auf *YouTube* anschauen; die grundlegende Recherche dazu stammt von Bellingcat, einem Kollektiv von Journalistinnen und Journalisten. Deren Russlandexperte ist der in Wien lebende Christo Grozev.
6 Das Wort als Fleisch verkleidet, Rede zur Verleihung des Lessing-Preises 2004
7 Die Klavierspielerin, S. 19
8 Die Klavierspielerin, S. 20
9 vgl. Bruno Kreisky, »Erinnerungen: Das Vermächtnis des Jahrhundertpolitikers«, Styria 2014, S. 98
10 Kreisky, S. 103
11 Kreisky, S. 428
12 Der Tod und das Mädchen V, S. 105
13 www.mckinsey.com/our-people/hauke-engel
14 www.merkur.de/politik/klimawandel-prognose-klimakrise-

untersuchung-schreckensszenario-schreckensprognose-studie-mckinsey-zr-13450714.html

15 wörtlich: »Man sollte es sich gut überlegen, ob es wirklich notwendig ist. Denn so wie wir unsere Eltern gefragt haben: Wie war das im Nationalsozialismus? Was hast du gewusst? Was hast du getan? Genauso werden uns einmal unsere Kinder und Enkel fragen: Wie war das beim Klima? Was hast du gewusst? Was hast du getan? Wenn ich dann antworte: Ich bin trotzdem auf Shoppingtour nach London geflogen, wäre das keine schöne Antwort.« www.derstandard.at/story/2000105337541/klimaforscherin-loest-mit-drastischem-vergleich-neue-debatte-ueber-das-fliegen

16 Danke, Herr Grillparzer (»Des Meeres und der Liebe Wellen«), danke, Herr Thomas Köck (»paradies fluten«). Danke, Frau Jelinek (»Ein Sportstück«, S. 8). Danke, Herr Ludwig Wittgenstein, obwohl Sie da ein bisschen falsch liegen – über die Erfüllung von Erwartungen: »Könnte die Rechtfertigung einer Handlung als Befolgung eines Befehls so lauten: ›Du hast gesagt *Bring mir die gelbe Blume*, und diese hier hat mir daraufhin ein Gefühl der Befriedigung gegeben, darum habe ich sie gebracht‹? Müßte man da nicht antworten: ›Ich habe dir doch nicht geschafft, mir die Blume zu bringen, die dir auf meine Worte hin ein solches Gefühl geben wird!‹ (Ich gehe die gelbe Blume suchen.)« (»Philosophische Grammatik«. S. 157)

17 Über Tiere, S. 10

18 Ein Sportstück, S. 39

19 inhaltlich orientiert an Gerda Rogers, looklive.at/lifestyle/das-erwartet-dich-2021-212007

20 Vorschau für 2019: »Kanzler Sebastian Kurz ist Jungfrau, Saturn steht für ihn wohlwollend und stabilisierend, er stärkt ihn. Das gilt für alle Jungfrauen. Kurz wird das Begonnene durchziehen.« – »Vizekanzler Heinz-Christian Strache ist ein Zwilling mit

starker Stier-Besetzung, durch den Saturn-Einfluss zieht er auch weiter mit Kurz an einem Strang. Die beiden haben ihren Weg gefunden. Sie sind sich einig und sie werden dringend nötige Reformen durchführen.« – »In Deutschland sitzt Kanzlerin Angela Merkel nicht mehr so fest im Sattel wie früher. Die arme Frau. Sie ist ein Krebs. Das Gerüst wackelt ja schon länger. Und der Saturn-Einfluss führt dazu – da bin ich ganz sicher –, dass weder sie noch ihr Kollege Horst Seehofer, der ja auch ein Krebs ist, die Amtszeit durchstehen werden.« www.looklive.at/lifestyle/astro-vorschau-fuer-2019-162790

21 Der Tod und das Mädchen V, S. 126

22 www.diepresse.com/5668295/zur-treffsicherheit-von-notenbank-prognosen-nach-der-finanzkrise, Artikel vom 5.8.2019

23 vgl. Florian Klenk: »Man wollte mich fertigmachen«, Falter 7.10.2009

24 Gier, S. 87

25 Erhard Busek im KURIER daily Podcast vom 21.3.2021, https://www.youtube.com/watch?v=3uuE1UCm1WQ

26 Gier, S. 79

27 Predigt von Benedikt XVI. am 5.4.2012 (Gründonnerstag), Petersdom. – In: www.vatican.va/content/benedict-xvi/de/homilies/2012/documents/hf_ben-xvi_hom_20120405_messa-crisma le

28terrorism-info.org.il/Data/pdf/PDF%202/SIB_B1_4_73-0168133.pdf

29 Rabbi Yitzhak Shapira: »Because their presence assists murder, and there is reason to harm children if it is clear that they will grow up to harm us … it is permissible to harm the children of a leader in order to stop him from acting evilly … we have seen in the Halakha that even babies of gentiles who do not violate the seven Noahide laws, there is cause to kill them because of the future threat

that will be caused if they are raised to be wicked people like their parents.« Zitiert nach Akiva Eldar: »Who is Funding the Rabbi who Endorses Killing Gentile Babies?« – In: Haaretz, 17.11.2009, www.haaretz.com/1.5218110?v=1621070707463
»Our ability to leave the old behind and to enter the land represents the complete redemption and depends on our ability to go war (sic).« – In: Rabbi Itzhak Shapira, »The Besorah According to Covid-19: The Hidden Message of the Messiah«

30 Wirathu, der »Burmese Bin-Laden«, zitiert nach Kate Hodal: »Buddhist Monk spreads Hatred in Burma«, in: The Guardian, 18.4.2013 www.theguardian.com/world/2013/apr/18/buddhist-monk-spreads-hatred-burma

31 Ingeborg Bachmann: Malina. Piper, Werkausgabe Bd. 3., 1993. S. 128

32 Bataclan (Zusatz Juni 2016), in: Wut (Theaterstücke), S. 400

33 ebda.

34 Die Schutzbefohlenen (Theaterstücke), S. 11

35 Wut, S. 322

36 Tina, zitiert nach einem Beitrag der ZiB 2. Vgl. www.youtube.-com/watch?v=vzvwjmXEGj4

37 Wut (Theaterstücke), S. 326

38 Ausschnitt aus einem Propaganda-Video des IS. Zitiert nach »Die Heimkehr« – Film von Mariam Noori und Lisa Maria Hagen.

39 Wut (Theaterstücke), S. 340

40 Siehe Video »Pierre Vogel – Ausraster«. Gepostet von Habibiflo Dawah Prod. youtube.com/watch?v=WxWoblGOFoQ

41 Gier, S. 181

42 Das Lebewohl, S. 9

43 Die Kinder der Toten, S. 109

44 Die Kinder der Toten, S. 247

45 Gier, S. 150

46 Die Kontrakte des Kaufmanns (Drei Theaterstücke), S. 234
47 Ein Sportstück, S. 187
48 Der Text von Colin Powells Rede vor der UN-Vollversammlung am 5.2.2003 ist z.B. hier zu finden: www.washingtonpost.-com/wpsrv/nation/transcripts/powelltext_020503.html
49 Bambiland, S. 59
50 USA Today, zitiert nach Reese Erlich, Norman Solomon: »Target Iraq: What the News Media Didn't Tell You.« Context Books, 2003/2013
51 Bambiland, S. 65
52 Winterreise, S. 28
53 Burgtheater (Theaterstücke), S. 139
54 Gier, S. 240
55 vgl. Florian Klenk, Nina Horaczek, Sibylle Hamann: »Stichhaltige Fakten.« Falter, 22.1.2019
56 vgl. Stephanie Innes: »Scottsdale cryonics facility, the home of Ted Williams' head, hopes frozen dead people will live again.« – In: The Arizona Republic, 11.6.2019. Online: eu.azcentral.com/story/news/local/arizona-health/2019/06/11/-arizona-cryonics-facility-alcor-life-extension-foundation-houses-head-baseball-legend-ted-williams/1146880001/

KATHARINA TIWALD BEI MILENA

MACBETH MELANIA
Roman

DAS UNIVERSUM WAR EIN KALTER, ZUGIGER SCHUPPEN, UND EINE MISCHUNG AUS JOKER UND CLOWN HERRSCHTE ÜBER DIE USA.

2017, als der Wahlkampf in Österreich tobt, verlässt PR-Berater Mike Knutkovsky Deutschland und heuert bei der SPÖ an. Er bekommt den Auftrag, aus einer alten Eisenhandlung ein Bezirkstheater zu zaubern und landet bei der Autorin Tiwald, die ihm vorschlägt, aus Macbeth ein Stück über Donald Trump zu machen. Aus Melania wird Lady Macbeth, aus Reinhold Mitterlehner König Duncan, aus Tony Wegas Donald Trump … und die Premierenfeier dauert bis in die frühen Morgenstunden.

Katharina Tiwalds temporeicher Roman erzählt von Theater, von Politik, und von den Akteurinnen und Regisseuren, die beide Welten bestimmen. Hellwach und beschwingt geht es um viel, geht es um alles, mit diesen Lettern, die die Welt bedeuten.

ISBN 978-3-903184-48-0

Gedruckt mit freundlicher Unterstützung durch

WIEN KULTUR

Kulturland Burgenland

KULTUR NIEDERÖSTERREICH

Umschlag: Boutique Brutal, boutiquebrutal.com
Druck und Bindung: Interpress

A–1080 Wien, Wickenburggasse 21/1–2

www.milena-verlag.at
ISBN 978-3-903184-76-3